JENNA FOX,
POUR TOUJOURS

Mary E. Pearson

JENNA FOX, POUR TOUJOURS

Traduit de l'anglais (USA)
par Faustina Fiore

(Les Grandes Personnes)

Collection dirigée par Florence Barrau
Illustration de couverture : Jean-Luc Allart

Pour l'édition originale, publiée par Henry Holt and Company sous le titre
The Adoration of Jenna Fox
© Mary E. Pearson, 2008

© Éditions des Grandes Personnes, 2010, pour la traduction française
Dépôt légal : août 2010
ISBN : 978-2-36-193012-7
N° d'édition : 181533
Impression n° 2
Loi n° 49-956 du 16 juillet 1949 sur les publications destinées à la jeunesse

Éditions des Grandes Personnes
17, rue de l'Université 75007 Paris
www.editionsdesgrandespersonnes.com

À mon merveilleux mari, Dennis,
et à mes précieux enfants, Jessica, Karen et Ben.

CALIFORNIE

J'étais quelqu'un, avant.

Quelqu'un qui s'appelait Jenna Fox.

C'est ce qu'on me dit. Mais je suis plus qu'un simple nom. Plus que ce qu'on me dit. Plus que les faits et les statistiques qu'on me fait avaler. Plus que les vidéos qu'on me fait regarder.

Plus. Mais je ne sais pas quoi exactement.

«Viens, Jenna! Il ne faut pas que tu rates ça.» La femme que je dois appeler Maman tapote sur le coussin à côté d'elle. «Viens», répète-t-elle.

J'obéis.

«C'est un moment historique», déclare-t-elle. Elle met son bras autour de mes épaules et se serre contre moi. Je soulève un coin de ma bouche, puis l'autre : un sourire. Je sais que c'est ce que je suis censée faire. C'est ce qu'elle veut.

«C'est une grande première. Nous n'avons encore jamais eu de présidente d'origine nigérienne.

– Une première», je répète.

Je regarde l'écran, puis le visage de ma mère. Je viens

juste d'apprendre à sourire. Je ne sais pas encore imiter ses autres expressions. Je devrais pourtant.

«Maman, viens t'asseoir avec nous! crie-t-elle en direction de la cuisine. Ça va bientôt commencer.»

Elle ne viendra pas. Je le sais. Elle ne m'aime pas. J'ignore comment je l'ai compris : pour moi, son visage est aussi indéchiffrable que celui des autres personnes. Ce n'est pas son visage. C'est autre chose.

«Je fais la vaisselle. Je vais regarder sur l'écran de la cuisine», répond-elle.

Je me lève.

«Si tu veux, je peux partir, Lily.»

Elle apparaît dans l'encadrement de la porte et échange avec Maman un coup d'œil que j'essaie de comprendre. Maman dissimule son visage entre ses mains.

«C'est ta grand-mère, Jenna. Tu l'appelais Mamie.

– Ce n'est pas grave. Elle peut m'appeler Lily», dit-elle avant de s'asseoir à côté de Maman, de l'autre côté.

CONSCIENCE

Un lieu obscur.
Un endroit où je n'ai pas d'yeux, pas de bouche. Pas de
mots.
Je ne peux pas crier, parce que je ne respire pas. Le silence
est si profond que j'ai envie de mourir.
Mais je ne peux pas.
L'obscurité et le silence durent éternellement.
Ce n'est pas un rêve.
Je ne rêve pas.

MARCHER

L'accident a eu lieu il y a plus d'un an. Cela fait deux semaines que je suis réveillée. Une année s'est envolée. J'avais seize ans, j'en ai dix-sept. Pour la deuxième fois, une femme a été élue présidente. On a découvert une douzième planète dans le système solaire. Le dernier ours polaire est mort. Autant de gros titres qui n'ont pas réussi à me secouer. J'ai dormi pendant tout ce temps.

Il paraît que j'ai crié en me réveillant. Je ne me rappelle pas ce premier jour. Plus tard, j'ai entendu Lily, dans la cuisine, dire à Maman que mes cris l'effrayaient. «On dirait un animal.»

Je continue à crier chaque fois que je me réveille. Je ne sais pas pourquoi. Je ne ressens rien pourtant. Rien sur quoi je puisse mettre un nom, en tout cas. Mais je ne peux pas plus m'en empêcher que je ne peux m'interdire de respirer.

Papa était là à mon réveil. Il m'a dit que c'était un nouveau départ. Que c'était bien. Je crois que j'aurais pu faire n'importe quoi, il aurait trouvé ça bien.

Les premiers jours ont été difficiles. Mon esprit et mon corps étaient déchaînés. Mon esprit a été le premier à se calmer. Mes bras étaient attachés. Puis mes bras se sont arrêtés à leur tour. La maison bourdonnait d'activité. On m'a auscultée, examinée, auscultée encore et encore ; plusieurs fois par jour, Papa mettait en ligne mes symptômes sur le netbook, où quelqu'un lui répondait par des conseils et des ordonnances. Mais à ma connaissance, je n'ai pris aucun médicament. Mon état s'est simplement amélioré de lui-même. Au début, je ne pouvais pas marcher ; un beau jour, j'ai réussi. Au début, ma paupière droite ne pouvait rester ouverte ; un beau jour, cela a cessé. Au début, ma langue n'était qu'un morceau de chair inutile dans ma bouche ; un beau jour, elle a su articuler des mots qu'elle n'avait pas prononcés depuis un an.

Le cinquième jour, quand j'ai marché jusqu'à la véranda sans trébucher, Maman s'est mise à pleurer. Elle répétait :

« C'est un miracle. C'est un miracle !

– Ne vois-tu pas que sa démarche n'est pas naturelle ? » a objecté Lily.

Maman n'a pas répondu.

Le huitième jour, Papa a dû reprendre le travail, à Boston. Maman et lui ont tenu à mi-voix une conversation que j'ai entendue. « Risqué… faut que j'y retourne… tout ira bien… » Avant de partir, il a pris mon visage dans ses mains. « Va doucement, mon ange. Sois patiente. Tout va s'arranger. Petit à petit, toutes les connexions vont se faire. »

Je crois que ma démarche est désormais normale. Pas ma mémoire. Je n'ai aucun souvenir de ma mère, de mon père, ou de Lily. Je ne me rappelle pas que je vivais à Boston, avant. Je ne me rappelle pas l'accident. Je ne me rappelle pas Jenna Fox.

Papa pense que ça va revenir. « Le temps guérit tout. »

Je ne lui dis pas que je ne sais pas ce qu'est le temps.

LE TEMPS

Des mots.
Des mots qui ne m'évoquent rien.
Non pas des mots compliqués que je ne suis pas censée
connaître, mais des mots simples.
Sauter. Chaud. Pomme.
Temps.
Je cherche leurs définitions. Je ne les oublierai plus.
Où sont allés ces mots,
ces mots qui étaient autrefois dans ma tête?

ORDRE

Curieux adj. 1) Désireux d'apprendre, de voir, de savoir ;
intéressé. 2) Indiscret, fouineur. 3) Qui retient l'attention ;
inhabituel, étrange, surprenant.

Au cours de la première semaine, Maman m'a raconté ma vie dans les moindres détails. Mon nom. Mes animaux de compagnie. Mes livres préférés. Les vacances en famille. Après chaque récit, elle demandait : «Tu te rappelles?» À chaque fois que je répondais non, je voyais ses yeux changer. Ils semblaient rétrécir. Est-ce seulement possible? J'ai essayé de dire «non» plus doucement. J'ai essayé de le dire sur un ton différent. Mais le sixième jour, quand elle m'a parlé de mon dernier spectacle de danse, sa voix s'est brisée. *Tu te rappelles?*

Le septième jour, Maman m'a donné une petite boîte.

«Je ne veux pas te mettre la pression. Ils sont dans l'ordre. Il y a des étiquettes. Peut-être que si tu les regardes, certaines choses vont te revenir.»

Elle m'a embrassée. J'ai senti la douceur de son pull. J'ai senti le froid de sa joue. Des sensations physiques. Dur. Doux. Râpeux. Lisse. Mais les sensations intérieures, les sentiments, sont indistincts, mêlés, une bouillie brumeuse. Cette partie de moi où ils résident est-elle encore endormie ? J'ai essayé de l'entourer de mes bras et de la serrer, comme elle l'avait fait. Elle a eu l'air contente.

« Je t'aime, Jenna. Si tu veux me demander quoi que ce soit, je suis là. Je veux que tu saches que je suis toujours là. »

La réponse adaptée était « Merci », et c'est ce que j'ai dit. Je ne sais pas si c'est quelque chose dont je me souviens ou quelque chose que je viens d'apprendre. Je ne ressens aucun amour envers cette femme. Je sens que je devrais, mais comment aimer une inconnue ? Pourtant, quelque chose a émergé de cette bouillie brumeuse. Dévotion ? Gratitude ? Je voulais qu'elle soit contente. J'ai repensé à son offre. *Si tu veux me demander quoi que ce soit.* Je n'avais rien à demander. Les questions n'avaient pas encore surgi.

J'ai regardé le premier disque. Il me semblait logique de les visionner dans l'ordre. C'était moi *in utero*. Des heures et des heures de moi *in utero*. Je suis la première. Il y a eu deux bébés garçons avant moi, mais ils n'ont pas dépassé le premier trimestre. Avec moi, Maman et Papa ont pris des mesures spéciales, et ça a marché. Je suis la première et la seule. Leur enfant miracle. J'ai regardé le fœtus qui flottait dans un monde liquide et obscur, et je me suis demandé si j'aurais dû me rappeler ça aussi.

Tous les jours, je visionne d'autres disques, j'essaie de retrouver ce que j'étais. Certains ne contiennent que des photos, d'autres des films. Il y a plusieurs dizaines de disques. Peut-être une centaine. Des milliers d'heures de moi.

Je m'installe sur le grand canapé. Aujourd'hui, je regarde « Jenna Fox / Troisième année ». Ça commence par mon anniversaire. Une petite fille qui court, qui rit sans raison, qui s'arrête devant un grand mur de pierres. Elle frappe le mur de ses toutes petites mains en étoile, se tourne vers la caméra.

« Pause. » J'examine le sourire. Le visage. Elle possède quelque chose. Quelque chose qui ne se trouve pas dans mon propre visage. Mais je ne sais pas ce que c'est. Peut-être simplement un mot que j'ai perdu ; peut-être davantage. J'observe les grosses pierres sur lesquelles sont posées ses mains. C'est le mur du petit jardin clos de la grande maison où nous vivions à l'époque. Je l'ai déjà vu hier, dans le dix-huitième disque.

« Play. » La scène se remet en mouvement. J'observe la fillette aux cheveux dorés crier, courir, cacher sa figure entre deux jambes vêtues d'un pantalon. Puis elle est soulevée dans les airs, et la caméra zoome sur le visage de Papa, qui rit et bécote son ventre. *Mon* ventre. La fillette rit elle aussi ; elle semble aimer ça. Je marche vers le miroir accroché près de la bibliothèque. J'ai quatorze ans de plus, mais je vois la ressemblance. Les mêmes cheveux blonds. Les mêmes yeux bleus. Les dents sont différentes : les dents d'une enfant de trois ans sont si petites. Mes doigts. Mes mains. Tout est plus grand, maintenant. Je suis presque une autre personne. Et pourtant, c'est moi. En tout cas, c'est ce qu'on me dit. Je retourne devant l'écran, je regarde le reste de la fête d'anniversaire, le bain, la leçon de danse, la peinture avec les mains, le gros caprice, l'histoire du soir, les innombrables détails de la vie de la petite Jenna Fox qui avaient de l'importance pour Maman et Papa.

Des pas derrière moi. Je ne me retourne pas. C'est Lily. Ses pieds ne font pas le même bruit que ceux de Maman. Un mouvement sec, distinct. Ai-je toujours été aussi sensible au bruit ? Elle se tient debout derrière moi. J'attends qu'elle prenne la parole. Elle ne le fait pas. Je me demande ce qu'elle veut.

« Tu n'es pas obligée de les regarder dans l'ordre, tu sais, dit-elle au bout d'un moment.

– Je sais. Maman me l'a dit.

– Il y a des vidéos de quand tu étais adolescente.

– Je suis encore adolescente. »

Une pause, que je soupçonne délibérée : « Certes. » Elle pénètre dans mon champ de vision. « Tu n'es pas curieuse ? »

Curieux. Un mot que j'ai cherché dans le dictionnaire ce matin, en entendant Maman l'utiliser pour décrire Mr Bender, le voisin qui vit de l'autre côté de l'étang. Lily me demande-t-elle si je suis indiscrète, ou si je suis étrange ?

« J'ai été dans le coma pendant un an. Je suppose que ça fait de moi quelqu'un d'inhabituel, d'étrange, de surprenant. Si, Lily, je suis curieuse. »

Lily décroise les bras, les laisse pendre le long de son corps. Sa tête s'incline légèrement. C'est une belle femme. Elle a l'air d'avoir cinquante ans, alors qu'elle en a certainement plus de soixante. De petites rides se creusent autour de ses yeux. La subtilité de son expression m'échappe.

« Tu devrais les regarder dans le désordre. Passe directement à la dernière vidéo. »

Lily quitte la pièce et, quinze jours après mon réveil, je prends ma première décision de façon indépendante. Je vais continuer à regarder les disques dans l'ordre.

EXTENSION

L'endroit où nous vivons a quelque chose de curieux. Lily a quelque chose de curieux. Papa et ses appels nocturnes quotidiens à Maman ont quelque chose de curieux.

Et bien entendu, j'ai moi-même quelque chose de curieux. Pourquoi est-ce que je me souviens de tous les détails de la Révolution française mais pas de si j'avais une meilleure amie ?

SEIZIÈME JOUR

Quand je me suis réveillée ce matin, j'avais des questions. Je me suis demandé où elles s'étaient cachées jusque-là. *Le temps guérit tout.* Est-ce là ce que Papa voulait dire ? Ou bien les mots étaient-ils en désordre dans ma tête et essayaient-ils simplement de retrouver leur place ? Parallèlement aux questions, le mot *prudence* me vient à l'esprit. Pourquoi ? Je commence à croire que je dois faire confiance à ces mots qui surgissent de façon soudaine.

« Jenna, je dois y aller, crie Maman depuis la porte d'entrée. Tu es sûre que tout ira bien ? »

Maman va en ville. C'est la première fois qu'elle quitte la maison depuis mon réveil.

« Oui. Mes nutriments sont sur la table. Je sais combien je dois en prendre. »

Je ne peux pas encore manger de nourriture normale. Quand j'ai demandé pourquoi, Papa et Maman se sont coupé mutuellement la parole à plusieurs reprises ; ils m'ont finalement expliqué qu'après avoir été nourrie par le biais d'un tube pendant un an, je ne peux pas encore absorber d'aliments classiques : mon système serait incapable de les assimiler. Je n'ai jamais vu ce tube. Peut-être se trouve-t-il sur le dernier disque, celui que Lily m'a conseillé de regarder. Mais pourquoi voudrait-elle que je voie ça ?

« Ne sors pas, ajoute Maman.

– Elle ne sortira pas », répond Lily.

Maman a rendez-vous avec des ouvriers. Elle est restauratrice spécialisée. Ou elle l'était. À Boston, elle dirigeait une agence qui s'occupait de rénover des *brownstones*, les anciennes constructions en grès brun. Elle était très demandée. Les vieilles demeures ont la cote. Lily m'a dit qu'elle avait très bonne réputation. Mais à cause de moi, sa carrière est terminée : il n'y a pas de brownstones en Californie. En revanche, la villa dans laquelle nous vivons a bien besoin d'être retapée, elle, et Maman estime que, puisque je vais mieux, le moment est venu d'en faire un endroit vivable. Aucune restauration ne ressemble à une autre, dit-elle. Son travail, maintenant, c'est de nous remettre en état, moi et Costwold Cottage.

Elle est déjà au milieu de l'allée devant la maison lorsque je pose ma première question. Je sais que ce n'est pas le bon moment.

« Maman, pourquoi avons-nous emménagé ici ? »

Elle s'arrête. Je crois même qu'elle trébuche. Elle se retourne. Ses yeux sont grands ouverts. Elle ne dit rien, donc je poursuis.

« Puisque les meilleurs médecins, le travail de Papa et ta carrière sont à Boston, pourquoi sommes-nous venus ici ? »

Maman baisse les yeux, puis les relève. Elle sourit. Un coin des lèvres, puis l'autre. Un sourire forcé.

« Pour plusieurs raisons, Jenna. Je ne peux pas te les détailler maintenant, sans quoi je vais rater mon bus, mais la principale est que nous avons jugé qu'il valait mieux t'emmener te rétablir dans un endroit calme. Et ça a l'air de fonctionner, pas vrai ? »

Un discours préparé d'avance. Je le perçois au ton de sa voix. D'une certaine façon, son explication tiendrait presque la route, mais je vois ce qui cloche. Il vaut toujours mieux avoir de bons médecins sous la main qu'être au calme. Pourtant, je hoche la tête, à cause de cette chose dans ses yeux. Les yeux ne respirent pas, je le sais ; mais les siens semblent retenir leur respiration.

MA CHAMBRE

Je vais dans ma chambre. Ce n'est pas ce que j'ai envie de faire. Mais avant de partir, Maman a insisté : « Va dans ta chambre, Jenna. Tu as besoin de repos. »

Je ne suis pas fatiguée et je n'aime pas l'idée de m'enfermer, mais sans même y songer, je suis mes pieds qui m'emmènent à l'étage et je ferme la porte derrière moi. Elle doit être contente.

Ma chambre est une des dix pièces qui se trouvent en haut, sans compter les placards, salles de bains, cagibis et autres petites pièces aveugles dépourvues d'utilité. Elle est la seule qui soit propre et meublée : les autres sont vides, si ce n'est une araignée ici et là ainsi que quelques vieilleries laissées par les anciens propriétaires. Le rez-de-chaussée abrite au moins dix pièces supplémentaires, dont seule la moitié est aménagée. Certaines d'entre elles sont fermées à clef. Je n'y ai jamais mis les pieds. C'est là que dorment Maman et Lily.

Cette maison n'a rien d'un *cottage*. Un cottage est une chaumière. J'ai vérifié la définition. J'ai aussi cherché *Cotswold*. C'est une race de mouton. Nous devrions donc vivre dans une petite maison modeste, avec une seule pièce où s'entassent des moutons. Je n'ai pas vu un seul mouton non plus, d'ailleurs.

Ma chambre est au bout d'un long couloir. C'est la plus grande de l'étage ; du coup, le lit, le bureau et la chaise semblent ridiculement petits, déplacés. Le parquet ciré reflète les meubles. C'est une chambre froide. Non en termes de température mais en termes d'atmosphère : elle ne révèle rien sur la personne qui l'habite. Ou peut-être que si.

Seul élément coloré : le couvre-lit jaune moutarde. Le bureau est vide, à l'exception du netbook que Papa utilisait pour communiquer avec les médecins. Pas de papiers. Pas de livres. Pas de bibelots. Rien.

La chambre communique avec une grande penderie, qui mène à un cagibi, qui contient lui-même un placard, au fond duquel se trouve une petite porte que je ne peux pas ouvrir. Étrange aménagement. Ma chambre à Boston était-elle semblable ? Quatre chemises et quatre pantalons sont accrochés dans le cagibi. Tous bleus. En dessous, deux paires de chaussures. Rien dans le placard. Je passe ma main le long des parois et m'étonne devant tout ce vide.

Je regarde par la fenêtre. Dans le jardin qui jouxte le nôtre, au-delà de l'étang, j'aperçois Mr Bender, notre curieux voisin, tache de couleur dans le lointain. Il est accroupi, comme s'il examinait quelque chose par terre. Il se redresse, fait quelques pas, et disparaît hors de ma vue, masqué par un eucalyptus. Je tourne le dos à la fenêtre.

Une chaise en bois.

Un bureau vide.

Un lit tout simple.

Si peu de choses. La vie de Jenna Fox se résume-t-elle à ça ?

UNE QUESTION QUE JE NE POSERAI JAMAIS À MAMAN

N'avais-je aucun ami?

J'ai été malade pendant plus d'un an, et ma chambre ne contient pas la moindre carte, lettre, pas le moindre ballon ou bouquet de fleurs fanées.

Le netbook ne sonne jamais pour moi.

Pas même un message poli de la part d'un ancien camarade de classe.

Je ne me rappelle pas grand-chose, mais je sais que quelqu'un aurait dû se manifester. D'une manière ou d'une autre.

Quand quelqu'un est malade, les gens prennent de ses nouvelles.

Quelle fille était-elle, cette Jenna Fox, pour que personne ne l'aime?

Est-ce que je veux vraiment me souvenir d'elle?

Tout le monde devrait avoir au moins un ami.

AILLEURS

Lily chantonne. Mes pieds gigotent comme mus par leur propre volonté, mais j'essaie de les maîtriser. Je me penche le long du mur et jette un œil par la porte de la cuisine. Elle me tourne le dos. Elle passe la plupart de son temps à préparer de bons petits plats. Il y a quelques années, elle était chef du service de médecine générale au centre hospitalier universitaire de Boston. Papa était interne là-bas à la même époque. C'est comme ça qu'il a rencontré Maman. Puis Lily a démissionné. Je ne sais pas pourquoi. Maintenant, elle a pour uniques passions la cuisine et le jardinage. Tout le monde semble se réinventer dans cette maison ; personne n'est ce qu'il était autrefois. Quand elle n'est pas dans la cuisine, elle s'affaire dans la serre. Je ne peux pas manger ce qu'elle prépare ; peut-être est-ce l'une des raisons pour lesquelles elle ne m'aime pas.

Elle remue des casseroles, ouvre le robinet. Je glisse vers la porte d'entrée.

La lourde porte en bois grince terriblement, mais le bruit en est couvert par le tintement des casseroles et le clapotis de l'eau qui coule. Je n'ai jamais dépassé les marches de l'entrée, sauf une fois, de nuit, lorsque Maman m'a emmenée voir la serre de Lily. Dès le début, elle a en effet exigé que je reste en permanence à la maison. Elle a peur que je me perde.

Se perdre v. pronom. 1) Être réduit à rien, cesser d'être. 2) S'égarer, ne plus retrouver son chemin. 3) Être incapable de comprendre, s'embrouiller.

Je crois que c'est déjà le cas.

Le soleil de midi m'éblouit. Je ferme doucement la porte derrière moi. Je n'ai pas l'intention d'aller loin. Je garderai la maison en vue. *Prudence.* Ce mot resurgit, m'encerclant comme une haie. Je passe devant le conduit de cheminée de la salle à manger. Plusieurs briques sont tombées et disparaissent sous les ronces. Sa paroi est couverte de mousse. Je contourne le garage pour que Lily ne me voie pas. Plusieurs fenêtres sont condamnées, et toute une section du toit a perdu ses tuiles. Pourtant, l'argent n'est visiblement pas un problème chez nous. Comment se fait-il que Maman n'ait pas trouvé le temps de faire exécuter les réparations les plus élémentaires, alors que j'ai été dans le coma pendant toute une année?

Je dépasse le garage. Me voilà derrière la maison, en face de chez Mr Bender ; mais je ne l'aperçois nulle part. Notre jardin descend lentement vers un étang aux eaux calmes. Cette pièce d'eau marque la limite entre nos deux terrains, et au sud, le ruisseau qui l'alimente nous sépare d'autres voisins, comme une frontière naturelle. Au nord, l'étang se déverse dans un nouveau petit cours d'eau qui s'enfonce dans une forêt d'eucalyptus.

J'avance encore de quelques pas et je distingue enfin Mr Bender, assis sur ses talons, dans la même position adoptée par la petite Jenna de trois ans dans les vidéos.

Une posture insolite pour un homme adulte. Il tient quelque chose dans une main et tend l'autre vers le sol. Il est tellement immobile que je n'ose plus bouger.

Curieux. Bizarre. Étrange. Maman avait raison.

Je reprends ma progression jusqu'à ce que l'étang me barre le passage, puis je longe la rive en direction de la forêt. Les arbres sont fins mais nombreux. Au bout de quelques mètres, l'étang déverse son trop-plein dans un petit ruisseau. Quelques centimètres de profondeur, un débit à peine plus gros que celui du robinet de la cuisine. Je traverse en posant les pieds sur des pierres qui affleurent, et remonte du côté du jardin de Mr Bender. Je devrais avoir peur. Maman voudrait sûrement que je me sente effrayée. Mais en dehors de Maman, Papa et Lily, Mr Bender est le seul être humain que j'aie vu depuis mon réveil. J'ai envie de parler à quelqu'un qui ne me connaît pas, quelqu'un qui ne fréquente pas ma famille, quelqu'un qui ne fait pas partie de notre curieux cercle.

Il me voit approcher et se relève. Il est bien plus grand et gros que je ne le croyais. Je m'immobilise.

«Bonjour!» dit-il.

Je ne bouge pas.

«Tu cherches quelque chose?»

Je regarde la maison derrière moi. Je regarde mes mains, l'une après l'autre. Je m'appelle Jenna Fox.

«Non.»

J'avance. Il me tend la main.

«Je suis Clayton Bender. Tu es la fille des nouveaux voisins?»

Nouveaux? Au bout d'un an, c'est encore nouveau pour lui?

«Je m'appelle Jenna Fox. Oui, j'habite là.»

Je lui serre la main.

«Tes mains sont glaciales, jeune fille. Tu es encore en train de t'acclimater?»

Je ne comprends pas ce que ça signifie, mais je hoche la tête.

«Je vous ai vu par la fenêtre de ma chambre. Vous étiez accroupi. Vous êtes curieux.»

Il rit.

«C'est toi qui es curieuse, tu veux dire!

— D'après ma grand-mère, oui.»

Il rit à nouveau et secoue la tête. Ce rire est-il l'une des choses qui le rendent curieux?

«Eh bien, Jenna, j'étais accroupi parce que je travaillais. Viens voir.»

Il fait quelques pas et désigne le sol. Je le suis.

«Qu'est-ce que c'est?

— Je ne lui ai pas encore donné de nom. Je crois que je vais le baptiser «Serpent d'épines». Peut-être pas. Je suis un artiste environnemental.

— Un quoi?

— Une personne qui fait de l'art avec ce qu'elle trouve dans la nature.»

J'examine les centaines d'épines de sapin parfaitement alignées, fichées dans la terre, formant un long serpent sinueux qui s'enfonce et ressort du sol. J'ai envie de le caresser, mais je sais que ça l'endommagerait.

Je ne comprends pas. Il a passé toute une matinée à créer quelque chose qui sera écrasé sous des pas ou balayé par le vent d'ici demain.

«Pourquoi?»

Il rit encore une fois. Pourquoi fait-il ça? Il est encore plus curieux que moi.

«Tu es une critique sévère, hein? Je crée des œuvres d'art parce que j'en ressens le besoin. C'est en moi. Comme le fait de respirer.»

Comment un serpent d'épines peut-il être en lui ? Un serpent éphémère, en plus ?

« Mais demain, tout aura disparu !

– Probablement. C'est ce qui fait le charme de ce serpent. Ce qui le rend encore plus beau. Selon moi, en tout cas. Il est délicat, temporel, et à la fois éternel. Il retournera à la nature, et ses éléments pourront être utilisés, encore et encore, en un cercle sans fin. Je ne fais qu'arranger certaines parties de la nature pour un temps limité, pour que les gens remarquent la beauté de ce qu'ils ignorent le plus souvent. Pour qu'ils s'arrêtent, et…

– Mais personne ne va le voir, ici.

– Je prends des photos quand j'ai terminé, Jenna. La beauté temporelle, c'est bien, mais j'ai aussi besoin de manger. Mon nom, Clayton Bender, ne te dit rien ?

– Non. »

Il sourit.

« Toutes mes œuvres ne sont pas connues, mais à mes débuts, j'ai réalisé une sculpture de glace sur la neige. Blanc sur blanc. C'est ce qui a donné son essor à ma carrière. Ce n'est pas ma plus belle photographie, mais c'est la plus célèbre : rares sont les cabinets médicaux ou les bureaux où elle n'est pas affichée quelque part. Le blanc va avec tout. C'est grâce à ça que j'ai pu acheter cette maison, ce que je ne pourrais plus me permettre aujourd'hui !

– Votre maison coûte très cher ?

– Bien sûr. Une véritable fortune, comme toutes celles du quartier. Mais je l'ai eue pour une bouchée de pain après le tremblement de terre. Tu es trop jeune pour t'en souvenir, mais…

– Il y a quinze ans. Dans le sud de la Californie. Dix-neuf mille morts. Deux villes englouties par un raz de marée, toutes les voies de communication coupées. L'eau a recouvert la partie sud de la région. La catastrophe naturelle la plus importante que ce pays ait jamais connue. On considère que ce tremblement de terre et l'épidémie d'aureus qui a suivi trois mois plus tard sont à l'origine de la seconde Grande Dépression, qui a duré six ans. »

Je suis ahurie. Est-ce le mot juste ? Oui, *ahurie*. D'où me viennent ces connaissances ?

Mr Bender pousse un sifflement admiratif.

« Eh bien ! Tu t'y connais, on dirait ! Tu es une mordue d'histoire, non ? »

L'étais-je ? Le suis-je ? Je suis encore en train d'essayer de comprendre où j'ai été chercher tout ça.

« En tout cas, reprend-il, tu as tout bon. Juste après ces événements, j'ai acheté cette maison pour une somme ridicule. Mais maintenant, le tremblement de terre est oublié et les sismologues prédisent qu'il faudra plusieurs siècles avant qu'on atteigne de nouveau neuf sur l'échelle de Richter. Les prix sont donc remontés en flèche.

– La nôtre est très endommagée. Je ne crois pas qu'elle vaille grand-chose.

– Elle a été vide pendant des années, mais il ne faudra pas longtemps pour la remettre en état. Je suis content qu'elle soit de nouveau habitée. Quand je vous ai vus emménager il y a une quinzaine de jours, j'étais ravi.

– Il y a une quinzaine de jours ? Nous habitons là depuis plus longtemps que ça. »

Mr Bender fronce les sourcils.

« Bien sûr. Tu dois avoir raison. J'ai sans doute perdu la notion du temps. »

Il n'en croit pas un mot. Il veut juste éviter une dispute. Moi aussi. Je désigne le Serpent d'épines.

« Allez-vous prendre une photo ?

– Pas encore. J'attends que le soleil soit un peu plus bas.

Et si j'ai de la chance, je réussirai peut-être à convaincre un ou deux oiseaux de poser pour la photo. Une version moderne du Loup et l'Agneau…

– Vous avez des oiseaux ?

– Viens, je vais te montrer. »

Il traverse un jardin mal entretenu. Je le suis le long du sentier de dalles brisées qui permet de circuler entre la lavande sauvage, le buis non taillé et les petites ombrelles en dentelle de l'anis. Nous débouchons sur une pelouse circulaire, avec un tronc d'arbre taillé en son centre en guise de banc. Mr Bender s'installe, ramasse une petite boîte à ses pieds, y prend quelque chose.

« Assieds-toi. »

Il tend la main. Aussitôt, des gazouillis s'élèvent tout autour de nous.

« Ne bouge pas. »

Un petit oiseau gris passe devant son bras sans ralentir. Un autre s'approche, voltige, plonge, puis disparaît comme le premier. Mr Bender reste parfaitement immobile. Un troisième arrive, plane, hésite, et se perche enfin sur son poignet. Il saisit une graine, s'envole. Deux autres le remplacent bientôt et grappillent avec avidité, plus courageux que les autres. Je suis fascinée par leurs becs pointus, leurs petites pattes, leurs plumes grises qui se déplient et se replient comme un superbe éventail. Je tends la main pour essayer de les toucher, mais ils s'envolent aussitôt tous les deux.

« Il faut de la patience. Tiens, essaie. »

Il me confie la boîte de graines, et j'en saisis une poignée. J'ouvre grand la main et j'attends. Le chant des oiseaux remplit le jacaranda*, mais ils ne quittent pas leurs perchoirs. Je tends la paume un peu plus avant. Nous

* Arbre originaire d'Amérique.

conservons le silence. Je prends garde à ne pas bouger. Je suis patiente.

Ils ne viennent pas.

« Ils n'ont peut-être plus faim, déclare alors Mr Bender. Reviens quand tu veux, Jenna, et nous ferons une autre tentative. »

Quand tu veux ? Les expressions des visages, que j'étais incapable de déchiffrer depuis ma sortie du coma, commencent à signifier quelque chose pour moi. Cela se concentre dans les yeux. Les paupières parlent un langage sans mots. Le plus imperceptible changement a un sens. Je viens d'interpréter ce que j'ai lu sur le visage de Lily, hier. Du chagrin. Et là, dans les yeux de Mr Bender, je sais ce que c'est. La vérité. Il espère vraiment me voir revenir. Comment les yeux peuvent-ils dire tant de choses ? Encore quelque chose de curieux.

« D'accord. »

Il se lève et jette le restant des graines dans le buis. Grand tapage. Les oiseaux avaient encore faim.

« Il faut que je me remette au travail, Jenna, mais je te remercie d'être venue. » Nous remontons le sentier. Il s'arrête non loin de l'étang et passe la main sur sa nuque. « Encore une chose : sois prudente quand tu vas te promener. Ces derniers temps, il y a eu divers incidents, dans le coin. Des vitres cassées, des animaux domestiques enlevés. Et d'autres choses encore. Les habitants du quartier sont pour la plupart très gentils, mais… on ne sait jamais.

— *On* ne sait jamais, mais vous savez, vous ?

— Disons qu'on peut tout trouver sur le Net, et que je tiens à connaître mes voisins. »

Il fixe une maison blanche au bout de la route.

« Merci, monsieur. *Prudence* est un mot que je ne prends pas à la légère. »

LE RUISSEAU

J'ai un ami. Cela change tout. Ce n'est peut-être pas un ami normal pour une fille de dix-sept ans, mais je ne suis pas normale non plus. Pour l'instant, je me moque de la normalité.

Je ne sais pas si je me souviendrai un jour de Jenna Fox. Papa semble penser que oui ; Maman a absolument besoin d'y croire ; d'un autre côté, j'aime l'idée de me débarrasser de ce vieux vêtement et de me reconstruire sur des bases entièrement nouvelles.

Je souris, sans même devoir penser à soulever les coins de ma bouche : cela se fait tout seul. Mr Bender est curieux. Moi aussi. Je ne suis pas perdue. Je ne suis pas réduite à rien. J'ai un ami.

Je longe le jardin de Mr Bender et pénètre dans la petite forêt d'eucalyptus, là où l'étang se heurte à un barrage composé de terre et de racines entremêlées. Je pose le pied sur une pierre qui affleure à la surface du petit ruisseau, mais quelque chose attire mon regard. Un tremblement blanc, un éclat sur les flots, qui m'agresse, m'aveugle, me tire en avant.

Mon pied glisse et plonge dans l'eau. J'entends du bruit. Des cris.

Je sens que je tombe, mais je ne vois pas où. Le monde tourne. Ma bouche s'ouvre. Un hurlement. Mes bras s'agitent désespérément. J'avale.

Mon nez. Ma bouche. Le noir. La douleur dans ma poitrine.

L'eau est partout.

« Mamie ! Mamie ! »

Une pierre me déchire le genou. Un miroitement. Des

images défilent dans ma tête. Une lumière affaiblie. Le clapotis. Je m'enfonce. L'obscurité mouillée me recouvre, des bulles d'air s'élèvent au-dessus de moi.

«Jenna!»

Des mains autour de mes poignets. Des mains qui secouent mes épaules.

«Jenna!»

Je vois Lily qui m'examine, m'aide à me relever.

«Jenna! Qu'est-ce qui t'arrive? Que s'est-il passé? Jenna! Jenna!»

L'eau de l'étang est parfaitement calme. Mes vêtements sont secs. Je me suis coupé le genou; il en sort un filet de sang.

«Je…

– Ça va?»

Les pupilles de Lily sont minuscules.

«Je… je crois.»

Je ne sais pas ce qui s'est passé. Tout était différent. L'étang était gigantesque, j'étais si petite. L'eau me recouvrait. Je ne voyais rien.

J'ai cru que je me noyais.

SOUVENIR

Je suis assise devant la table de la cuisine. Maman éteint le netbook et s'approche de moi. Cela fait un quart d'heure qu'elle discute avec Papa au sujet de ma coupure au genou. Elle a prié Lily de s'en occuper, mais Lily a refusé, alléguant qu'elle n'avait pas pratiqué la médecine depuis quinze ans et qu'elle n'avait d'ailleurs jamais pratiqué *ce genre* de médecine.

«Il dit que ça devrait aller, déclare Maman. Que ça devrait guérir comme n'importe quelle autre coupure.

– *C'est* une coupure comme n'importe quelle autre, dis-je.

– Pas exactement, intervient Lily en prenant place non loin de moi.

– Je te l'avais dit, Jenna! explose Maman. Je te l'avais dit! Je t'avais demandé de ne pas quitter la maison!

– J'ai désobéi.»

Maman s'effondre sur une autre chaise, se frotte la tempe.

«Que s'est-il passé? demande-t-elle plus doucement.

– J'ai traversé le ruisseau. J'ai mis le pied sur une pierre, et…

– Et quoi?

– Est-ce que j'ai déjà failli me noyer?

– Le ruisseau ne fait que quelques centimètres de pro…» Lily lui coupe la parole.

«Oui. Il y a très longtemps. Elle n'avait que deux ans.

– Mais elle ne peut pas se rappeler…

– Si, je me rappelle.»

Je me rappelle. Je regarde Maman, puis Lily. Leurs expressions sont identiques, comme si l'air avait été expulsé d'un seul coup de leurs poumons.

«Je me rappelle. Des oiseaux. Des oiseaux blancs. Je suis tombée. Une chute interminable. J'ai crié, l'eau a rempli ma bouche…»

Lily repousse sa chaise et se met debout.

«Nous étions sur le port. J'ai lâché la main de Jenna pendant une seconde, juste le temps de prendre de l'argent dans mon sac pour acheter une glace. J'ai payé, et quand je me suis retournée, elle était déjà au bout du quai. Elle courait si vite. Les mouettes. Il y avait plein de mouettes au bout du quai, et elle ne s'est pas arrêtée. Elle était tellement fascinée par les oiseaux qu'elle ne m'a pas entendue crier. Je l'ai vue tomber, j'ai couru. Elle était déjà en train de couler. J'ai sauté derrière elle. »

Lily parle de moi comme s'il s'agissait de quelqu'un d'autre. Comme si je n'étais pas dans la pièce.

« Tu m'as acheté une autre glace, une semaine plus tard, quand nous y sommes retournées. Une glace à la…

– … cerise. »

Maman se met à pleurer. Elle se lève et vient vers moi. Ses bras entourent mes épaules, elle embrasse mes joues, mes cheveux.

« Oh, Jenna, tu te rappelles ! Ton père avait raison. Ce n'est que le début. »

Je me rappelle.

Jenna Fox est bien là, après tout. Juste au moment où je me sentais prête à renoncer à elle, elle remonte à la surface. *Ne m'oublie pas.*

Je ne crois pas qu'elle m'y autoriserait.

VISITEURS

Kara.

Et Locke, aussi.

Cela me revient. Maman et Papa avaient raison. Des morceaux. Des fragments. De plus en plus souvent. Des détails qui surgissent au cours de la nuit. Des visages qui me réveillent. Je m'assieds, effrayée.

J'avais des amis. Kara et Locke. Je ne me rappelle pas quand. Ni où. À l'école ? Dans le quartier ? Je ne me rappelle pas où nous allions, ce que nous faisions. Mais je vois leurs visages devant moi, j'entends leur souffle.

Je les connaissais. *Je les connaissais très bien.* Où sont-ils à présent ?

Je reste assise sur le lit, dans le noir, entourée par la nuit et ses bruits. J'essaie de retrouver autre chose d'eux, j'essaie de les relier à des endroits, des détails, des voix, quelque chose qui fasse surgir de nouveaux souvenirs. Mais seuls leurs visages sont là, juste devant moi. Ils me fixent des yeux. Ils ne me quittent pas, comme des chiens qui ont suivi une odeur, remonté une piste.

Parlez-moi. Dites-moi qui vous êtes.

Dites-moi qui je suis.

DATES

Lily fait coulisser la porte rouillée du garage, qui tremble et grince avant de céder bruyamment. À l'intérieur de cet antre, une vieille voiture hybride rose coincée entre des colonnes de cartons.

« Je vais la sortir, ensuite tu pourras monter, dit-elle sèchement. Et ne le dis pas à ta mère. Elle sera furieuse si elle apprend que je t'ai emmenée avec moi, à la vue de tous.

– J'aimerais mieux rester à la maison.

– Moi aussi, j'aimerais mieux que tu restes ici. Mais j'ai une course à faire, et il est hors de question que tu fugues comme la dernière fois.

– Je n'en ai pas l'intention. »

Lily répond par un grognement. Elle se faufile entre les cartons et manœuvre pour sortir la voiture du garage. Je monte à côté d'elle.

« On va prendre le métro ? »

Elle freine.

« Tu te souviens du métro ? »

J'en ai assez de m'entendre demander si je me souviens de ceci ou cela. C'est une question de degré. Est-ce que je me vois dans le métro ? En train d'aller quelque part de précis ? En compagnie de quelqu'un que j'aime ? Non. Est-ce que je me rappelle comment était le métro ? Oui. Je donne donc la meilleure des réponses possibles : je hausse les épaules.

« Eh bien, nous ne sommes pas à Boston, et il n'y a pas de métro ici. Quant au bus, il ne va pas dans la bonne direction, donc nous prenons la voiture. Ça te va ? »

Je ne réponds pas.

Elle redémarre. Nous passons devant les autres maisons de notre rue. Il n'y en a que cinq. Les quatre autres ne sont pas des cottages. Chacune est différente. Une demeure style Tudor juste à côté de chez nous, que jouxte une grande bâtisse néoclassique, puis une Second Empire, et enfin la maison blanche que Mr Bender a associée au mot *prudence* : une résidence massive, géorgienne, pourvue de grandes colonnes de part et d'autre de l'entrée. Cela m'amuse de constater que je connais tous ces différents styles. J'imagine que le bureau de Maman contient des centaines de livres sur l'architecture ; peut-être l'ancienne Jenna les a-t-elle lus.

Mr Bender m'a dit que les maisons de ce quartier valaient une fortune. Au vu de cet échantillon, je le crois volontiers. Je suis certaine que notre maison à Boston vaut très cher, elle aussi.

« Est-ce que Maman et Papa sont riches ?

– C'est une question bizarre.

– Je *suis* bizarre, tu te souviens ?

– Oui. Pleins aux as.

– Tu veux dire riches?

– Exact.

– Grâce à la restauration de brownstones?»

Elle rit.

«C'est Papa, donc. Les médecins gagnent-ils toujours si bien leur vie?

– Non.»

Elle hésite. La voiture s'arrête à une intersection. Elle soupire comme si elle s'apprêtait à m'offrir quelque chose à quoi il lui coûte de renoncer. Et que j'ai intérêt à apprécier.

«Il a fondé sa propre compagnie biotech et l'a vendue il y a quatre ans. C'est ainsi qu'il a fait fortune. Il a développé le Bio Gel, une véritable révolution en matière de transplantation d'organes. Avant, on ne pouvait conserver les organes que quelques heures; désormais, on peut les garder indéfiniment, jusqu'à ce qu'on trouve le receveur adéquat. Un succès immédiat. Ça a fait les gros titres des journaux. Autre chose?

– S'il a vendu la compagnie, où travaille-t-il maintenant?

– Toujours au même endroit.»

Je ne comprends pas, mais Lily ne semble pas vouloir me donner d'autre explication et je suis lasse de devoir lui tirer les vers du nez. Je change de sujet et fais un geste en direction de la rue que nous venons de quitter.

«Tu connais les voisins?

– Pas encore.»

Une fois de plus, elle ne développe pas. Elle préférerait garder le silence. Elle peut toujours rêver.

«Tu ne les as toujours pas rencontrés? Au bout d'un an?

– Qu'est-ce qui te fait penser que nous sommes ici depuis si longtemps?

– Maman m'a dit que nous avions déménagé voici…

– Nous sommes arrivés il y a deux semaines et demie, m'interrompt-elle.

– Ce n'est pas possible. Ça fait seize jours que je suis sortie du coma. Tu veux dire que je me suis réveillée pile le lendemain du jour où nous avons emménagé? Ce serait une drôle de coïncidence… »

Je ne poursuis pas. Lily non plus. Mr Bender m'a dit qu'il nous avait vus arriver deux semaines plus tôt, lui aussi. C'est forcément vrai. Comment Papa et Maman ont-ils su? J'ai passé un an dans le coma. Comment pouvaient-ils prévoir le jour exact où j'en sortirais, et se débrouiller pour emménager en Californie précisément à ce moment-là? Est-ce un hasard? Ou bien ont-ils provoqué mon réveil? Pouvaient-ils en décider la date? Mais dans ce cas, pourquoi me garder dans le coma pendant un an? Pourquoi me voler plus d'une année de ma vie? Quels parents feraient une chose pareille?

Prudence, Jenna.

J'avais tort. Lily aura droit au silence, en fin de compte.

ACCORD

Je n'ai jamais posé de question au sujet de l'accident.
Quelque chose me retient.
Peut-être un certain éclat dans les yeux de Maman.
Peut-être le sourire forcé de Papa.
Peut-être un sentiment au plus profond de moi auquel je ne sais pas encore donner de nom.
L'accident.
C'est comme un titre. Un stop. Un mur.
La frontière entre ce que j'étais et ce que je serai.
Je ne peux pas poser de question, et on ne me donne pas d'explication.
C'est un accord tacite.
Peut-être le seul accord
que nous ayons
jamais passé.

À L'INTÉRIEUR

«Nous y sommes.»

La voix de Lily est douce. Différente. Le paysage que je voulais mémoriser a glissé autour de moi, et je me retrouve dans un parking sans savoir comment nous y sommes arrivées.

«Jenna.»

De nouveau cette voix. Cette voix douce que je reconnais à peine. Combien de temps avons-nous roulé ? Combien de temps ai-je regardé fixement par la fenêtre sans rien voir ? L'idée de tout ce que j'ai encore besoin d'apprendre me déchire. Mes doigts s'agrippent au siège. J'ai besoin d'un mot. *Curieux. Perdu. Fâché*. Non. *Malade ?* Est-ce le mot juste ? Je cherche un mot absent.

«Jenna.»

Peur. Une peur intensifiée par la voix douce de Lily. J'ai peur.

Je tourne la tête pour la regarder. D'où vient ce changement d'attitude ?

«Pourquoi tu me détestes ?»

Elle ne répond pas tout de suite. Elle me dévisage. Sa poitrine se gonfle, sa tête se penche légèrement sur le côté.

«Je ne te déteste pas, Jenna. Je n'ai pas de place pour toi, voilà tout.»

Des mots durs prononcés avec tendresse. Une violente contradiction qui me prouve qu'il y a là quelque chose que je ne saisis pas. L'ancienne Jenna Fox aurait su ce que c'était, elle. Néanmoins, le ton de Lily me calme. Je hoche la tête comme si j'avais compris.

«Viens avec moi», dit-elle doucement.

Elle prend des paquets sur le siège arrière. Je traverse avec elle le parking désert, les allées couvertes de gravier. Nous nous dirigeons vers un grand bâtiment blanc, éblouissant contre le ciel bleu. J'ai mal aux yeux.

«Où sommes-nous?

– À la mission. San Luis Rey. Ça fait des années que je suis en contact avec le père Rico; je vais enfin pouvoir le rencontrer en chair et en os.»

Comment Lily connaît-elle un prêtre dans une vieille mission si loin de Boston?

Une lourde porte en bois. Un long mur clair. Un cimetière ombragé.

«Par ici», dit Lily comme si elle était déjà venue et connaissait le chemin.

Je regarde les fleurs fanées, les plaques, les animaux empaillés qui ornent les tombes, et je ressens une pointe de jalousie. J'aperçois une date presque effacée par les intempéries : 1823. Plus de deux cents ans, et toujours présent dans la mémoire de sa famille.

Nous atteignons le fond du cimetière et approchons de l'église qui le jouxte. Lily ouvre encore une porte, et nous plongeons cette fois-ci dans une obscurité fraîche où flotte une odeur de bougies, de renfermé, de vieux. Mes yeux s'habituent bientôt et je distingue un plafond voûté couvert de fresques, puis la statue dorée d'un homme crucifié. Jésus-

Christ. *Oui, Jésus-Christ.* Je me rappelle. Lily plie un genou en passant devant l'autel, et sa main touche successivement son front, son cœur, puis chacune de ses épaules, en un mouvement si rapide et naturel qu'il s'achève une fraction de seconde après avoir commencé. Je ne me rappelle pas ça.

Je contemple la statue dorée, l'autel, les fonts baptismaux. Je devrais ressentir quelque chose. Cet endroit l'exige. Mais je ne ressens rien. Je ferme les yeux. Immédiatement, une scène surgit derrière mes paupières. Je sens des gouttes d'eau froides sur mon front ; je vois le visage de Lily, bien plus jeune, sans rides, puis celle d'un homme qui sourit. Il soulève mon corps entier dans ses mains et m'embrasse sur la joue. Je vois ma propre main passer devant mon visage, aussi petite qu'un papillon. La main d'un bébé. J'ouvre les yeux. Mon baptême. Je revois mon baptême. Comment est-ce possible ?

À l'autre bout de l'église, Lily se tient debout devant une autre porte, attendant que je la rejoigne.

« Est-ce que mon grand-père avait les cheveux noirs ?

– Oui. Tu as dû le voir dans les vidéos. Tu avais deux ans quand il est mort. »

Je ne l'ai jamais vu dans les vidéos.

« Comment est-il mort ?

– L'épidémie d'aureus. Ça nous pendait au nez, et ça a fini par arriver. Il a été emporté par la maladie – lui et vingt millions de personnes…

– … rien que dans ce pays », je complète.

Lily fronce les sourcils. C'est la première fois qu'elle remarque à quel point mon cerveau a une mémoire sélective. Ses doigts se crispent sur la poignée en fer.

« À l'époque, la plupart des antibiotiques étaient devenus totalement inefficaces, poursuit-elle. On avait fait un gigantesque pas en arrière. Quand j'étais petite, il n'y avait qu'une dizaine de vaccins obligatoires ; aujourd'hui, il faut se faire vacciner contre presque tout. Et c'est censé être un progrès ? » Elle me regarde, une ride profondément marquée sur son front. « Des fois, on ne se rend pas compte qu'on est allé trop loin. »

Elle ouvre la porte, et un rai de lumière se dessine sur le sol.

« C'est pour ça que tu as renoncé à exercer la médecine ? »

Elle s'arrête, se retourne.

« Parce que tu n'as pas pu le sauver ? »

Je n'ai posé la question que par curiosité, mais je la vois se raidir. Elle était amère, elle est désormais furieuse.

« Ce ne sont pas tes affaires, répond-elle sèchement.

– Il y a des lois, maintenant, tu sais. »

L'un des coins de sa bouche se relève. Ce n'est pas un sourire.

« Oui. Toute une série de lois votées par le Parlement. Les scientifiques ne peuvent plus éternuer sans qu'on forme un comité pour mener une enquête. Certains d'entre eux finissent en prison. Ça aussi, c'est dans ta tête ?

– Non.

– Je m'en doutais. Ça m'aurait étonné qu'ils veuillent que tu saches ça. Le problème, c'est que certaines personnes se croient au-dessus des lois. Il y a de très bonnes raisons pour avoir une législation aussi conséquente.

– Par exemple ? »

Elle semble presque amusée par mon ton de défiance, voire étonnée que j'ose la questionner ainsi. Elle se redresse, se fait plus grande, se montre prête à me tenir tête à moi et à une dizaine d'autres personnes par-dessus le marché si nécessaire.

« On a créé du maïs transgénique, capable de résister aux insectes nuisibles. Ce faisant, on a totalement fait disparaître le maïs d'autrefois. Il n'en reste plus un seul épi sur toute la planète. Pour ce genre de choses, les lois arrivent trop tard. » Son regard me transperce. « Et le simple usage excessif d'antibiotiques a fait naître une bactérie mortelle qui a tué mon mari et un quart de la population mondiale. C'est donc…

– C'était ton cas ? » Je viens de comprendre ce qu'elle essaye de me cacher.

« Quoi donc ?

– Étais-tu au-dessus des lois, quand tu exerçais ? As-tu…

– Oui. » Sa raideur se dissipe. « Et je vais devoir porter ce poids pendant le restant de mes jours. »

Elle se retourne.

« Lily, attends. Est-ce que mon grand-père… Tu… Ai-je été baptisée ?

– Oui, dit-elle en franchissant la porte. Elle n'avait que deux semaines. Nous étions ses parrain et marraine. »

Elle disparaît, sans regarder si je la suis.

Le père Rico et Lily sont assis à l'ombre d'un arbre et discutent. Nous avons déjà fait le tour de la mission, et tous deux ont examiné avec excitation des racines noueuses, des mauvaises herbes, et des orangers anémiques aux minuscules fruits pâles. Le père Rico nous a fièrement annoncé que cet endroit était la première pépinière de Californie. À leurs yeux, les graines et cellules d'ADN conservées ici constituent un véritable trésor.

Leurs voix s'élèvent tour à tour ; certains mots parviennent jusqu'à moi : « Pur… graines d'origine… ADN préservé… »

Si je tendais l'oreille, je pourrais tout entendre, mais les explications que m'a fournies le père Rico me suffisent. Lily et lui sont membres de l'Organisation mondiale de préservation des semences, dont le but est de sauvegarder des espèces végétales d'autrefois. Apparemment, il ne reste que très peu d'espèces dont l'ADN est d'origine, à cause de la bio-ingénierie et des pollinisations croisées. Le vent ne fait pas le tri : il transporte indifféremment le pollen de plantes originelles ou le pollen de plantes OGM, et ce dernier infecte tous les végétaux traditionnels qu'il trouve sur son chemin. Je comprends désormais l'importance de la serre de Lily. Le père Rico et elle semblent considérer les manipulations génétiques comme une bombe à retardement, un peu comme l'épidémie d'aureus. Leur organisation s'emploie à sauver le monde. Littéralement.

Lily m'a sauvé la vie, une fois. Je me demande si elle y pense souvent.

Elle jette régulièrement un coup d'œil dans ma direction pour vérifier que je ne me suis pas éloignée et que je ne discute avec personne. Occasionnellement, des gens – le plus souvent d'autres prêtres – traversent le jardin, mais je ne leur adresse pas la parole. Lily me l'a interdit, sous prétexte que « ta mère n'aimerait pas ça ».

Un garçon plus grand que le père Rico s'approche alors de ce dernier. Ses mains sont sales, et il utilise son coude pour écarter les longues mèches de cheveux qui pendent de manière désordonnée devant ses yeux. Il est… agréable à regarder. Je crois que c'est l'expression consacrée. Il dit quelque chose au père Rico, hoche la tête, puis jette lui aussi un coup d'œil dans ma direction. Immédiatement, Lily se redresse sur son siège, comme prête à bondir. Va-t-il venir vers moi ? Je me détourne pour l'en décourager. Ça marche. Il échange encore quelques mots avec le père Rico, puis repart par où il est venu.

Pourquoi ai-je agi comme Lily et Maman l'auraient voulu ? Je m'en veux. Ça ne se reproduira plus.

VA DANS TA CHAMBRE

Maman sirote du jus d'orange en examinant une liste de choses à faire dans la journée. Lily râpe du fromage au-dessus d'un bol d'œufs. J'avale rapidement mes nutriments sans goût.

« Est-ce que j'étais une mordue d'histoire ? »

Maman lève à peine les yeux de sa liste.

« Une quoi ?

– Est-ce que j'aimais l'histoire ? dis-je en reformulant la question de Mr Bender. Est-ce que c'était ma matière préférée ? »

Maman sourit et ajoute quelques mots sur son papier.

« Pas vraiment, non. Au contraire. Il a même fallu te faire donner des cours particuliers d'histoire et de mathématiques. »

Des cours particuliers ? Mon professeur devait être excellent.

Je repousse mon verre vide et j'annonce :

« Je veux retourner au lycée. »

Maman laisse tomber son crayon. Lily cesse de fouetter les œufs.

« J'imagine que je n'ai pas passé le bac pendant que j'étais dans le coma, pas vrai ? Il faut donc que je termine ma scolarité. »

Maman ne dit pas un mot. Sa bouche est ouverte, et elle secoue légèrement la tête, comme si mes paroles y rebondissaient. Cela m'amuse.

« Il y a deux bus de ramassage scolaire qui passent tout près d'ici – j'ai vérifié sur le Net. Sinon, il y a aussi une grande école privée à quelques minutes en voiture.

– Tu n'as pas ton permis ! » crie-t-elle soudain. Puis,

plus calmement : «Il est hors de question que tu ailles en cours. Tu es encore en convalescence…

– Je vais bien, maintenant !

– J'ai dit non, répète-t-elle en se levant. Point final. »

J'hésite, puis je me mets debout à mon tour.

«Et moi, je dis que si. »

Le choc la fait taire. Ni elle ni Lily ne parle pendant un long moment. Puis elle détourne le regard, se rassoit, reprend son crayon. Elle est tranquille, sûre d'elle ; elle est cette mère qui sait avant moi où nous allons.

«Va dans ta chambre, Jenna. Tu as besoin de repos. Vas-y. Tout de suite. »

Je suis en colère. Furieuse. Enragée. Des *mots*, des mots qui me viennent enfin, qui montent jusqu'à mes lèvres, comme un torrent qui menace de déborder.

Mais tandis que les mots surgissent, ma *volonté* s'affaiblit. Maman dit que je dois aller dans ma chambre. Va dans ta chambre, Jenna. Va dans ta chambre.

J'y vais.

Ma rage en est dédoublée, multipliée, elle remplit tout mon espace visuel, comme un nuage noir. Je ne vois plus rien, mais chaque pas me rapproche de ma chambre. *Va dans ta chambre, Jenna*. Et c'est ce que je fais. C'est ce que je fais. Je m'effondre sur la dernière marche et me berce en silence. Dans quel monde me suis-je réveillée ? Quel est ce cauchemar ? Pourquoi suis-je tenue d'obéir à Maman alors même que je ressens désespérément le besoin de lui tenir tête ? Je continue à me balancer d'avant en arrière sur le palier sombre. J'ai le sentiment d'être à nouveau dans l'atroce lieu obscur où personne ne pouvait entendre ma voix. Si Jenna Fox était lâche et faible à ce point, je ne veux pas être elle. Je serre les bras autour de moi, comme pour m'éloigner du monde.

J'entends alors une voix irritée. Maman. Elle est en colère. Contre moi ? J'ai fait ce qu'elle m'a demandé. Je me penche sur la rampe pour écouter. La voix de Lily est dure, elle aussi.

« Quand donc reconnaîtras-tu que c'était une erreur ?

– Tais-toi ! Tu devrais être la seule à me comprendre vraiment ! Sans la fécondation *in vitro*, je ne serais pas là. Tu as toujours dit que j'étais ton petit miracle. Pourquoi est-ce que je n'aurais pas droit à un miracle, moi aussi ? Pourquoi serais-tu la seule à pouvoir décider jusqu'où un miracle peut aller ?

– Ce n'est pas naturel.

– Ma naissance non plus. Tu as eu besoin d'aide. C'est tout ce que j'ai voulu… »

J'entends un drôle de bruit. Un sanglot ?

« Claire…

– S'il te plaît… »

La voix de Maman est devenue douce, suppliante.

« Claire, tu ne peux pas l'enfermer éternellement. Elle veut vivre sa vie. C'était le but de l'opération, non ?

– Ce n'est pas si simple. Ça pourrait être dangereux.

– Traverser la rue est dangereux, mais des milliers de personnes le font chaque jour.

– Je ne voulais pas dire pour elle. Il faut penser aux autres.

– Oh. Aux autres », répète Lily d'une voix moqueuse.

Maman ne répond pas. La conversation semble terminée. J'entends un bruit de vaisselle, une chaise qui crisse contre le carrelage. Le silence enveloppe la maison comme un filet, jusqu'à ce que j'entende une autre chaise, et le soupir de Lily qui s'assoit.

« Ça m'est égal, tu le sais. Je lui ai fait mes adieux il y a dix-huit mois. Pour ma part, tu pourrais même la renvoyer à Boston. Mais tu as pris une décision, qu'elle soit juste ou non. Maintenant, il faut que tu agisses en conséquence. Vous devez aller de l'avant. Es-tu sa gardienne ou sa mère ?

– Je ne sais pas », répond Maman d'une voix presque inaudible.

Le silence s'installe, pour de bon cette fois. Pas de casseroles qui s'entrechoquent, pas de voix, pas de chaises traînées sur le sol. Maman ne dit plus rien. Lily non plus. Lily, la dernière personne dont je m'attendais à ce qu'elle prenne mon parti. Car c'est ce qu'elle a fait, n'est-ce pas ? Et pourtant, elle serait tout aussi contente de me savoir à Boston, à cinq mille kilomètres de là. Peut-être même plus. Je ne comprends pas. Je sais simplement que je n'irai pas au lycée. Claire en a décidé ainsi.

Claire.

Cela me revient.

Je ne l'appelais pas Maman. Je l'appelais Claire. J'en suis certaine.

Je termine mon ascension. Je vais dans ma chambre. C'est ce que Claire m'a ordonné de faire.

Je crois que je la déteste.

JENNA FOX / DIXIÈME ANNÉE

Je sais ce que ça veut dire, mais je vérifie.

Détester v. 1) Avoir de l'aversion pour. 2) Ne pas pouvoir supporter.

Peut-être que je ne déteste pas Maman. Peut-être qu'elle m'exaspère.

En revanche, je crois que Lily se trompe et qu'elle me déteste vraiment, elle. Elle a de l'aversion pour moi, elle ne peut pas me supporter. Elle ne cesse de me jeter des regards noirs. Elle a dû me dire quatre phrases en autant de jours. Et comme elle s'enferme dans sa serre du matin au soir, il lui est facile de m'éviter. Nous échangeons juste quelques mots le matin, quand nous nous réunissons toutes les trois autour de la table du petit déjeuner, et à nouveau le soir, au moment du dîner.

Je passe mes journées dans ma chambre à visionner les disques. C'est ce que Maman m'a dit de faire. Son désir acharné de me voir redevenir ce que j'étais ne fait qu'augmenter. Elle a entrepris de faire venir des ouvriers qui se sont mis à retaper la maison, et elle semble s'attendre à ce que mon état s'améliore parallèlement à celui de Costwold Cottage. Un toit remis à neuf, un plancher remis à neuf, une Jenna remise à neuf.

Je ne veux pas être remise à neuf. Je veux vivre. Tout de suite. Je veux aller de l'avant. Ce sont les mots de Lily ; il est ironique que je les reprenne à mon compte.

Mais je regarde les vidéos.

Parce que c'est ce que Maman m'a dit de faire.

J'ai déjà regardé la moitié de « Jenna Fox / Dixième année ». Une jolie fille est à l'écran. Ses cheveux blonds et soyeux sont attachés en une queue-de-cheval qui se balance dans son dos. Je l'ai déjà vue prendre des cours de natation, s'exercer au piano, danser ; la voilà à présent en train de courir derrière un ballon de football. Elle est effroyablement occupée. Sa vie est tellement remplie que j'ai du mal à la concevoir, diamétralement opposée au vide que connaît la Jenna d'aujourd'hui.

Elle passe le ballon à quelqu'un qui l'envoie à son tour dans le filet. Une corne de brume. Des poings victorieux qui s'élèvent dans l'air, des cris. Les membres de l'équipe se serrent les uns contre les autres en une gigantesque embrassade, Jenna en son centre. Derrière la caméra, on entend les acclamations de Maman et Papa. Ils m'appellent. Je cours vers eux, j'accepte leurs félicitations avec un sourire, je lève la tête pour parler à quelqu'un d'autre.

C'est alors que je remarque quelque chose pour la première fois. Une marque rouge sous mon menton.

« Pause. Retour. Pause. » L'appareil obéit à mes ordres. Je regarde l'image de plus près. « Zoom. »

La marque rouge s'affiche en gros plan. C'est bien ce que je soupçonnais. Une cicatrice.

Je vais me placer devant le miroir de la salle de bains et je lève le menton. Je passe ma main tout au long de ma gorge. Mes doigts et mes yeux cherchent en vain.

Rien.

Cette scène a été filmée il y a sept ans. Les cicatrices disparaissent-elles en sept ans ?

SOUVENIR

Ça fait vingt-cinq jours que je suis sortie du coma.

Huit jours que je me suis rendue à la mission.

Six jours que nous avons une allée toute neuve devant la maison.

Cinq jours que la plomberie a été remplacée.

Trois jours que j'ai vu Mr Bender par la fenêtre pour la dernière fois.

Trois jours de pluie, et 4 287 gouttes d'eau froide s'écrasant sur mes carreaux.

Je ne suis pas si mauvaise en maths, finalement.

Sans amis, sans emploi du temps, sans occupation, compter les jours et jouer avec les nombres est devenu ma principale source d'amusement. Observer le ruissellement de la pluie sur ma fenêtre en est une autre.

Il fait froid, en Californie, en février. Pas aussi froid qu'à Boston, loin de là. Les InfoNet ont annoncé des températures inférieures à 10 °C. « Oh, bigre ! » a plaisanté Lily. Ici, les conditions météorologiques sont assez constantes. L'ennui règne, à tous les niveaux. La pluie apporte un changement bienvenu. J'ai vu le ruisseau enfler, l'étang s'élargir. Je pose ma main sur la vitre et j'imagine que les gouttes tombent sur ma peau. J'imagine où elles tombent, où elles vont, je me les représente telle une rivière, cascadant, se regroupant, devenant quelque chose de plus important que ce qu'elles étaient avant.

Je passe beaucoup de temps sur le Net. Mr Bender prétend qu'il n'y a rien qu'on ne puisse y découvrir au sujet de ses voisins ; puisque c'est le seul voisin que je connaisse, je fais des recherches sur lui. Il est célèbre. Il vit loin du monde, tel un ermite. Il n'y a aucune photo de lui. Rares sont ceux qui l'ont rencontré. C'est un artiste excentrique. Et ce n'est pas tout.

Je lance une nouvelle recherche en entrant « Jenna Fox ». Je suis ahurie du nombre de résultats que j'obtiens. *Des milliers*. Laquelle suis-je ? J'abandonne. Je ne connais même pas mon deuxième prénom. C'est si difficile de devoir devenir ce que je suis, de demander ce que je devrais savoir. Je m'étends sur le lit et je contemple le plafond. Pendant des heures.

Les pensées tournent dans ma tête, passent et repassent, se rassemblent, déclenchent d'autres réflexions.

Les oiseaux de Mr Bender refusant de se poser sur ma paume…

Un filet de sang clair sur mon genou…

Les souvenirs de mon baptême…

Et des êtres surgis du passé.

Kara et Locke m'ont rendu visite la nuit dernière. Ils m'ont secouée au plus profond de mon sommeil. *Jenna, Jenna*. J'ai ouvert les yeux, mais leurs voix résonnaient en moi. Je les entends encore. *Dépêche-toi, Jenna. Viens. Vite.*

Où donc ?

Je nous revois dans le jardin devant le Parlement. Mon souvenir est si net que je sens l'odeur de l'herbe fraîchement tondue. Nous sommes assis sous la statue de George Washington, serrés les uns contre les autres afin de tous tenir dans l'ombre de cette fin d'après-midi. Nous avons décidé de sécher le cours de sociologie. Kara remplit chaque instant d'un bavardage nerveux, et quand elle rit, ses cheveux noirs coupés au carré remuent comme une jupe sur ses épaules. Locke n'arrête pas de dire que nous devrions y aller. «Non!» nous exclamons-nous en même temps, Kara et moi. C'est trop tard. *Trop tard*. Et nous voilà tous trois écroulés de rire, euphoriques, nous soutenant mutuellement dans notre bravade.

Nous ne sommes pas à l'aise. Nous avons l'habitude de suivre les règles. Cette désobéissance est nouvelle pour nous, et nous n'en avons trouvé le courage que parce que nous sommes ensemble. Je me penche et j'embrasse Locke, en plein sur les lèvres. Nouvelle explosion de rire, à tel point que de la morve coule de notre nez. Kara m'imite, et l'hilarité nous terrasse.

La nostalgie me prend à la gorge.

Je me laisse glisser du lit et je m'assois par terre, le dos calé contre le mur, dans la même position que ce jour-là à Boston. J'avais des amis. De vrais amis.

TOURNANT

Maman est devant le netbook quand j'entre dans la cuisine. Elle bavarde avec Papa. Je n'ai pas plus discuté avec elle qu'avec Lily au cours des derniers jours. Elle est occupée, distante. Lily farfouille dans le garde-manger.

« Bonjour, me dit Maman avant de retourner à sa conversation avec Papa.

– Jenna ? demande Papa.

– Bonjour, Papa.

– Viens ici, mon ange. »

Je me place derrière Maman pour qu'il puisse me voir.

« Tu as l'air en forme. Comment te sens-tu ?

– Bien.

– Aucune rechute ? Douleur ? Sensation bizarre ?

– Non.

– Très bien. Très bien. »

Il répète « très bien » une troisième fois. J'ai l'impression qu'il essaie de gagner du temps.

« Il y a un problème ?

– Non. Pas du tout. Je crois que ta mère veut te parler, donc je vous laisse. À demain. »

Il disparaît de l'écran.

Elle veut me parler. Je suis effrayée par sa maîtrise de la situation. Je n'ai aucune envie de discuter, mais il ne fait aucun doute que nous allons le faire. Les désirs de Claire sont des ordres.

« Assieds-toi. »

J'obéis.

Lily referme le garde-manger et s'appuie à la table, soudainement moins occupée. Maman a le teint gris, comme si elle allait vomir son dîner d'hier soir.

«Tu commences l'école demain, annonce-t-elle. C'est une école alternative qui met l'accent sur l'étude des écosystèmes. J'espère que ça te convient. C'est ça ou rien. Les autres établissements sont trop loin, trop fréquentés, trop… il faudrait des formulaires que nous ne pouvons pas fournir pour le moment. Celui-ci est près d'ici, tu pourras même y aller à pied. Je t'ai déjà inscrite, ils t'attendent. À moins que tu aies changé d'avis.»

Une longue pause s'ensuit avant que je ne comprenne qu'il s'agit d'une question.

«Non. Je n'ai pas changé d'avis.»

Je me répète son discours pour digérer tout ce qu'elle vient de me jeter à la figure. L'école? Demain? Je croyais que c'était hors de question. Que s'est-il passé? Je la dévisage pour tenter de comprendre d'où vient ce revirement.

Ses yeux sont vitreux. Ses mains sont posées sur ses genoux, sans force, paumes vers le haut. Le flot de mots s'est tari, et elle a l'air épuisée par l'effort.

«Tu es contente?» demande-t-elle.

Je hoche la tête. Est-ce un piège? Ce n'est pas ce qu'elle veut. Qu'essaie-t-elle de faire exactement? Quelle est sa vraie motivation?

«Oui. Merci.»

Elle m'attire à elle, et je sens sa respiration oppressée sur mon cou. Elle me serre trop, mais finit par me lâcher et sourire. Ses poings se contractent, elle cligne des yeux, respire profondément, et la revoilà maîtresse d'elle-même, comme à son habitude.

«J'ai rendez-vous avec des charpentiers ce matin, mais nous pourrons en discuter plus longuement cet après-midi.» Elle hésite un moment, puis ajoute : «Il ne pleut plus. Pourquoi ne vas-tu pas faire une promenade?» Son visage est pâle.

Une promenade, par-dessus le marché?

Je ne sais pas quoi répondre. Je repense à la statue dorée accrochée au mur de l'église où j'ai accompagné Lily. Maman a l'air tout aussi exsangue.

«Merci», répété-je avant de me diriger vers la porte.

Juste avant de sortir, je jette un coup d'œil à Lily. Elle est devant l'évier. Ses yeux sont fermés, et sa main frôle successivement son front, son cœur, et ses deux épaules.

SUPPLIQUE

J'entends des sanglots.

Un Ave Maria.

Une prière marmonnée, un marchandage.

Jésus. Jésus.

Jésus.

Des suppliques, des lamentations.

Qui me rendent visite dans la plus sombre des prisons, encore et encore.

Pour la première fois, je reconnais la voix.

C'est celle de Lily.

UNE PROMENADE

Je suis dehors en moins de temps qu'il n'en faut pour le dire. Je peux aller à l'école. Dès demain. Je descends l'allée à toute allure. Maman ne risque-t-elle pas de changer d'avis ? Je jette un coup d'œil par-dessus mon épaule pour vérifier qu'elle ne me suit pas.

La *liberté*. Quelque chose d'aussi vif et léger que le ciel bleu. Mais je revois encore sa pâleur. Son hésitation. J'accélère. L'éloignement me sauvera. Je fuis ce monde clos, en direction d'un autre monde que je ne connais pas encore.

Les autres.

Maman a dit que ça pourrait être dangereux. Pour *les autres*. Craint-elle que je fasse du mal à quelqu'un ? À mes camarades de classe ? Je ne ferais jamais une chose pareille. Mais peut-être l'ancienne Jenna le faisait-elle ? Ai-je fait du mal à Kara et à Locke ? Est-ce la raison pour laquelle ce ne sont plus mes amis ?

Reste Mr Bender. Je peux considérer que c'est un ami. Je décide de lui rendre visite.

Le ruisseau étant en crue, je ne peux pas passer par le jardin ; je dois donc faire le tour par la rue. Je ne connais pas son adresse et ne sais pas à quoi ressemble sa maison, mais je sais qu'elle est la dernière de l'impasse parallèle à la nôtre.

La pluie a cessé, mais le caniveau regorge d'eau. Je le franchis d'un bond pour marcher en plein milieu de la rue. Une odeur de terre humide et d'eucalyptus flotte dans l'air. Demain à la même heure, je serai à l'école. Je me ferai de nouveaux amis. J'aurai une vie. La vie de Jenna Fox. La mienne, quelle qu'elle soit.

La maison qui jouxte la nôtre, la Tudor, est sombre et silencieuse. La suivante également. Pas la Second Empire. Un petit chien blanc aboie à travers les barreaux de la clôture. Je m'arrête pour l'observer. Dans l'allée, une femme balaie des déchets apportés par la tempête ; elle m'adresse la parole.

« Je suis désolée, il se prend pour un chien de garde ! Mais ne t'en fais pas, il aboie, c'est tout. Il ne ferait pas de mal à une mouche. »

Je hoche la tête. Je n'ai jamais envisagé qu'il puisse me mordre. C'est un chien. Il aboie. Aurais-je dû être inquiète ? Est-on donc censé échanger explications et avertissements entre voisins, de la même manière que Mr Bender m'a conseillé de faire attention à la maison blanche au bout de la rue ? Est-ce une amabilité qui n'engage à rien, l'une de ces nombreuses subtilités que je ne comprends plus ? Ai-je raté quelque chose ?

La femme lève le bras, puis l'agite en souriant.

« Ça va ? demande-t-elle.

– Et vous ? » Peut-être devrais-je en effet m'inquiéter pour mes voisins, moi aussi.

La femme reprend abruptement son balayage. Je me remets en route.

C'est le matin, mais le ciel est nuageux, et des lumières sont allumées dans la maison suivante. La maison blanche. En m'approchant, j'aperçois un lustre à travers l'une des grandes fenêtres. Les colonnes qui encadrent la porte sont fissurées sur toute leur longueur et certains morceaux s'en sont détachés : une conséquence du dernier tremblement de terre, je présume. Néanmoins, la maison semble bien entretenue. Mieux que la nôtre. Ce n'est pas une demeure inquiétante, en tout cas de l'extérieur.

Soudain, la porte s'ouvre. J'essaie de disparaître avant d'être vue, mais c'est trop tard. Quelqu'un tend la main vers un journal sur le paillasson, s'interrompt, se redresse. Il avance. C'est un jeune homme. Tout comme celui que j'ai vu à la mission, il est grand et agréable à regarder, mais ses cheveux sont aussi clairs que ceux de l'autre étaient noirs. Des cheveux courts, ébouriffés, qui forment des vagues et des épis pointant dans toutes les directions.

« Bonjour ! » dit-il. Sa voix est plaisante, elle aussi.

« Bonjour.

– Tu es nouvelle dans le coin ?

– Oui.

– Bienvenue. Je m'appelle Dane. »

Il sourit. Même depuis là où je me trouve, je peux voir à quel point ses dents sont blanches.

« Bonjour », je répète.

Je devrais partir, mais mes pieds sont comme cloués au sol. Dane est torse nu, et son pantalon de pyjama est dangereusement bas. Il le remet en place en haussant les épaules. A-t-il vu que je le regardais ?

« Il faut que j'y aille. Ravi d'avoir fait ta connaissance.

– Au revoir, Dane. »

Par miracle, mes pieds sont de nouveau libres. Je continue ma balade.

Quand on mène une vie vide d'événements, la moindre rencontre peut prendre l'ampleur d'une pièce de théâtre en trois actes. Je repasse cette courte scène dans ma tête, encore et encore, tout en poursuivant ma route en direction de la maison de Mr Bender. Dane. Maison blanche. Pyjama blanc. Dents blanches. Rien d'effrayant dans tout cela, excepté la manière dont je me suis retrouvée paralysée au milieu de la rue.

IDENTIFICATION

Je trouve facilement sa maison. Gauche. Gauche. Gauche. Dix minutes de marche, tout au plus. Il est surpris de me voir, mais m'invite à entrer.

« Un café ?

– Je ne bois pas. Je veux dire, je ne bois pas de café. »

Mr Bender se prépare un café crème. Il me propose un jus de fruits, un verre de lait, un bagel, des muffins. Je refuse à chaque fois.

« Je dois suivre un régime particulier.

– Tu as des allergies ?

– Non. Mais je ne peux pas manger n'importe quoi. »

Il hoche la tête, comme pour dire « je sais ». *Que sait-il ?* Il m'a dit qu'on pouvait tout trouver sur le Net. A-t-il découvert quelque chose à mon sujet ?

« Vous avez fait des photos de votre Serpent d'épines ?

– Oui. Des dizaines. Je n'ai plus qu'à choisir les meilleures pour les envoyer à mon agent.

– Vous avez réussi à y faire figurer les oiseaux ?

– Juste sur quelques-unes d'entre elles, mais celles-là sont extraordinaires. J'ai eu de la chance.

– Je peux les voir ?

– Les photos ?

– Non. Les oiseaux. »

Nos pas font des bruits de ventouse sur le sol détrempé. Le chemin est parsemé de flaques d'eau. Grand comme il est, Mr Bender les enjambe, mais je marche en plein dedans.

« Je ne sais pas combien sont encore là, après une tempête pareille. »

Un seul me suffit.

Nous nous asseyons sur le tronc d'arbre. Il a raison. Il n'y a pas beaucoup d'oiseaux, seulement deux. Les autres sont encore terrés dans un coin. Mais ces deux-là n'acceptent de se poser que sur sa main à lui.

Au bout de vingt minutes, Mr Bender range les graines et nous retournons à l'intérieur. Il se sert une autre tasse de café pendant que je feuillette ses photos du Serpent d'épines.

« Ne t'inquiète pas, Jenna. »

Qu'est-ce qui lui fait croire que je suis inquiète ? En quoi le fait qu'un oisillon se perche ou non sur mon poignet a-t-il la moindre importance ? Pourquoi pense-t-il que ça en a pour moi ?

« Certaines choses prennent du temps. »

Trop de choses prennent du temps. J'en ai déjà perdu tellement. Un an et demi, presqu'une vie entière.

« Je n'ai pas de temps à perdre. »

Il rit.

« Bien sûr que si. Tu n'as que dix-sept ans. Tu as la vie devant toi. »

Je repose les photos sur la table.

Je ne lui ai jamais dit que j'avais dix-sept ans.

« Comment savez-vous ça, Mr Bender ? Grâce au Net ? Je fais partie des gens sur qui vous avez cherché des renseignements ? »

Il remplit sa tasse.

«Oui.»

Il n'a pas l'air de regretter quoi que ce soit.

«Vous n'avez pas honte de vous mêler des affaires des autres?

— Je ne me mêle pas des affaires des autres. J'ai besoin de savoir à quoi m'en tenir au sujet de mes voisins.»

C'est vrai. Moi aussi.

«Dans ce cas, j'ai un aveu à vous faire. Vous n'êtes pas le seul. J'ai fait des recherches, et j'ai découvert deux ou trois choses sur vous, moi aussi.»

Il lève un sourcil.

«Avez-vous eu recours à la chirurgie esthétique, Mr Bender? Ou bien avez-vous tout simplement des gènes ultrarésistants?

— Qu'est-ce que tu insinues?

— Vous avez l'air d'avoir quarante-cinq ans. Maximum cinquante.»

Il ne répond pas.

«Or, Clayton Bender est né il y a quatre-vingt-quatre ans. Soit vous ne faites vraiment pas votre âge, soit…

— C'est moi qui suis censé terminer la phrase?

— Non. Inutile. Il est évident que vous ne pouvez pas être Clayton Bender. Je ne sais donc pas qui vous êtes. Un *serial killer*, peut-être?»

Il sourit.

«Quelle imagination! Je crains fort que la vérité soit bien moins palpitante.» Il sirote une gorgée de café. «Cela dit, c'est assez grave pour que je veuille garder le secret. Seules deux ou trois personnes sont au courant. Mon agent, entre autres: c'est lui qui m'a aidé à me bâtir cette réputation d'artiste original et sauvage, afin que les gens se tiennent à l'écart. Tu as raison. Je ne suis pas Clayton Bender ; j'ai pris son nom il y a trente ans.

– Votre propre nom ne vous convenait pas ?

– Le nom, si, mais pas la vie qui allait avec.

– Où est le véritable Mr Bender ?

– Il est mort.

– Vous l'avez tué ? »

Il rit.

« Non, Jenna, je te jure que sa mort fut parfaitement naturelle.

– Comment l'avez-vous rencontré ? »

Il se lève, se dirige vers l'évier, vide sa tasse.

« Je me suis enfui à l'âge de seize ans. Je n'avais pas le choix. » Il se retourne pour me faire face. « Je m'étais retrouvé mêlé à une sale histoire avec des gens vraiment dangereux. Un ami m'a donné de l'argent et sa voiture, et j'ai traversé le pays. J'ai échoué devant la porte de Mr Bender. C'était un solitaire ; il vivait dans le désert, et il avait besoin d'un assistant. Je l'ai aidé, et il m'a aidé, sans me poser de questions. Je suis resté trois ans auprès de lui.

– C'était un artiste ?

– En quelque sorte. » Il sourit, hausse les épaules, revient s'asseoir en face de moi. « Il survivait grâce à un petit commerce sur le Net – il préparait et vendait des pigments naturels à des artistes du monde entier – et le reste du temps, il se promenait dans le désert et ramassait des pierres. Ensuite, il les empilait, construisait de petits monuments. Je ne voyais pas l'intérêt de tout ça, mais je l'aidais. D'une certaine manière, ça me permettait de me vider l'esprit. Peut-être que lui aussi, il faisait ça pour ça. Un jour, il est parti chercher des pierres sans m'attendre, et quand je l'ai rejoint, il était mort. J'ignore de quoi. Une attaque, ou une crise cardiaque. Je ne sais pas. Je l'ai enterré et je lui ai dressé son propre monument. J'ai ensuite attendu une année entière que quelqu'un se manifeste, un membre de sa famille, un ami, mais personne n'est venu réclamer la maison. Pendant ce temps, j'ai continué à empiler des pierres. J'ai vécu avec l'argent qu'il avait mis de côté, tout en sachant qu'il ne durerait pas éternellement. Et puis, l'idée m'est venue. Je n'avais pas besoin de me cacher pour le restant de mes jours. Je pouvais prendre la place de Clayton Bender. J'avais son acte de naissance, tous ses documents, et apparemment, personne au monde ne se préoccupait de lui. Depuis, je porte son nom.

– Et votre vie d'avant ne vous manque jamais ?

– Parfois, si. Je regrette surtout de ne jamais avoir revu mes parents.

– Et vos amis ? »

Il hausse les épaules et détourne les yeux.

« Voilà, maintenant tu connais mon secret. Peux-tu le garder ?

– Je n'ai personne à qui en parler. Et même si j'en avais l'occasion, je ne le ferais pas.

– Merci. Et toi, es-tu prête à me raconter tes propres secrets ?

– Je n'en ai pas. Aucun dont je me souvienne, en tout cas. »

Soudain, il me vient à l'esprit que Mr Bender est bien plus doué pour faire des recherches sur le Net que moi. Il a dû découvrir quelque chose au sujet de Jenna Fox. Il sait que j'ai dix-sept ans. Que sait-il d'autre ? Que sait-il que j'ignore moi-même ?

Mes mains tremblent. Ça ne m'est jamais arrivé auparavant. Je les regarde fixement.

« Jenna ? »

Je les serre l'une contre l'autre pour qu'elles cessent de bouger. Pour la première fois, je remarque qu'elles ne s'entrelacent pas naturellement. J'ai l'impression d'avoir douze doigts au lieu de dix. Je les sépare, les réunis à nouveau, plusieurs fois, mais toujours cette sensation bizarre. Pourquoi ?

« Jenna ? Tout va bien ? »

Mes mains.

Je les dissimule sous mes cuisses, et je le dévisage. *Je tiens à connaître mes voisins.*

« Qu'avez-vous appris d'autre à mon sujet, Mr Bender ?

– Je ne pense pas…

– S'il vous plaît.

– J'ai lu que tu avais été gravement blessée à la suite d'un accident. On ne croyait pas que tu survivrais. »

Tout se met à tourner autour de moi. Je m'agrippe à la table. J'ai l'impression d'être sur le point de m'éteindre, comme si le mot *accident* était un interrupteur et que tout devenait noir dans ma tête. Est-ce pour ça que je n'en ai jamais parlé à Papa ou Maman ? Je m'efforce de me concentrer. *Trouve un moyen. Débrouille-toi.*

« Quel genre ?

– D'accident ?

– Oui.

– Un accident de voiture. »

Un accident de voiture ? Pourquoi étais-je convaincue qu'il s'agissait d'autre chose ? De quelque chose de bien plus terrible ? Il y a des milliers d'accidents de voiture tous les jours. Rien de plus banal. *Un accident de voiture.* Je pourrais presque le dire à voix haute.

Mais on ne croyait pas que je survivrais – et j'ai survécu.

« Autre chose ?

– L'article que j'ai trouvé concernait surtout ton père. C'est un homme très en vue, et le long congé qu'il a pris pour s'occuper de toi a forcément été remarqué. Par ailleurs, puisque tu es mineure, ton dossier n'était pas accessible, mais le *Boston Globe* a réussi à apprendre que les infirmières ne nourrissaient aucun espoir à ton égard. » Il fait une pause. Pour rassembler ses pensées, ou pour mettre au point un mensonge ? Je l'observe très attentivement. Ses pupilles dardent nerveusement vers la gauche, puis se focalisent de nouveau sur moi. « C'est tout ce que disait l'article, Jenna. »

Un mensonge.

Sait-il que je suis amnésique ? *Que sait-il d'autre ?*

Curieusement, il semble malgré tout vouloir lier amitié avec moi. Je laisse tomber. Pour le moment.

« Alors, ai-je passé le test ?

— Quel test ?

— Le test de voisinage Bender. »

Il sourit.

« Tu l'as passé dès notre première rencontre, Jenna. Tu es honnête, déterminée. J'aime ça. Tu es venue droit vers moi. Tu m'as dit sans détour ce que tu pensais de mon travail. Tu n'as peur de rien. »

J'ai peur de tout. De moi-même. De Maman. De Lily. Des amis qui me hantent chaque nuit. Même de l'école, alors que c'est moi qui ai demandé à y aller. Si je possède réellement du courage, il est bien caché, en profondeur, et je crains de ne jamais réussir à le trouver.

JENNA FOX / DOUZIÈME ANNÉE

Jenna est sur une plage. Elle tient un râteau dans la main. De sa queue-de-cheval s'échappent des mèches de cheveux qui lui fouettent le visage. Elle sourit à la caméra : « Maman, pose ça et viens m'aider ! »

À douze ans, je l'appelais donc encore Maman. Quand ai-je commencé à l'appeler Claire? Je ne me rappelle pas, mais je sens la dureté du mot sur mes lèvres.

La caméra tremble, et on entend la voix forte de Claire : «Dans une minute. Laisse-moi te filmer encore un peu.»

Est-ce une escapade familiale? Une journée à la mer? Le moindre aspect de la vie de Jenna est enregistré. Papa entre dans le cadre, portant un seau en métal, et il l'agite devant Jenna.

«Rien que pour moi! plaisante-t-il. Je ne mourrai pas de faim, au moins! On ne peut pas en dire autant de vous deux, malheureusement…»

Jenna rit − cette fille qui est moi − et crie : «Il a ramassé au moins cent palourdes, Maman! Pose cette caméra ou il va tout manger!»

Jenna jette le râteau à terre. La caméra zoome sur ses pieds couverts de sable, puis remonte le long de son corps, comme pour en adorer le moindre centimètre carré. Elle s'arrête sur le visage. Le caresse. Le regarde. Enregistre. Enregistre quoi? L'enthousiasme? Les joues roses? Le désir? Tous les souffles, les battements de cœur, les espoirs de Matthew et Claire Fox? Pendant une seconde, je lis sur le visage de Jenna Fox combien cela lui pèse. Combien cela *me* pèse.

«Maman!» supplie-t-elle. La caméra tremble à nouveau, s'éteint. Une nouvelle scène apparaît à l'écran, un gros plan sur un feu de camp…

«Stop!» Le disque obéit. *Une couverture. Bleue. Une tasse en aluminium.*

Je crois que je sais ce qui vient ensuite.

Un grand trouble s'empare de moi. *Je sais.* Une scène défile devant mes yeux, une scène entière. Jenna, assise en tailleur sur une couverture bleue étalée sur le sable. Une tasse de chocolat chaud dans la main. Du chocolat chaud où flottent trois marshmallows. J'adore le chocolat chaud.

Le goût. Je suis ahurie devant ce premier souvenir de goût. Comment peut-on oublier le goût ? Les choses me reviennent, bribe par bribe. Comme si une fenêtre avait été ouverte et que les souvenirs affluaient tous ensemble. Des jours. Des semaines. Trois semaines de détails s'impriment dans mon cerveau, nets, clairs, précis.

Je m'approche de l'écran sur mon bureau. J'ai la tête qui tourne.

« Play. » La caméra glisse du feu de camp jusqu'à moi. Je suis assise sur une couverture bleue. Je porte une tasse en aluminium à ma bouche et souris sous ma moustache de chocolat.

« Stop. » Je pose la tête sur mon bureau. Je ferme les yeux et essaie de réaliser ce que cela signifie.

Je savais. Toute une partie de ma vie m'appartient à nouveau.

Trois semaines entières. Une éternité.

Mes yeux s'ouvrent brusquement. « Maman ! » Je sors de ma chambre et dévale les escaliers quatre à quatre. « Lily ! »

Personne ne répond. J'aperçois Maman par la fenêtre. Elle parle à un ouvrier, lui désigne certaines parties de la serre. Lily se trouve sans doute à l'intérieur. Je me précipite vers le placard et y cherche les ingrédients. Je dégote du chocolat en poudre, du sucre. *Des marshmallows ! Lily a aussi des marshmallows !* Je jette tout en vrac sur le plan de travail. Du lait ! Une petite casserole ! Je me rappelle ! Je verse. Je mélange. J'utilise la cuisinière pour la première fois. Je me sens forte, je me sens complète. Je ne me suis jamais sentie aussi bien depuis ma sortie du coma. *Je prépare du chocolat chaud. J'adore le chocolat chaud !* Je fouille les placards à la recherche d'une tasse. Je saisis la plus grande que je puisse trouver et y verse le liquide brûlant. Je déchire le sachet de marshmallows, et juste au moment où j'en mets une poignée dans la tasse, Lily et Maman entrent par la porte de derrière. Elles se figent et contemplent le désordre, les yeux ronds.

«Je me rappelle! J'adore le chocolat chaud!»

Je lève la tasse comme pour porter un toast à ce nouveau souvenir. Je m'attends à un sourire – du moins de la part de Maman – mais au moment où la tasse touche mes lèvres, je vois son visage prendre une expression horrifiée. Elle pousse un cri.

«Non!»

GOÛT

Peut-être que je n'aime pas le chocolat chaud.

Peut-être que ces trois semaines de souvenirs ne sont que des mensonges.

Peut-être que je ne me suis jamais maquillée en cachette dans les toilettes de l'école.

Que je n'ai jamais exécuté une double pirouette aussi gracieusement que si j'avais eu des ailes.

Que je n'ai jamais fait un câlin sur le canapé à un chien au pelage doré nommé Hunter.

Le chocolat chaud n'avait aucun goût.

Exactement comme mes nutriments.

Je sais qu'on peut oublier bien des choses,
mais comment peut-on oublier le goût ?

Quand j'ai lâché la tasse,
Lily l'a rattrapée au vol.

Seules quelques gouttes se sont répandues sur le sol.

L'ÉCOLE

C'est de la faute de Claire. J'en suis certaine. Tout est de la faute de Claire. Pourquoi gémit-elle ainsi? Elle s'est mise à pleurer quand j'ai laissé tomber la tasse. J'avais envie de la frapper. *C'est de moi qu'il s'agit, bon sang. De moi.* Mais il doit s'agir d'elle aussi, vu la manière dont elle a réagi. Comme si le moindre de mes défauts lui appartenait. Peut-être que je lui appartiens, un point c'est tout.

Elle a essayé de me donner des explications. *C'est temporaire. Ton sens du goût va revenir. De toute façon, il ne faut pas que tu manges quoi que ce soit hormis tes nutriments.* J'ai passé toute une heure enfermée dans la salle de bains à examiner ma langue. Elle est normale. Râpeuse, rouge, épaisse. Le problème vient d'ailleurs. Une connexion en moi qui ne se fait pas.

Je n'ai pas confiance en elle. Elle me tourne autour, elle sourit, elle pleure, elle commande. C'est trop. J'ai besoin de prendre mes distances.

J'ouvre la portière pour sortir de la voiture. Elle fait de même de son côté. Je m'interpose.

«Non. J'ai dix-sept ans. Je peux y aller seule.

– Mais Jenna…»

Il m'a suffi de quelques jours pour apprendre à sourire. Voilà que je commence à apprendre à m'affirmer.

« Claire », dis-je pour qu'elle reste assise.

Elle referme sa portière.

« Tu recommences ? »

Elle est blessée. Je ressens un immense besoin de faire marche arrière. L'école, le pouvoir, la méfiance, le doute, rien n'a d'importance face à son expression peinée.

J'entends des mots, des mots d'il y a longtemps, qui bouillonnent en moi. *Je suis désolée. Je suis tellement désolée.* Des mots qui étaient enfermés dans ma tête, figés, prisonniers derrière des lèvres refusant de bouger, et que je voulais d'autant plus prononcer.

Ce n'est pas grave, ma chérie. Tout va bien. Chut. Tout ira bien.

C'était Claire qui me répondait, encore et encore, même si je n'avais pas parlé ; Claire qui me regardait dans les yeux et reflétait toute la douleur qu'elle y lisait.

Je sors de la voiture et me penche pour la voir à travers la vitre. Elle s'efforce de sourire. Ses yeux s'accrochent à moi. *Je suis tellement désolée.* Elle ouvre la fenêtre. Je dis tout ce qui me passe par la tête, des phrases déjà maintes fois répétées, pour l'empêcher de parler. Je prendrai mes nutriments. Je ne mentionnerai pas l'accident. Je sortirai à trois heures précises. Je l'appellerai si j'ai besoin d'elle.

J'ai peur qu'elle ne change d'avis à la dernière seconde, qu'elle me force à obéir comme elle sait le faire, qu'elle m'oblige à remonter dans la voiture en prononçant simplement mon nom. Nous luttons pour la maîtrise de Jenna Fox.

« Tout ira bien », je conclus.

Miraculeusement, elle part sans ajouter un seul mot.

Je me retourne et fais face à l'école. Une ancienne agence immobilière dont l'enseigne est posée contre le mur, presque dissimulée par les mauvaises herbes. Des stores poussiéreux pendent devant les fenêtres. Une fine couche de peinture jaune tente en vain d'égayer le bâtiment. On dirait presque une ferme. Peut-être en était-ce une, avant. Ils sont spécialisés dans l'écosystème, après tout. À Boston, j'étais inscrite dans un lycée réputé. C'est ce que Claire m'a dit, mais je le savais avant même qu'elle ne me le confirme. Je me rappelle avoir séché un cours avec Kara et Locke. Nous comptions sur le fait que personne ne remarquerait notre absence au milieu des centaines d'adolescents. Je ne sais pas précisément ce qu'est une école alternative, mais je sais que c'est petit. Une poignée d'élèves à peine, qui n'ont cours que trois ou quatre jours par semaine. Pour quelles raisons certains optent-ils pour ce genre d'établissement au lieu de fréquenter un lycée comme tout le monde? Ce sera forcément très différent de ce que j'ai connu, même si, puisque je ne me rappelle pas grand-chose de ma scolarité, cela ne devrait pas me poser de problèmes.

Pourquoi ai-je exigé d'aller à l'école, déjà?

Je monte les marches et j'entre.

DANE

«Tu dois être Jenna.»

La pièce est minuscule. Je pourrais presque toucher les deux murs si j'étendais les bras. Elle ne contient qu'un bureau et une femme ronde qui me sourit. Elle connaît déjà mon nom. Je n'arrive pas à détacher mon regard de ses cheveux orange vif. J'ai presque envie de courir derrière Claire.

«Tu es bien Jenna, n'est-ce pas?

– Oui. Et vous, qui êtes-vous?

– Mitch. » Elle reste assise mais me tend la main. Je la prends. C'est une main dodue et moite, mais étonnamment forte. « Je suis l'intendante de l'école, ce qui signifie que je fais à peu près tout et n'importe quoi.

– Sauf arracher les mauvaises herbes ? »

Elle se fige, puis éclate de rire.

« Quelque chose me dit que tu vas t'intégrer sans problème, Jenna ! » Elle me tend un petit netbook. « Tiens, remplis ce questionnaire, puis je t'emmènerai voir les autres. »

Je suis soulagée de constater que le questionnaire est basique, et concerne avant tout mes centres d'intérêt, mes points forts et faibles. Mes points forts ? Facile. Je ne suis pas rancunière. Difficile d'en vouloir à quelqu'un quand on ne se souvient pas de lui. Points faibles ? Si je mettais « mauvaise mémoire », serait-ce suffisant ?

Je décide d'aller au plus simple. Point fort : mordue d'histoire. Point faible : aucun. Je bute pourtant sur la dernière question : « Pourquoi avoir choisi une école mettant l'accent sur l'écosystème ? »

Ce n'est pas moi qui l'ai choisie. C'est Claire.

« Tu as terminé ? » demande Mitch.

« Oui. » Ou presque. Je ferme le netbook et le lui rends. Je me rappelle pourquoi je voulais venir à l'école : j'ai besoin d'amis. Je n'ai pas besoin de questions. J'en ai bien assez comme ça.

« Parfait. Allons retrouver les autres élèves et Rae. C'est votre professeure principale ; ou plutôt la directrice. La plupart des cours sont donnés à tour de rôle par les élèves eux-mêmes. Elle va t'expliquer tout ça. »

Elle glisse le netbook dans un tiroir où il en rejoint quatre autres, se lève, et me précède dans un couloir dont le sol grince sous ses pas pesants.

Elle ouvre la dernière porte, et entre. Je la suis. C'est une pièce spacieuse, aux meubles modernes. D'un côté, des chaises et trois grands bureaux ; de l'autre, une demi-douzaine de netbooks. Au centre, occupant la plus grande partie de la pièce, deux canapés en cuir usés et quatre fauteuils. Je remarque que le tissu des fauteuils est assorti aux cheveux carotte de Mitch. Deux garçons et une fille y sont installés ; je ne vois personne susceptible d'être la directrice.

« Où est Rae ? demande Mitch.

– En entretien », explique la fille.

Mitch fronce un sourcil.

« Avec Mr Collins, je suppose ? »

Personne ne répond. Il devait s'agir d'une question rhétorique, car Mitch passe immédiatement à autre chose.

« Je vous présente Jenna, qui vient de s'inscrire. »

Le garçon qui me tournait le dos se lève. Je le reconnais. C'est le beau garçon aux cheveux noirs et aux mains pleines de terre que j'ai vu à la mission.

« Je m'appelle Ethan », dit-il. Il ne sourit pas et ne me tend pas la main, mais il me regarde droit dans les yeux.

La fille se lève à son tour avec difficulté. Elle a besoin de béquilles.

« J'espère pouvoir bientôt me passer de ça », déclare-t-elle. Elle place l'une d'elles sous son bras et tend une main raide et froide. « Je suis Allys. »

Mitch se dirige vers la porte sans attendre la fin des présentations.

« Rae sera bientôt de retour. Je vous laisse. »

L'autre garçon fait alors un pas vers moi, essuie ses paumes sur son jean, puis les enfonce dans ses poches, renonçant finalement à me serrer la main. Il est petit et maigre.

« Je m'appelle Gabriel. Bonjour. »

Une voix résonne dans mon dos.

«Eh oui, ma belle, bienvenue chez Monstres et compagnie!»

Je me retourne. Un troisième garçon se tient sur le seuil de la porte.

«La ferme, Dane!»

Dane ignore Ethan et me sourit.

«Voici donc la nouvelle recrue? Jolie, *très* jolie! Pour une fois, Ethan a raison, tu ne ressembles pas à un monstre.» Il me dévisage en fronçant les sourcils. «On s'est déjà rencontrés, non?

– Il y a deux ou trois jours. J'étais devant…

– … chez moi. Ça me revient. C'est donc toi, Jenna Fox.»

Je ne lui ai jamais dit mon nom de famille. Peut-être est-ce Mitch qui les a informés?

Dane passe devant moi et s'affale sur le canapé. Il n'arrête pas de sourire. Il a l'air d'être le plus heureux des quatre.

«Tu peux mettre tes affaires là-bas, si tu veux», me dit Allys en me désignant une armoire derrière les bureaux.

Je ne porte sur moi qu'un petit sac contenant mes nutriments, mais je m'exécute et me dirige vers le fond de la pièce.

«Ah, désolé, je vois que je me suis trompé, crie soudain Dane. Tu es bien l'une d'entre nous.»

Je lui fais face.

«Pardon?

– Tes pieds.

– Arrête, Dane.

– Quoi? On est censés faire comme si elle marchait normalement? Très bien, Allys, pas de problème. Et pendant qu'on y est, j'imagine que tu as tous tes doigts, et qu'Ethan est quelqu'un de particulièrement sociable?

– Boucle-la!» lance Ethan avant de se rasseoir.

Gabriel, qui s'est fait tout petit et paraît heureux d'être ignoré, se glisse dans un coin devant un netbook.

Avec difficulté, Allys se rassoit à son tour.

«Tu apprendras bientôt à ne pas faire attention à lui, Jenna. Comme nous tous.»

Je ne marche pas normalement ?

«Ce n'est rien, dis-je. J'ai eu un... – *Ne mentionne pas l'accident* – ... une maladie. J'irai bientôt mieux.

– Ben voyons. C'est ce qu'ils disent tous», ironise Dane.

La prof fait alors son apparition.

«Ah, Jenna, tu es là! Bienvenue. Vous avez fait connaissance, à ce que je vois? C'est parfait!»

Parfait.

Il va falloir que je vérifie la définition de ce mot.

ETHAN

À mon tour d'être «en entretien» avec Rae. Je dois l'appeler par son prénom : elle dit que nous sommes tous égaux quand il s'agit d'apprendre. Elle me raconte un peu sa vie. Elle a quarante-huit ans, plus que Claire, mais en paraît dix de moins. Je me demande ce qui a ainsi prématurément vieilli Claire. Rae a quitté l'Ohio pour venir ici quand elle était encore adolescente, et elle a trouvé difficile de déménager à cet âge-là.

«Et toi, ça a été dur de quitter New York?»

New York. C'est vrai. Maman m'a demandé de ne pas dire que nous venions de Boston. Papa est toujours pourchassé par les journalistes, et elle veut avoir la paix.

«Non. J'ai dormi tout du long.»

Elle sourit.

« Tu m'as l'air assez flexible, Jenna – et dotée d'un solide sens de l'humour. Ça te mènera loin. »

Je la laisse croire ce qu'elle veut.

Elle m'explique que nous devons venir à l'école trois jours par semaine, et que la plupart des matières sont enseignées par des coéducateurs, c'est-à-dire les élèves. Les programmes nationaux sont modifiés autant que nécessaire pour valoriser l'importance des écosystèmes. Ce matin, pendant notre entrevue, Ethan dirige une discussion sur *Walden*, le célèbre essai de Henry David Thoreau. Apparemment, la littérature est son point fort. Gabriel s'occupe de tout ce qui concerne l'arithmétique et la logique. Allys donne des cours de sciences et d'éthique. Dane parle d'art. Rae remplit les trous.

« Aimerais-tu donner des cours d'histoire ? Nous allons bientôt entamer une discussion au sujet de l'île de Pâques et les…

– L'île de Pâques fut tout d'abord peuplée vers 300 après Jésus-Christ par les Rapanui. En l'an 1000, les besoins de la population en matière première, notamment afin de dresser leurs statues, les Moaï, avaient déjà conduit à un processus de déforestation qui ne devait plus s'interrompre. La déforestation eut pour conséquence l'érosion, qui accéléra la mort des arbres sur l'île. Au XVIIe siècle, les ressources de l'île n'étaient plus assez grandes pour nourrir la population ; en conséquence, le cannibalisme… »

Je remarque l'expression étrange de Rae et je m'interromps.

« Hum. Oui, je vois que tu es vraiment calée en histoire.

– Je connais bien *Walden* aussi, au cas où Ethan aurait besoin d'aide. » C'est le moins que l'on puisse dire. Je pourrais réciter le livre d'un bout à l'autre. Mais je n'en fais pas mention. Je suis moi-même stupéfaite par cette révélation.

Avant qu'elle ne l'évoque, je n'avais aucun souvenir de *Walden*. Je devais être également passionnée de littérature.

«Je vois.» Elle regarde mon questionnaire. Je sais ce qu'elle va dire avant même qu'elle n'ouvre la bouche. *Tu n'as aucun point faible?* Les mots résonnent en moi. *Faiblesse. Jenna, s'il te plaît. Nous avons besoin de toi.* Pourquoi ai-je les visages de Kara et Locke devant les yeux? Ils ne représentaient pas une faiblesse. Au contraire. Je suis certaine qu'ils me rendaient forte.

«Aucun point faible?

– Je ne les ai pas notés.

– Veux-tu les partager avec moi?»

Partager?

J'ai peur.

Je suis perdue.

Je n'ai pas d'amis. Je n'arrête pas d'y revenir. Pourquoi est-ce que ça me travaille autant?

Je n'ai pas d'amis.

Que lui dire?

«Je ne marche pas normalement», finis-je par lâcher.

Elle s'en contente.

Les *discussions* du matin durent jusqu'à onze heures. Je corrige Ethan deux fois dans l'interprétation qu'il donne de *Walden*. Je veux être son amie, donc je l'aide. La seconde fois, il élève la voix.

«Mais c'est son rejet du matérialisme et de la révolution industrielle qui l'a poussé à s'exiler à Walden Pond, et c'est ce qui fait la force…»

Je l'interromps.

«C'est faux. Son voyage s'inscrivait dans une démarche autant privée que publique. Il voulait à la fois élaborer une critique politique et partir à la recherche de lui-même.

– Mais…

– Dans sa conclusion, il dit : "*C'est dans la vie voisine de l'os que réside le plus de suavité.*" Et il développe : "*Je me suis assis à une table où nourriture et vin riches étaient en abondance, et le service obséquieux, mais où n'étaient ni sincérité, ni vérité ; et c'est affamé que j'ai quitté l'inhospitalière maison.*"

– D'accord, cependant…

– Et bien sûr, au début il déclare clairement : "*Je gagnai les bois parce que je voulais vivre suivant mûre réflexion*"… "*vivre abondamment, sucer toute la moelle de la vie*"… et…

– C'est bon, j'ai compris ! » fait sèchement Ethan.

Dane, Allys et Gabriel me regardent avec des yeux ronds. Rae tourne les pages de son livre et parcourt les lignes du doigt. Puis elle lève la tête et me fixe à son tour.

Dane se lève.

« Thoreau et moi avons une seule chose en commun : j'ai faim, moi aussi. Je me casse. »

Rae jette un œil à sa montre.

« Onze heures. Oui, c'est l'heure de la pause. Merci Jenna. À toi aussi, Ethan. »

Dane est déjà dehors. Mitch appelle Rae pour qu'elle vienne s'occuper de quelque chose de plus important que moi.

Les autres restent debout, un peu mal à l'aise. Je me rends compte que mon arrivée a déséquilibré le groupe. Doivent-ils inviter la nouvelle qui marche bizarrement à se joindre à eux pendant la pause ? Faut-il redéfinir les limites ? Laisser une place à une fille qui a interrompu Ethan alors qu'elle aurait mieux fait de se taire ? Parce que c'est ce que j'aurais dû faire ; je le comprends à présent. Trop tard.

« La pause dure deux heures, dit Allys. Le temps de manger, de se consacrer à des projets personnels, de se réunir en entretiens – Rae y tient beaucoup. Tu peux faire ce que tu veux. »

Gabriel gesticule par-dessus son épaule.

« D'habitude, nous achetons quelque chose à manger au supermarché d'en face. C'est un peu chacun pour soi. »

Chacun pour soi. OK. J'ai compris. Je hoche la tête.

« Dans ce cas, je vais rester…

– Tu veux venir ? » demande Ethan.

ALLYS

Allys enlève sa jambe et l'appuie contre la table.

« Je ne suis pas censée les retirer à l'école, mais celle-ci me fait encore mal. »

Elle masse son moignon. Gabriel et Ethan continuent à manger. Je regarde fixement la prothèse.

« Ça te gêne ? Tu veux que je la remette ?

– Non non, je suis juste étonnée. Je n'avais pas remarqué… Tu as été blessée ?

– J'ai eu une infection bactériologique. Carabinée. Les antibiotiques n'ont eu aucun effet, et le temps d'obtenir une dérogation pour un antibiotique à accès limité, j'avais déjà perdu une jambe. Celle-là. » Elle touche son moignon et fait la grimace. « C'est toujours plus difficile avec la première, j'imagine.

– Ton autre jambe est artificielle, elle aussi ?

– Oui, et mes bras également. Et certains organes ont été touchés. C'est pour ça que je dois prendre cette montagne de médicaments. » Elle avale une poignée de pilules avec un verre d'eau.

J'examine ses mains.

« Elles ont l'air tellement…

– … vraies ? »

Je hoche la tête.

« On me le dit souvent. C'est étonnant, ce qu'on peut faire aujourd'hui, n'est-ce pas ? » Elle remonte une manche, et je remarque une ligne presque imperceptible à l'endroit où son membre artificiel cède la place à sa vraie peau. « Ils ont même pris soin d'imiter mes grains de beauté et taches de rousseur.

– Sur son autre bras, c'est une véritable constellation ! » précise Gabriel entre deux bouchées.

Ethan ne dit rien. Il me dévisage tout en mangeant.

« Oui, le tout est soigné, mais j'ai encore des douleurs fantômes. Enfin, ça ne fait que six mois, donc j'espère que ça va passer. Le traitement a fonctionné sur les autres membres, mais pas sur cette jambe, va savoir pourquoi. »

Elle cesse de frotter son moignon et attrape son sandwich. J'observe ses doigts artificiels qui se plient, s'enroulent autour du pain, exactement comme des vrais. Je savais qu'il existait de telles prothèses, mais c'est la première fois que j'en vois une de près. Sa peau a l'air aussi réelle que la mienne.

Allys me lance un regard, et je détourne les yeux. J'ai déjà fait un faux pas en corrigeant Ethan ; je ne veux pas en faire un autre en manquant de tact à son égard. Ils m'ont invité à faire partie de leur cercle, et je ne veux pas en être chassée.

Je m'installe confortablement et essaie d'avoir l'air détendue. Nous nous trouvons dans le coin pique-nique du supermarché : deux petites tables et huit chaises juste à côté du rayon des boissons. Gabriel et Allys ont acheté des sandwichs préemballés ; Ethan a opté pour une pomme, un burrito aux haricots et au fromage et une bouteille de lait. C'est lui qui m'a proposé de venir, et pourtant il n'a pas l'air d'avoir envie de me parler. Je m'efforce de me taire, mais comme je ne mange pas, c'est difficile.

« Et Dane ? Je croyais qu'il avait faim ? »

Gabriel fait la grimace.

« Dane ne mange jamais avec nous.

– Parce que nous sommes des monstres ?

– Parle pour toi ! » proteste Ethan d'une voix furieuse.

Je ne sais pas quoi répondre. Cela ne signifiait pas que je le prenais pour un monstre. Je répétais simplement ce qu'avait dit Ethan. Mais je n'ose pas m'expliquer. J'ai peur d'avoir de nouveau l'air de le corriger.

Je regarde par la fenêtre. J'ai l'impression d'étouffer. Vais-je pleurer ? Ou est-ce autre chose ? Mes yeux sont secs, mais je sens une bulle dans ma gorge qui menace d'exploser. Je me concentre sur la route, dehors. *Retiens-toi. Avale. Ferme-la, Jenna. Tais-toi. Tais-toi. Tais-toi.*

Je me tourne alors à nouveau vers Ethan.

« En tout cas, Dane avait au moins raison sur un point.

– C'est-à-dire ?

– Tu es vraiment particulièrement sociable. »

Excellent, Jenna. Bravo. Pile le bon moment pour avoir recours au sarcasme.

Gabriel arrête de mastiquer et écarquille les yeux. Allys repose son sandwich. Ethan reste paralysé, sous le choc, comme si je l'avais giflé. La tension monte. Puis il se passe quelque chose d'étrange.

Allys se met à rire. C'est tout d'abord à peine un gloussement. Puis une réelle expulsion d'air qui vient de son ventre. Son hilarité contamine Gabriel, dont les joues se gonflent à leur tour ; quelques secondes plus tard, Ethan et moi, incapables de continuer à nous regarder en chiens de faïence, les imitons. Gabriel crache quelques miettes de pain et s'étrangle à moitié. Nous rions de plus belle, jusqu'à ce qu'Allys se calme suffisamment pour dire, en se tenant le ventre :

« Tu me plais, Jenna. »

Je me calme également, et j'entends sa voix douce répéter encore et encore la même phrase, m'enveloppant comme une chaude couverture. *Tu me plais*. Ce sont ses mots. *Tu me plais, Jenna.*

Les yeux d'Ethan ont perdu leur dureté. Il me regarde avec gentillesse, comme le jour où je l'ai croisé à la mission.

« Désolé. Je suis parfois un vrai couillon. »

Couillon ? Un autre mot que j'ai perdu. Cela doit désigner quelqu'un d'agaçant, ou étroit d'esprit.

« Je n'avais pas remarqué », réponds-je, ce qui le fait glousser de nouveau.

« Dane nous tape sur les nerfs, explique-t-il. Surtout les miens. J'essaie de l'ignorer.

– Nous sommes différents des autres, reconnaît Gabriel. Mais ça ne veut pas dire pour autant que nous sommes des monstres.

– Dane aime jouer sur les mots », ajoute Allys.

Ethan engloutit une gorgée de lait et repose bruyamment la bouteille sur la table, tel le marteau d'un juge.

« Dane aime jouer avec tout et n'importe quoi.

– Il a trafiqué la camionnette d'Ethan la semaine dernière, explique Gabriel. Nous n'en avons aucune preuve, bien sûr, mais il se passe toujours des choses bizarres quand Dane est dans les parages.

– Il lui manque quelque chose. Il lui manque vraiment quelque chose », dit Allys.

Gabriel secoue la tête.

« Il n'est pas comme nous.

– Il ne ressemble à personne, confirme Ethan. C'est probablement pour ça qu'il est ici, lui aussi. Dans ce sens-là, il n'a pas tort. Nous avons tous une bonne raison d'avoir choisi une petite école alternative. À mon avis, Dane a été renvoyé de toutes les autres écoles dans un rayon de mille kilomètres.

– Au moins », complète Gabriel.

Je ne sais pas quoi dire. Ils semblent s'être donné le mot pour laisser libre cours à leur haine envers Dane ; pourtant, je le trouve intéressant. Un peu brutal, peut-être, mais il y a quelque chose en lui qui m'intrigue. Sa franchise ? C'est le seul à m'avoir dit que je ne marchais pas normalement. Pourquoi Claire ne m'en a-t-elle pas touché un mot ? Et en quoi ma démarche est-elle bizarre, exactement ?

Je suis soulagée lorsque Allys change de sujet : « La raison pour laquelle j'ai choisi de venir ici n'est pas un mystère. Je ne pourrais plus circuler dans un grand campus, et les horaires flexibles de l'école sont plus compatibles avec le traitement que je dois suivre. Dans un lycée normal, il faudrait sans cesse que je manque des cours. » Elle reprend son sandwich et recommence à manger. « Et puis j'aime les méthodes qui sont appliquées ici. Après tout ça – elle désigne ses membres –, j'ai commencé à m'intéresser à la bioéthique, et Rae me laisse creuser la question. Et toi, pourquoi as-tu choisi cette école, Jenna ?

– Je ne l'ai pas exactement choisie. C'est ma mère qui s'en est occupée pour moi. J'ai été malade, et… » Je ne sais pas comment terminer. J'ai toujours du mal à prononcer le mot *accident*. Est-ce parce que Maman a tant insisté pour que je n'en parle pas ? Ou y a-t-il une autre raison ? Mais je ne veux pas mentir.

« Accident. » J'ai presque crié. « J'ai eu un *accident*. Et je ne m'en suis pas encore remise. »

Ils me dévisagent tous les trois. J'ai parlé trop fort, par à-coups. *Magnifique, Jenna.*

« Tu n'es pas obligée de nous…

– Et le pire, c'est que j'ai tout oublié. Je ne me rappelle pas mes parents, mes amis, ce que j'aime, ce que je déteste. Je ne me rappelle pas de quel côté je faisais ma raie, ou si elle était au milieu. Et apparemment, je ne sais même plus marcher !

– Ne t'en fais…

– Le vide. Il ne reste plus rien. Ma vie, mes parents, mes amis. Je ne devrais probablement même pas être là. »

J'ai prononcé ces mots à toute allure, sans respirer, comme si je confessais un péché. Maintenant, j'attends l'absolution. Le pardon de mes trois amis. Sont-ils mes amis ?

Les yeux bruns d'Ethan sont les plus gentils, profonds que j'aie jamais vus. J'attends qu'il me pardonne d'avoir oublié une mère qui m'a fait naître, une grand-mère qui m'a sauvé la vie, des amis qui se sont rebellés à mes côtés, et une peur sans nom qui m'étouffe.

« Jenna. » Sa voix est aussi douce que le battement de l'aile d'une hirondelle, et je peux presque sentir la brise sur ma joue. « Tu dis des bêtises. » Il se penche vers moi et chuchote : « *Il suffit d'une petite pluie pour rendre l'herbe beaucoup plus verte. Ainsi s'éclaircissent nos perspectives…* »

Il s'interrompt et me regarde. Je me penche encore plus près. Il ne quitte pas mes lèvres des yeux, et je laisse mes mots couler aussi doucement que les siens : « *… sous l'afflux de meilleures pensées. Bienheureux si nous vivions toujours dans le présent, et prenions avantage de chaque accident qui nous arrive…* »

Ethan avale le lait qu'il lui reste.

« Deux choses à retenir.

– Trois », dis-je.

Il fronce les sourcils.

« Tu connais bien mieux *Walden* que tu ne le laisses à croire. »

Et tu es tout sauf un couillon, j'ajoute pour moi seule.

MORCEAUX

N'est-ce pas ce qui fait la vie ?
Des morceaux. Des lambeaux. Des moments.
Suis-je moins parce que j'en possède moins ? Ou ceux que
je possède sont-ils plus importants ?
Suis-je aussi « pleine » que n'importe qui d'autre ? Du moins
suffisamment ?
Des morceaux.
Allys disant « tu me plais ».
Gabriel crachant des miettes et m'autorisant à rire.
Ethan me rappelant tout ce que je sais.
Des morceaux.
Je m'y accroche comme si ces morceaux étaient la vie.
C'est presque le cas.

MISE AU POINT

«N'oublie pas que je rentre avec Ethan, je crie en direction de la cuisine. Tu n'as pas besoin de venir me chercher.»

Je longe le couloir, fais demi-tour, repars dans l'autre sens tout en m'examinant dans le miroir. Je soulève mes pieds avec soin. Non, j'en fais trop. Peut-être le problème vient-il de mes bras? Est-ce que je les balance correctement? Je me retourne et recommence.

Claire s'adresse à Lily, assez fort pour que je l'entende.

«Tu entends ça, Maman? Jenna rentre avec *Ethan*. Un premier tête-à-tête romantique, tu crois?»

Je souris. Ces derniers jours, Maman s'est montrée gaie, et même radieuse, en constatant que tout se passait bien pour moi à l'école. Elle me voit revivre, et revit elle-même.

Je m'observe dans le miroir. Je crois que ce sont mes genoux. J'avance lentement, m'efforçant de me mouvoir de manière régulière. C'est mieux. Je vais dans la cuisine.

«Arrête, Maman! Ça n'a rien de romantique. Je me contente de travailler à la mission avec Ethan jusqu'à ce que je trouve mon propre projet social.»

Maman lève les yeux au ciel.

«Ben voyons. Un projet social. J'ai remarqué ce fameux Ethan quand je suis venue te chercher les deux dernières fois. Il est…

– Claire! crie Lily. Tu as perdu l'esprit? Tu crois vraiment que c'est une bonne idée de l'encourager? Une romance? Réfléchis deux minutes!»

Je lui adresse un regard noir. Maman et moi sommes enfin en train de plaisanter plus ou moins normalement, et voilà qu'il faut qu'elle s'interpose. Pourquoi se montre-t-elle si agaçante? Si étroite d'esprit? Si…

«Lily, tu es une vraie couillonne!» je lance, énervée.

Maman reste bouche bée. Elle semble avoir totalement oublié ce qu'elle voulait dire.

Lily demeure un instant silencieuse, puis se penche en avant.

Elle rit? *Elle rit?*

Je ne les comprendrai jamais.

JENNA FOX / QUATORZIÈME ANNÉE

Lily ne devant me conduire à la mission qu'à dix heures, je consacre le temps qu'il me reste d'ici là à marcher. Je voudrais avoir fait des progrès avant de revoir Ethan. Je m'exerce devant le miroir. Je vais lentement. Je vais vite. Je balance mes hanches, mes mains, mon menton. J'essaie d'avoir l'air naturel, mais ce n'est pas encore ça. Je m'en aperçois à présent. Faut-il que je cesse d'y réfléchir?

Je décide de visionner d'autres vidéos. Peut-être que j'apprendrai quelque chose. N'est-ce pas ce que dit Maman? Que ça pourrait me rappeler des choses? Peut-être, entre autres, comment marcher comme tout le monde. Je repense à la manière dont Dane m'a regardée avant de me voir évoluer mécaniquement à travers la pièce. Son regard était plaisant. Intime. Insistant, presque comme une caresse. Je me suis sentie différente. À l'aise. Comme l'ancienne Jenna, peut-être.

« Play. »

J'ai de la chance. « Jenna Fox / Quatorzième année » comprend de nombreuses scènes où Jenna marche et bouge.

Comme tous les autres, le disque commence par mon anniversaire. Je pose devant la plaque d'une rue. *Champs-Élysées*. Puis je me mets à courir vers l'Arc de Triomphe. Paris. Pas mal, pour un quatorzième anniversaire. « Dépêche-toi, Papa ! » dis-je. Mais je ne m'énerve pas. Jenna a désormais tellement l'habitude de voir ses parents enregistrer ses moindres gestes qu'elle semble s'être résignée à être adorée. L'adoration de Jenna Fox. Maman et Papa ne peuvent pas se dépêcher : je suis bien trop importante. Pourquoi cette Jenna Fox est-elle si forte, alors que je me sens si faible ?

Jenna s'arrête sur le trottoir, loin devant la caméra. Elle tourne sur elle-même, bras tendus, visage levé vers le ciel bleu ponctué de nuages cotonneux. Les passants circulent autour d'elle, mais elle est absorbée dans son monde, un monde parfait et heureux. Ses mouvements sont aisés, élégants. Même ses doigts évoquent une calligraphie contre le ciel.

« Pause. »

Je me lève et me place au centre de ma chambre. Je tends les bras. Je regarde mes doigts. Ils sont tout aussi fins et délicats que ceux du disque. Je tourne. Lentement, puis plus vite. J'essaie d'imiter la Jenna Fox de quatorze ans, mais mes pieds ne suivent pas. Mes chevilles se cognent l'une contre l'autre. Je trébuche, me rattrape aux montants du lit.

Ça ne marche pas. Regarder le disque n'a eu aucun effet. Je ne suis toujours pas la fille pleine de grâce que j'étais.

J'examine encore une fois mes mains, ces mains qui tremblaient, il y a quelques jours, dans la cuisine de Mr Bender. Je les place l'une contre l'autre, de manière à ce que le bout de mes doigts se touchent, tel un toit arqué. En apparence, elles n'ont aucun défaut. Mais il y a toujours quelque chose qui cloche. Quelque chose que je ne sais pas encore nommer. Un sentiment confus, une maladresse. Tous les garçons et filles de mon âge ont-ils cette impression ? Ou s'agit-il d'autre chose ? Suis-je différente des autres ? J'entrelace mes doigts, comme pour une prière désespérée. Mais encore une fois, c'est comme si mes mains ne m'appartenaient pas, comme si j'avais emprunté les appendices d'un monstre à douze doigts. Et pourtant, je n'en ai que dix. Je les ai comptés. Dix doigts délicats, magnifiques, parfaits.

LILY ET JENNA

Lily conduit. Je tapote sur mon genou. Nous ne parlons pas. Je l'observe de temps en temps, du coin de l'œil, quand je suis certaine qu'elle ne s'en apercevra pas. J'observe les rides qui entourent ses yeux, la manière dont elle a hâtivement attaché ses cheveux avec une barrette. Elle me conduit à la mission pour faire plaisir à Maman. J'ai fini par comprendre ça : tout ce qu'elle fait pour moi, en réalité, elle le fait pour Maman. Il n'y a rien qu'elle ne ferait pour elle.

Il arrive qu'elles se disputent à mon sujet. Mais j'ai remarqué la manière dont Lily regarde Claire. Je la vois parfois passer son bras autour de ses épaules, ou la serrer contre elle sans raison. Elles partagent quelque chose qui m'exclut.

Je pense qu'elle m'aimait, autrefois. Mais ce n'est plus le cas. Elle me tolère, voilà tout. Pour Claire. De temps en temps, elle est touchée par quelque chose qui lui rappelle notre passé. J'entrevois la faille. Comme le jour où j'ai cru que je me noyais. Mais aussitôt, elle retrouve sa raideur. Elle se cuirasse, contre moi. Elle semble croire que je suis dangereuse, que je pourrais lui faire du mal.

Le pourrais-je ? J'en ai éprouvé le désir, ce matin, dans la cuisine, quand elle a dit à Claire de ne pas encourager ma *romance*. J'avais envie de la frapper. Fort. J'aurais pu le faire. Mais je ne l'ai pas fait.

Bizarrement, je voudrais qu'elle m'aime. Je ne sais pas pourquoi. Peut-être parce que je souhaite que les choses redeviennent comme avant. Je voudrais être l'ancienne Jenna, celle que je ne connais pas, celle qu'elle aimait.

Nous empruntons des petites routes. Les collines sont sèches, jaunies, froides. Mais le printemps pointe déjà. De l'herbe vert émeraude qui contraste avec le maquis qui la dissimule. L'hiver n'est pas chez lui en Californie. Nous ne sommes qu'au début du mois de février, et il sera bientôt mis en déroute. Claire dit qu'elle aime ce climat tempéré, qu'elle ne retournera jamais dans une région aux hivers glacials, et que moi non plus. Qu'en sait-elle ? Je pourrais en décider autrement. Je n'aurai pas toujours dix-sept ans.

Nous passons devant une maison en ruine dont les décombres sont à moitié mangés par la mousse et le lierre. Après le tremblement de terre, certains coins de Californie n'ont pas été jugés dignes d'être reconstruits.

« Hum », commente Lily en oubliant notre accord tacite de garder le silence.

« Tu as peur ? »

94

Elle fait l'étonnée.

«Des tremblements de terre? Non. Quand mon temps sera venu, je m'en irai.»

Est-elle réellement si tranquille que ça? J'ai envie de la provoquer.

«Tu iras où?»

Elle me regarde, plus longtemps qu'il n'est prudent de le faire au volant d'un véhicule roulant à 80 km/h.

«Laisse tomber», dit-elle avant de recommencer à fixer la route.

Je regarde droit devant, moi aussi. Je sais ce qu'elle voulait dire par *je m'en irai*. Je voulais simplement qu'elle utilise le mot juste.

Mourir.

Croit-elle qu'elle ira au paradis? Est-elle à ce point certaine de l'existence d'un lieu qui n'est indiqué sur aucune carte? Et même si c'est le cas, comment peut-elle être sûre qu'elle y sera bien? Lily n'est pour moi qu'un immense point d'interrogation.

Nous nous taisons à nouveau. Nous retrouvons cette relation douloureuse, peu naturelle, familière. Notre relation actuelle, à Lily et moi.

Nous arrivons à la mission plus tôt que je ne m'y attendais. Je descends en regrettant un peu que le silence tendu ne se prolonge pas. Cela n'a aucun sens, je le sais – ou peut-être que ça en a, dans mon nouveau monde. Je parcours à la suite de Lily le même chemin que la dernière fois – la lourde porte en bois, le cimetière, l'église, et enfin la cour intérieure où j'ai rendez-vous avec Ethan. Lorsqu'elle ouvre la porte de l'église, nous sommes accueillis par un chant inattendu. Un prêtre agite les mains avec frénésie devant un chœur de garçons aux joues roses, comme pour arracher la musique de leurs gorges. Lily fait le signe de croix et ferme les yeux. L'écho de leurs voix me paralyse, moi aussi. Je sens quelque chose vibrer en moi, de manière presque douloureuse.

« Viens, chuchote Lily. Ils répètent. »

Nous traversons le bâtiment ; le prêtre nous salue d'un signe de tête mais ne s'interrompt pas. Lily ouvre l'autre porte, et nous sortons dans le jardin.

« Puisque Ethan doit te ramener, je m'en irai dès que j'en aurai terminé avec le père Rico. »

Elle me tourne le dos.

Je porte encore en moi la voix claire des garçons. Je ne veux pas qu'elle s'éteigne. Je ne veux pas que Lily s'en aille. Elle est déjà en train de partir.

« Je t'ai entendue », dis-je. Elle s'arrête et me fait face de nouveau. « Pleurer. Quand j'étais dans le coma. Je t'ai entendue appeler Jésus. Prier pour moi. Je voulais que tu le saches. Que tu saches que les gens dans le coma peuvent entendre. » Ses doigts sont crispés sur son sac. Ses yeux ne me quittent pas, mais elle se tait. « Savais-tu que je t'entendais ? »

Elle ouvre la bouche, mais les mots semblent coincés dans sa gorge.

« Non, dit-elle enfin. Je ne savais pas. » Elle écarte une mèche de cheveux de sa joue. « Je dois y aller. Je dois y aller », répète-t-elle.

Ethan n'est pas dans le jardin comme promis, mais je finis par le trouver dans l'ancien lavoir. Je n'ai pas encore d'idée pour mon projet social, et Rae a donc accepté que je travaille avec lui en attendant. Nous sommes censés y consacrer huit heures par semaine.

« Pas trop tôt », marmonne-t-il quand j'arrive. Mais juste avant qu'il ne m'accueille ainsi, j'ai aperçu quelque chose sur son visage. Un sourire? Non pas tant sur ses lèvres que dans ses yeux. J'apprends vraiment vite. Il ne sait probablement même pas que je l'ai vu. Je l'accuse :

«Je me suis fait remonter les bretelles à cause de toi, ce matin.

– Pourquoi?

– Apparemment, *couillon* ne signifie pas juste *agaçant*.

– Tu as traité quelqu'un de couillon?

– Ma grand-mère.»

Il fait la grimace.

«Tu ne savais pas ce que ça signifiait?

– Je te l'ai dit, j'ai oublié plein de choses – si tant est que ce mot charmant ait jamais fait partie de mon vocabulaire.»

Il me regarde de haut en bas.

«Le contraire m'étonnerait.»

Sans plus perdre de temps à bavarder, il me montre ce qui doit m'occuper pendant les quatre heures à venir. De la terre. Je vais devoir creuser la terre avec une pelle à peine plus grande qu'une petite cuillère. Le côté nord du lavoir a été recouvert de boue lors d'un glissement de terrain, il y a très longtemps, et la décision a été prise de le restaurer. Il faut ôter la terre avec précaution pour ne pas abîmer les vieilles pierres en dessous.

Nous travaillons côte à côte, à l'aide de nos pelles minuscules, et occasionnellement de sécateurs permettant de couper les ronces et mauvaises herbes qui ont proliféré. Je remarque qu'Ethan reste à côté de moi, même si la surface à nettoyer est considérable.

«Pourquoi ta grand-mère est-elle une couillonne – je veux dire, pourquoi est-ce qu'elle t'énerve?»

Je suis soulagée qu'il ait brisé le silence.

«Elle estime que je ne devrais pas avoir de petit copain…» *Oh non. Quelle idiote.*

«Elle croit qu'on sort ensemble?

– Non, mais ma mère…

– Ta mère croit qu'on sort ensemble? Juste parce que je vais te raccompagner chez toi?

– Non. Enfin, si. Enfin… laisse tomber.» Au secours. Je m'enfonce de plus en plus. Ai-je toujours été aussi stupide?

«Hum», fait-il. Il sourit et reprend le travail. Nous creusons sans prononcer un mot pendant quelques minutes supplémentaires, à quatre pattes, épaule contre épaule, en prenant garde à ne rien endommager. Puis il s'assoit pour faire une pause.

«Et pourquoi ta grand-mère pense-t-elle que nous ne devrions pas sortir ensemble? Juste parce que je t'apprends des gros mots?»

Je lâche ma pelle.

«Nous ne sortons pas ensemble! Et ce n'est pas toi, c'est moi le problème.

– Elle ne t'aime pas? Pourquoi? Je croyais que les grands-mères aimaient toujours leurs petits-enfants. C'est comme s'il y avait une loi, non?»

Il a raison. Il devrait y avoir une loi. Peut-être existe-t-elle déjà d'ailleurs, pour la plupart des gens. L'entendre énoncer cela sur un tel ton d'évidence rend les choses encore plus difficiles. C'est vrai, une grand-mère doit aimer ses petits-enfants. Une fois de plus, je me demande si Lily a une bonne raison de ne pas se conformer à cette règle. Au fond de moi, je devine que oui. Je repense à Kara et Locke. Ils me manquent. Est-ce que ça a quelque chose à voir avec eux? *Dépêche-toi, Jenna.* J'entends leurs voix, comme s'ils me parlaient à l'oreille en cet instant même. Je ne sais pas quoi répondre à Ethan. J'ai envie de pleurer, mais les larmes ne viennent pas. Ma gorge ne se serre même pas. J'essaie de clore la conversation comme si ce n'était pas important.

«Aucune idée. J'imagine que je suis un peu bizarre.»

Ethan me soupèse du regard. Ses yeux marron me mettent au supplice. Pour finir, il me lance un peu de terre collée à ses doigts et sourit.

«Mais non. Tu n'as rien de bizarre, Jenna.»

J'ai alors l'impression que mon cœur enfle dans ma poitrine jusqu'à occuper le double de son volume habituel. Je devrais être gênée – je *suis* gênée – mais je ne parviens pas à me détacher de son emprise. Nous restons immobiles, les yeux dans les yeux, jusqu'à ce qu'il se remette maladroitement à genoux. Je l'imite, et nous recommençons à creuser, épaule contre épaule, une cuillerée de terre à la fois.

Le soleil me chauffe le dos. De temps en temps, la brise m'apporte des échos des chants dans l'église. Ethan prétend que c'est impossible, que nous sommes trop loin. Pourtant, je suis certaine de les entendre. À moins que la musique angélique ne résonne encore dans ma tête.

J'aime creuser la terre. J'aime les bruits du jardin et les gestes répétitifs. Pour la première fois depuis des semaines, je cesse d'essayer de me remémorer le passé. Nous travaillons pendant des heures. Ethan s'interrompt de temps à autre pour se mettre debout, s'étirer et se masser les genoux, mais je ne me lasse pas.

«Tu es infatigable !

– Et toi…» Je cherche une réplique appropriée. «… toi *pas.*»

C'est une réussite. Néanmoins, l'accent que j'ai mis sur ce dernier mot semble faire son effet. Il se frotte ostensiblement les genoux une dernière fois, puis reprend le travail. Je souris derrière le rideau de cheveux qui me cache le visage.

Nous passons de longs moments à creuser en silence. J'écoute les oiseaux dans le jardin, le bruit régulier des pelles, le ruissellement de l'eau d'une fontaine non loin de là, et surtout les voix dans ma propre tête. *Tu as réussi, Jenna. Tu es aimée, Jenna. Tu es normale, Jenna. Tu es à peu près complète, Jenna.*

Je les crois presque.

« Tu le connais ? »

Je suis la direction du regard d'Ethan. En haut des marches qui conduisent au jardin, un petit homme trapu nous observe. Juste au moment où je lève les yeux, il prend une photo, puis s'en va.

« Non. Je ne l'ai jamais vu. »

Ou peut-être que je ne m'en souviens pas ?

« Probablement un touriste, affirme Ethan. D'habitude, ils ne visitent que la mission, ils ne viennent pas jusqu'ici. Ou alors le Père Rico a envoyé quelqu'un vérifier si nous étions vraiment en train de travailler !

– Peut-être. »

DÉCLIC

Au moment où je m'installe dans la camionnette d'Ethan, ça me revient.

Le cuir gris.

J'avais une voiture.

Mais je n'avais pas mon permis. Maman et Papa refusaient que je le passe.

*Pourquoi m'acheter une voiture
et m'interdire de l'utiliser ?*

Je me revois à bord de cette voiture, roulant à toute allure.

Dépêche-toi, Jenna.

Je me dépêchais.

Et Kara et Locke étaient avec moi.

CENT POINTS

Je me déplace sur le siège de la camionnette pour faire de la place à Allys. Nous sommes allés la chercher là où elle exécute son propre projet social avant de retourner à l'école : les bureaux et laboratoires du Centre médical universitaire Del Oro. Allys vient ici à la fois pour son traitement et pour travailler au sein du département éthique Del Oro. Elle rassemble du matériel pour les dossiers de presse et aide à traiter les nombreux contrôles et comptes rendus spécifiques à leurs activités de recherche.

« Un sale boulot », a décrété Ethan quand il m'a expliqué de quoi il s'agissait.

Pire que creuser la terre ? Je me rappelle la manière dont Allys en a parlé, il y a quelques jours. C'est important pour elle. Cela la passionne, et je pense que même si Rae n'exigeait pas qu'on fasse du bénévolat, elle se serait portée volontaire. Elle a appris à accepter la perte de ses bras et jambes, mais elle estime que son malheur est dû au manque de surveillance du corps médical. Selon ses dires, si on avait rationné les antibiotiques dès qu'on a découvert les dangers liés à leur usage excessif, des millions de personnes, elle y compris, auraient connu un destin différent. Et elle semble déterminée à ce que le monde ne connaisse plus d'iniquités de ce genre.

Quand il parle d'Allys, Ethan adopte un ton que je ne lui ai jamais connu. Comme si ce qui lui était arrivé le scandalisait autant qu'elle. Est-ce de l'amitié ? Ou plus que cela ? Ou est-ce parce qu'il a été lui-même victime d'une injustice ? Je ne sais rien à son sujet. Pourquoi fréquente-t-il une école alternative ? Il a admis que nous avions tous une bonne raison d'éviter les lycées classiques. Allys a parlé de son handicap, Gabriel a expliqué qu'il souffrait de troubles anxieux et qu'il préférait les petits groupes, mais Ethan n'a jamais donné ses motivations.

« Tu peux me tenir ça ? »

Allys me confie ses béquilles et se glisse à mes côtés.

« Plus que deux semaines. Après, je n'en aurai plus besoin. En tout cas, c'est ce qu'on me dit. » Ses yeux brillent, et elle parle à toute allure, très excitée. « On m'a fait bénéficier d'une nouvelle technologie qui devrait permettre à mes prothèses d'anticiper sur mes problèmes d'équilibre. En théorie, les signaux envoyés par mon cerveau devraient être déchiffrés, et les erreurs corrigées petit à petit. On m'a conseillé de marcher autant que possible pour accélérer le processus d'apprentissage. Vous vous rendez compte ? J'ai des jambes intelligentes ! » Elle adresse un regard menaçant à Ethan : « Attention à ce que tu vas dire !

— Moi ? lance-t-il innocemment.

— Je croyais que tu venais ici pour ton projet social ? je demande.

— Oui, aussi. Mais le centre de rééducation et les bureaux du département éthique se trouvent dans le même bâtiment : je fais donc tout le même jour. Et pour toi, comment ça s'est passé ? Qu'est-ce que tu as fait ?

— Creusé !

– Elle est infatigable, commente Ethan.

– Ça m'a plu, dis-je à Allys. Bon, d'accord, ce n'est pas précisément un défi intellectuel – sauf pour Ethan, peut-être – mais le père Rico était très content. »

Allys rit.

« C'est une bonne cause. La mission n'a aucuns fonds, et sans les bénévoles, elle ne pourrait rien faire. C'est un endroit important, avec une histoire. Ç'aurait été mon second choix, pour mon projet social.

– Qui gère le département éthique ? L'hôpital ?

– Tu plaisantes ? L'hôpital déteste le département éthique, même si personne n'ose l'avouer. As-tu déjà entendu parler du CFES ? »

Je fouille ma mémoire quasi inexistante. J'ai l'impression que je devrais savoir, que c'est presque à ma portée.

« Ce n'est pas un autre gros mot, si c'est ce que tu te demandes, intervient Ethan.

– Le Comité fédéral d'éthique des sciences, explique Allys. C'est lui qui est à la tête de ce département. C'est lui qui autorise ou interdit la moindre recherche, la moindre procédure médicale. Si on ne remplit pas tous les formulaires et qu'on ne fournit pas tous les rapports voulus, le Comité intervient. Il a déjà fait fermer des hôpitaux entiers. Pas très souvent, mais assez pour se faire redouter par tous les centres médicaux et de recherche du pays.

– Mais pourquoi ?

– Ils font office de sentinelles. Il fallait bien qu'il y ait un organisme de contrôle central. Pense au clonage humain au début du siècle : c'était illégal, mais certains laboratoires le pratiquaient quand même, leurs chances d'être soumis à un contrôle étant très faibles. Et ne parlons pas du Bio Gel. C'est probablement sa découverte qui a conduit le Congrès à créer le CFES. »

Allys continue à parler, mais je ne l'écoute plus. *Bio Gel.* L'invention de Papa. J'entends encore la voix de Lily. *Un succès immédiat. Ça a fait les gros titres des journaux.*

« Bio Gel ?

– Ça a tout changé. Tout est devenu possible, ou presque.

– Comment ça ? »

Allys fronce les sourcils.

« Tu es vraiment très amnésique, hein ? Eh bien, le sirop bleu, comme on l'appelle dans les hôpitaux, est… bleu, pour commencer.

– Vraiment ? » intervient Ethan.

Allys élève la voix :

« C'est une substance artificiellement oxygénée et bourrée de neuropuces, des neurones artificiels plus petits que les cellules humaines et qui communiquent entre eux à peu près de la même manière que les neurones, mais bien plus vite. Les neuropuces ont la capacité d'évoluer. Une fois qu'on leur a fourni des informations basiques, elles peuvent transmettre ces informations aux autres neuropuces et se spécialiser. Le plus spectaculaire, bien sûr, c'est qu'elles peuvent aussi interagir avec les cellules humaines. Tu plonges un foie humain ou artificiel dans du Bio Gel, et les neuropuces font le reste – elles lui fournissent de l'oxygène, des nutriments, elles font le lien avec une base de données centrale, jusqu'à ce qu'il puisse être transplanté dans le corps de quelqu'un qui en a besoin.

– C'est plutôt positif, non ?

– Dans certains cas, oui. Mais ce n'est pas parce qu'on *peut* faire quelque chose qu'on *doit* le faire. C'est ça que le CFES décide.

– Comment ? » je demande, en tâchant d'avoir l'air seulement vaguement intéressée.

«Ils ont instauré un système de points. À chaque être humain est attribué un maximum de cent points. Tiens, prends mes membres, par exemple. La technologie qui permet de faire fonctionner les prothèses a une valeur faible : seize points au total. Mais un cœur, à lui tout seul, vaut déjà trente-cinq points. Si on y ajoute des poumons et des reins, on atteint quatre-vingt-quinze points.

– C'est un peu simpliste, non ?

– Peut-être. Mais au moins, c'est juste. Si riche ou important soit-on, on est à égalité avec les autres. Tout le monde est dans le même bateau. Et les ressources médicales et les coûts sont ainsi maîtrisés.

– Et le cerveau ? l'interroge Ethan. Combien de points ?

– L'implantation d'un nouveau cerveau est illégale. La seule chose qui est possible, c'est une amélioration bionumérique de quarante-neuf pour cent au maximum, afin de restaurer des fonctions perdues, par exemple. C'est tout. »

Je m'étonne.

«Bizarre, ce nombre. Pourquoi quarante-neuf ?

– Il faut bien s'arrêter quelque part. Les coûts médicaux ont un poids terrible sur la société, sans même parler des problèmes éthiques que cela soulève. En limitant ce qui peut être remplacé ou amélioré, le CFES s'assure que chacun restera majoritairement humain. Tu imagines un monde peuplé de demi-humains, de créatures de laboratoire ? C'est ça qu'on essaie d'éviter.

– Et tu penses que le CFES a toujours raison ? » demande Ethan.

Allys se redresse sur son siège. Son ton se fait encore plus ferme, son débit plus rapide.

«Ils essaient de préserver notre humanité, Ethan. Comment peut-on s'opposer à ça ? Ils nous protègent. Pour ma part, je trouve ça admirable. Et je te signale que le Comité est composé de gens très intelligents et qualifiés. »

Ethan pénètre dans le parking devant l'école.

«Tout ce que je sais, c'est que ce sont des gens *très intelligents et qualifiés* qui ont bousillé ma vie, il y a deux ans. » Il gare la camionnette. « Si c'est ça, l'intelligence… »

La conversation a pris un tour inattendu. La voix d'Ethan est hargneuse, comme le jour où j'ai parlé de *monstres* à notre sujet, au supermarché. Il descend du véhicule et se dirige vers l'établissement sans nous attendre.

Allys soupire avec agacement.

«Il s'énerve vraiment pour un rien, des fois. »

Elle lève les yeux au ciel et attrape ses béquilles. Je regarde Ethan s'éloigner. Ainsi, sa vie a été bouleversée à peu près au même moment que la mienne. Et comme moi, il ne s'en est pas encore remis. Je ne sais pas ce qui lui est arrivé. Je n'ose pas demander. Mais je suis certaine que c'est pour cela qu'il est ici, parmi nous.

J'attends Ethan qui doit me raccompagner chez moi. Je viens d'avoir un entretien avec Rae, et c'est à présent son tour.

« Salut ! »

Dane. Je ne l'ai pas revu depuis le jour de mon arrivée. Il était absent. Rae ne nous a pas expliqué pourquoi, et Mitch s'est contentée de grogner quand Allys a posé la question.

« Comment ça va ? »

J'aime sa voix chaleureuse et amicale, mais je me rappelle ce qu'a dit Ethan à son sujet.

« Bien.

– Ton projet social te plaît ?

– Oui.

« – Tu veux que je te ramène chez toi ?

– Non. »

Il soupire, visiblement irrité par mon monosyllabisme, se plante devant moi et m'attrape par la main.

« Qu'est-ce qui se passe ? Ethan t'a dit du mal de moi, c'est ça ? Tu ne vas pas l'écouter, quand même ! »

Sa main est chaude, son étreinte ferme. Je l'observe et me surprends à comparer la couleur de ses yeux à celle du ciel.

« J'ai un problème, ajoute-t-il. Je dois l'admettre : je suis trop franc. Comme quand j'ai mentionné le fait que tu ne marchais pas normalement. Ça ne veut pas dire que je te trouve moins sympa pour autant, et je ne voulais pas te vexer. Tu ne vas pas m'en vouloir pour ça, dis ?

– Non. »

Il desserre un peu la main, mais ne me lâche pas.

« Nous avons tous des problèmes. Celui d'Ethan, c'est qu'il ne peut pas supporter la vérité. Il ne peut même pas dire la vérité. Si j'étais toi, je l'éviterais. Enfin, je suppose que tu es assez intelligente pour t'en apercevoir toute seule. »

Il sourit, mais cela ne me fait pas le même effet que lors de notre première rencontre, devant chez lui. Jour après jour, je me perfectionne : je sais désormais détecter des nuances dans les expressions, des détails que je crois être la seule à remarquer. Et ce que je distingue sur le visage parfaitement beau de Dane me met mal à l'aise. *Le vide*. C'est le premier mot qui me vient à l'esprit ; ce n'est peut-être pas le bon.

« Alors, nous sommes amis ? » demande-t-il.

Amis. C'est la raison pour laquelle je voulais venir à l'école. Peut-être Dane a-t-il eu des amis, lui aussi, des amis qu'il a perdus comme moi, et qui lui manquent autant que Kara ou Locke me manquent.

«Nous sommes amis», je répète. Par politesse. Et puis, qui sait?

«Dans ce cas-là, je peux peut-être venir te faire un petit coucou de temps en temps, puisque j'habite à côté?

– OK.

– Merci pour l'invitation, voisine!» dit-il en repartant.

L'ai-je invité?

CONTENU

Vide adj. 1) Qui ne contient rien, dépourvu de son contenu normal. 2) Qui est sans occupant, où il n'y a personne. 3) Qui manque d'intérêt, de substance.

Je me demande ce que le mot *ami* signifie pour Dane. Je me demande pourquoi sa voix et ses yeux tiennent des discours si différents. Je me demande si je peux être sûre de quoi que ce soit à son sujet. Mais je suis sûre d'une chose: le mot qui m'est venu lorsque j'ai regardé son visage était le bon.

MAISON

La maison est vide. Les samedis sont vides, en fait. Pas de coups de marteau. Pas d'ouvriers. Pas d'école. Rien. Maman est sortie ce matin. Elle ne m'a pas dit où elle allait, mais elle m'a demandé de rester à la maison. Je voulais refuser. Je n'en ai rien fait.

Lily est restée enfermée dans sa serre toute la matinée. Elle ne m'a pas proposé de la rejoindre. Je n'en avais pas envie, de toute façon. J'ai regardé deux fois par la fenêtre de ma chambre pour voir ce qu'elle faisait, mais l'intérieur de la serre demeure invisible. Je me moque de ce qu'elle fait.

Je m'allonge sur le lit et je fixe le plafond. Un plafond lisse, monotone. Comme moi.

Maman et Lily l'ignorent, mais Papa avait raison. Je retrouve petit à petit la mémoire.

C'est étonnant la façon dont les choses me reviennent. Jour après jour, par morceaux plus ou moins vaguement reliés entre eux, souvent sans importance. Ils se recollent, se mettent en place, comme les pièces d'un puzzle. Et voilà une chaîne d'événements à nouveau présente, une minuscule partie de mon passé, venue de nulle part.

Je me rappelle être allée dans un magasin qui vendait des chaussettes, avoir regardé et touché des chaussettes, avoir acheté des chaussettes, avoir vérifié le reçu donné par la marchande de chaussettes. Le moindre détail d'un achat de chaussettes qui a eu lieu cinq ans plus tôt. Me voilà bien avancée !

Mais pour ce qui est du reste… La nuit dernière, dans le couloir, j'ai dû m'appuyer contre le mur et fermer les yeux, assaillie par un nouveau souvenir. J'avais la tête qui tournait. Je voyais tout si clairement. J'étais en train de sangloter. De hurler pour que Maman revienne. Elle pleurait, elle aussi. Une larme, juste une larme aperçue avant qu'elle ne disparaisse. Je lui criais de revenir, j'essayais de courir derrière elle, mais Papa me retenait. Non, il me tenait. Dans ses bras. J'étais à peine plus qu'un bébé. Dix-huit mois, peut-être. Je portais un manteau rouge vif, et Papa un manteau noir. Il m'embrassait, essuyait mes larmes, me promettait que Maman allait revenir. Je donnais des coups de pied pour me dégager ; il me serrait plus fort. Je m'en souviens comme si c'était hier. Comment est-ce possible ?

Si je dois me rappeler par étapes toute ma vie passée, vais-je y employer toute ma vie future ? Ou bien toutes ces scènes vont-elles un jour se connecter, exploser en moi ?

Je jette encore une fois un œil par la fenêtre. Toujours aucun signe de Lily. Le plancher craque sous mes pieds. Je me promène à l'étage. Toutes les pièces sont vides. Claire a-t-elle l'intention de les remplir ? Avec quoi ? Juste moi ? Je descends. Je n'ai jamais vraiment exploré le rez-de-chaussée. Je suis juste entrée une fois dans la salle de bains de Claire, le jour où je me suis entaillé le genou ; c'est la seule fois où j'ai mis les pieds dans une de ces pièces. Je réalise soudain que jusqu'ici, je me suis comportée comme une invitée, me contentant d'utiliser ma chambre et les espaces communs, sans jamais me sentir libre d'errer de-ci de-là.

Reste à la maison, Jenna.

C'est ce que je vais faire.

Je pousse la première porte. Je croyais que c'était la chambre de Lily, mais c'est un bureau. Celui de Claire, à en juger par la quantité de plans, d'échantillons de matériaux, de livres d'architecture. Quel fouillis ! Je ne m'y serais pas attendu de sa part.

Pièce suivante. La porte grince, et je sursaute. Maman n'a toujours pas fait refaire serrures et gonds. Peut-être pense-t-elle que Costwold Cottage semble ainsi plus authentique ? En tout cas, on peut difficilement s'y déplacer en toute discrétion. Je découvre une chambre spacieuse, meublée simplement. Celle de Lily. Dans un coin, une paire de chaussures bien alignées ; sur le bureau, des cadres contenant des photographies. Claire. Mon grand-père et Lily. Et une petite fille dans une belle robe et des souliers vernis. Une petite fille qui tient la main de Lily. Une petite fille que Lily aimait. Je repose le cadre à l'envers de manière à ce qu'on ne voie plus la photo. Elle s'en apercevra certainement. Et alors ? Que peut-elle faire ? Me détester ? Je me sens plus forte ; je donne un coup de pied dans ses chaussures. Il est surprenant de constater à quel point on peut se sentir bien après une action aussi futile. Je sors ; j'en ai assez vu.

La troisième porte est fermée à clef. Je poursuis mon chemin jusqu'à la chambre de Claire, ou plutôt sa suite : une chambre, un petit salon avec deux fauteuils et une bibliothèque, une penderie, des placards, une salle de bains. L'enchaînement penderie / cagibi / placard est le même que dans ma chambre. Tant d'espaces pour tant de besoins différents. Quelle surenchère. Le plus grand placard contient une porte qui s'ouvre vers le centre de la maison, donc sur une pièce sans fenêtre. Je colle mon oreille contre la porte. Un léger bourdonnement. Je secoue la poignée, mais celle-ci est solidement verrouillée.

Le matelas. Matelas. Matelas. Je marche vers le lit de Claire, repousse la couette et glisse ma main sous le matelas. Rien. J'essaie dans un autre coin. C'est là. Une clef. Je m'en empare et me redresse. Pour une fois, je me suis rappelé quelque chose d'utile au sujet de Claire.

« Qu'est-ce que tu fais ? »

Je glisse mes mains dans mes poches.

« Rien.

– On ne dirait pas. »

Je jette un œil en direction du lit.

« Je faisais le lit. Claire l'a laissé en désordre, ce matin. Il n'y a rien d'autre à faire, ici. »

Lily fouille mon regard. Je tripote la clef dans ma poche,

et elle semble s'en apercevoir, mais ne fait aucun commentaire et se contente d'annoncer :

« Il y a quelqu'un pour toi dehors. »

Ethan est au milieu de l'allée. Il s'agite nerveusement, puis sourit. On dirait presque qu'il a mal quelque part.

« Bonjour, dit-il.

– Bonjour. »

J'attends. Que suis-je censée faire d'autre ?

Il met sa main dans la poche de son jean, et son sourire tendu s'évanouit.

« J'ai trouvé ces clefs dans ma camionnette. J'ai pensé qu'elles étaient peut-être à toi. »

Il me tend un porte-clefs.

« Non. Ce n'est pas à moi.

– Ah. » Il ne bouge pas.

« Elles sont peut-être à Allys.

– Peut-être. »

Il remet les clefs dans sa poche, et le sourire douloureux revient.

« Bon, alors à lundi.

– Ton sourire a quelque chose de faux. Tu as besoin de t'exercer. »

Il fronce les sourcils, vexé.

« Et tu es une experte en matière de sourires, bien sûr. Y a-t-il quelque chose que tu ne sais pas ?

– Pas grand-chose. »

Je souris à mon tour. Un grand sourire, franc, soutenu. Il secoue la tête et me jette un regard de côté.

« OK, c'est toi qui gagnes. »

Je lui demande s'il veut que je lui montre la maison. Il accepte, précisant qu'il n'a rien de mieux à faire. Rien de mieux ? M. Sociable en personne, sans le moindre doute.

Il s'intéresse à l'allée que les ouvriers viennent de terminer, ainsi qu'à la reconstruction de la cheminée. Nous
contournons la maison, et je constate que Lily est retournée
dans sa serre. Je touche la clef dans ma poche. Je pourrais
demander à Ethan de partir. C'est peut-être ma seule occasion d'être seule à la maison avant longtemps. Mais je ne
veux pas qu'il s'en aille. La clef, ou Ethan? Pour l'instant, je
le choisis, lui.

Il regarde l'étang avec admiration.

«Il n'y a pas grand monde qui possède une pièce d'eau
aussi grande dans son jardin.»

Je n'y avais jamais songé. C'est vrai, nous n'avions rien
de tel à Boston.

Nous nous asseyons face à face sur un gros bloc de granit
près de l'eau, et pour la première fois, j'apprécie la beauté
de cet endroit en le voyant à travers les yeux d'Ethan. Des
bouquets de roseaux l'entourent comme autant d'ancres
pointues. Du côté de la maison de Mr Bender nage une
poule d'eau qui disparaît parfois derrière le feuillage.

«J'entends des grenouilles, la nuit. Pourtant, nous
sommes en février. Lily trouve ça bizarre.

– Ça ne l'est pas, je t'assure.

– Tu es d'ici?»

Il hésite, me dévisage comme si je venais de lui demander de me donner un litre de sang au lieu de lui poser une
question toute simple. Sa réponse est tout aussi étrange.

«Ouais.»

Ce n'est pas ce qu'il a dit mais la manière dont il l'a dit.
Il a prononcé ce mot avec un léger hochement de tête et
un soupir. Je reconnais cette expression. Où l'ai-je vue?
Peut-être chez la Jenna des vidéos. Un simple mot qui laisse
entendre bien plus que ce qu'on veut qu'il signifie. *Résignation. Stop. Ça suffit. Que me veux-tu?* Ouais. Il y a bien

plus sur ces vidéos que ce que Maman voulait que je voie. Certaines choses que même l'ancienne Jenna n'avait probablement jamais remarquées.

« *Ici* te pose problème.

– C'est pour ça que je vais dans cette école, répond-il. Beaucoup de gens me connaissent, ici. C'est plus facile comme ça.

– C'est plus facile de te cacher ?

– Tu comprends vite.

– Pas vraiment. Mais tu as dit toi-même que chacun d'entre nous avait une bonne raison de fréquenter cette école. J'attendais de connaître la tienne. »

Il se penche en avant. Ses bras entourent ses genoux.

« J'ai passé un an dans un établissement pénitentiaire pour mineurs. J'avais battu quelqu'un. Quand je suis sorti, je n'aurais pas pu retourner dans un lycée normal, je suis donc allé dans une école alternative.

– Tu n'as pas l'air d'être ce genre de garçon.

– Le genre de garçon qui peut frapper quelqu'un au point de presque le tuer ? » Il regarde au loin, les yeux dans le vague. J'entends sa gorge se nouer. « Eh bien, si. On ne peut jamais savoir. »

Je me penche à mon tour en avant, les mains sur les genoux, dans une posture similaire à la sienne. On ne peut jamais savoir. Ethan se connaît mieux qu'il ne le souhaiterait, et je me connais moins que je ne le désirerais. Deux passés, noir et terrible pour lui, blanc et vide pour moi. Ses yeux sont foncés, expressifs, aussi *pleins* que ceux de Dane sont vides. Je me mets à genoux, si proche de lui que je devrais être gênée. Je ne le suis pas.

« Tu ne me demandes pas pourquoi j'ai fait ça ? » dit-il.

Je referme l'espace entre nous. Mes lèvres se posent sur les siennes. L'ancienne Jenna savait-elle embrasser ? La nouvelle Jenna se rappelle-t-elle comment on fait? À en juger par les sensations que me procure sa bouche contre la mienne, la réponse à ces deux questions est oui. Au bout d'un moment, je me détache de lui.

«Désolée. J'aurais dû te poser la question.»

Il m'attire à lui et m'embrasse à nouveau. Ses deux mains sont douces sur mes joues.

Nos baisers sont de plus en plus passionnés, et tout ce qu'il y a de bizarre, de curieux, d'anormal en moi disparaît. Je ne pense plus à moi, je pense à Ethan. La chaleur d'Ethan, l'odeur d'Ethan, les caresses d'Ethan, c'est tout ce que je suis, *maintenant*. Ce n'est que lorsqu'il s'écarte parce que Lily me crie de rentrer à la maison que je réponds à sa question.

«Je sais déjà pourquoi tu as fait ça. Parce que parfois, on n'a pas le choix.»

CHOIX

J'en avais besoin comme j'ai besoin de respirer.
Mais personne ne m'entendait.
Personne ne pouvait entendre.
Pas de mots. Pas de voix.
Pas de bruit.
Je ne pouvais même pas rêver d'être ailleurs.
Des choix étaient faits.
Par d'autres que moi.
Au début, je crus que c'était l'enfer.
Ensuite, j'en fus certaine.

MESSAGE

Je referme le tiroir de la cuisine avec fracas.

«Inutile de faire tout ce bruit. J'ai bien compris que tu étais fâchée. »

Je rouvre le tiroir et le referme encore plus brutalement. Je recommence quatre fois de suite.

«Voilà! *Maintenant*, tu as peut-être compris!

– C'est vraiment l'heure de tes nutriments.

– Comme si tu y avais jamais prêté attention avant! »

Je sors la bouteille de nutriments du réfrigérateur et en verse la bonne quantité dans un verre. Puis je remets en place la bouteille et prends un pot de moutarde. J'ajoute la moitié de son contenu à ma boisson insipide, et tout en défiant Lily du regard, je bois le tout d'un trait.

«Tu es contente ? C'est fait! »

Je repose le verre sur la table, si fort que je m'étonne de ne pas le casser.

«Tu n'aurais pas dû avaler ça. Il est possible que… tu ne le digères pas bien. »

Elle soupire, comme si elle était lasse, et ma colère augmente.

« Tu ne pouvais pas te mêler de tes affaires et m'ignorer, comme d'habitude ?

– Ce n'est pas bien, Jenna.

– Qui pense que ce n'est pas bien ?

– Tout le monde.

– Personnellement, j'ai plutôt eu l'impression qu'il avait apprécié mon baiser.

– Pour le moment, peut-être. »

J'ai envie de pleurer. J'ai envie de hurler. J'ai envie de frapper quelqu'un, quelque chose, n'importe quoi. J'ai envie de me jeter dans ses bras et de la supplier de m'aimer. J'ai envie de revenir en arrière, de retourner à cet instant où Ethan m'embrassait et où le moment présent était la seule chose qui comptait.

Pourquoi ?

Pourquoi moi ?

Soudain, je me sens faible, comme si toutes les questions qui peuplent mon cerveau se heurtaient les unes aux autres et m'empêchaient de penser. *Maintenant* est le seul mot qui émerge, et même si ça ne veut rien dire, je le prononce à voix haute.

« Maintenant. »

Des rides apparaissent sur le visage de Lily ; ses mains se raidissent. La rigidité monte jusqu'à sa bouche. Elle reste immobile et me regarde comme si je venais de prononcer tout un discours au lieu d'un seul mot.

« C'est mieux comme ça, affirme-t-elle enfin. Pour Ethan et pour toi. »

Elle quitte la pièce. Je l'entends remonter le couloir jusqu'à sa chambre et fermer la porte derrière elle. Je me demande si elle va remarquer la photographie à l'envers ou les chaussures au milieu de la pièce.

MOUTARDE ET BAISERS

Il n'est que midi et demi, et me revoilà dans ma chambre. Mon ventre est noué. Je ne sais pas si c'est à cause de la moutarde que je viens d'avaler ou des baisers qu'Ethan m'a donnés.

Je me moque de savoir si la moutarde me fera du bien ou pas. Cela en valait la peine. Je revois le regard désarmé de Lily. Elle savait qu'elle ne pourrait pas m'arrêter, et ce bref sentiment de puissance m'a fait du bien, lui.

Je contemple ma chambre vide, impersonnelle, et mes yeux se posent sur le netbook. Je pourrais visionner une autre vidéo de Jenna. Ou enquêter au sujet de mes voisins, comme Mr Bender. Mais j'ai l'impression que je devrais faire autre chose. *Dépêche-toi, Jenna.*

Je m'assois devant mon bureau et pose la tête sur mes bras croisés. Je voudrais pouvoir me réveiller différente, un nouveau moi.

Le sommeil ne vient pas. Le *nouveau moi* non plus. Je regarde mes doigts malhabiles, je sens mes pieds glisser gauchement sur le sol, j'écoute les craquements, les efforts et soupirs de la maison.

JENNA FOX / SEIZIÈME ANNÉE

Je place le dernier disque de la vie de Jenna dans le netbook. Que puis-je espérer apprendre d'autre ? En fin de compte, j'ai plus de trous que de matière, mais j'ai réussi à reconstituer la vie de Jenna Fox à l'aide des souvenirs incomplets qui me sont revenus et de ces enregistrements déraisonnablement longs. J'ai été chérie. Adorée. Accablée d'espérances. J'ai été tout ce que les bébés peuvent être. J'ai dansé autant que j'ai pu. Étudié. Je me suis entraînée. J'ai fait de mon mieux pour devenir tout ce qu'ils rêvaient que je sois.

Mais au milieu de toutes ces scènes, les anniversaires, les leçons, le sport, les événements de la vie quotidienne qui ne méritaient pas qu'on s'y attarde, ce que j'ai surtout retenu, ce sont les yeux de Jenna. Son expression implorante, ses hésitations. Ses efforts désespérés pour rester sur le piédestal. Je le détecte dans ses yeux aussi facilement que je peux donner leur couleur. Après quelques semaines à peine, je suis capable de lire sur le visage des gens comme je ne l'ai jamais fait avant. Je vois Jenna sourire, rire, bavarder. Et chuter. Quand on est parfait, que peut-on devenir ? J'en ai mal pour elle, comme s'il s'agissait de quelqu'un d'autre. *C'est* quelqu'un d'autre. Je ne suis plus la parfaite Jenna Fox.

Comme tous les autres, ce disque commence par un anniversaire, une fête luxueuse et privée quelque part en Écosse. Maman, Papa et moi portons des kilts, et un groupe de musiciens joue *Joyeux anniversaire* à la cornemuse. Vient ensuite une sortie scolaire, sur un bateau. J'inspecte tous les visages, à la recherche de ceux de Kara et Locke. Certains de mes camarades me semblent familiers, mais je ne vois nulle part mes amis, ceux qui apparaissent dans mes rêves. Où sont-ils ? Les cheveux de Jenna lui fouettent la joue. Elle jette un coup d'œil à la caméra et se raidit, penche la tête sur le côté, plaide silencieusement pour qu'on cesse d'empiéter sur son espace vital. Mais la caméra zoome en avant. Je peux presque voir Jenna se refermer sur elle-même. Se rendre. Et soudain, elle s'enfuit. Elle se fraye un chemin au milieu des autres adolescents. Et la caméra s'éteint.

Une autre scène. Jenna en collants roses, ses cheveux rassemblés en un chignon étincelant.

«Fais une pirouette, Jenna!» dit la voix de Papa.

Claire entre dans la pièce.

«Tu as tout? Tes chaussons? Ton costume?

– Oui.

– Tu as eu la main lourde sur le maquillage, non?»

Les yeux de Jenna sont soulignés de noir, un noir épais qui ne va pas avec ses joues roses.

«Et alors?

– Ça pourrait déplaire à ta professeure de danse.

– Je m'en fiche. Je te l'ai dit et répété, c'est la dernière fois que je monte sur scène.»

Claire sourit.

«Mais non. Tu adores danser, Jenna.»

Jenna prend Claire par les épaules et la toise de haut.

«Regarde-moi, Maman. Je mesure 1,79 m, et je grandis encore. Je ne deviendrai jamais danseuse étoile.

– Mais il y a des compagnies qui…»

Jenna lève les bras au ciel.

«Tu n'as qu'à devenir ballerine toi-même! Tu mesures 1,73 m, la taille idéale! Allez, Claire, lance-toi!»

Je vois le visage de Maman se transformer. Elle est blessée. J'ai presque envie de détourner les yeux. Était-ce la première fois que je l'appelais Claire?

«Du calme», dit Papa. Et la caméra s'éteint.

C'est fini. Le dernier enregistrement de Jenna Fox avant son coma. Une petite dispute, au cours de laquelle nous avons à peine élevé la voix. Pourquoi Lily tenait-elle à ce que je visionne ces images? Quel est l'intérêt? Cette dernière vidéo est un non-événement. Une déception. Je pensais que j'y dénicherais quelque chose d'important. À moins que Lily n'ait juste voulu m'épargner des heures d'ennui? Va droit au but. Vois quelle couillonne tu étais, et passe à autre chose. Peut-être que c'est ça que je ressens, ça que j'ai l'impression de devoir faire. Passer à autre chose.

Pauvre Claire. Je me rappelle avoir essayé de lui dire à quel point j'étais désolée, quand tout mon univers était immobile et qu'aucun mot ne pouvait franchir mes lèvres. Désolée pour quoi? Pour l'accident? Pour avoir été dure avec elle? Pour l'avoir appelée Claire alors qu'elle voulait être appelée Maman? Peut-être est-ce pour ça que Lily m'en veut. Pour tout le mal que j'ai fait à sa fille.

Passer à autre chose. *Avancer.*

C'est ce que je devrais faire.

PROFONDE

Claire passe la porte d'entrée juste au moment où j'arrive en bas des escaliers. Ses bras sont chargés d'échantillons de matériaux et de catalogues.

«Tu as besoin d'aide… Maman?»

Elle se métamorphose. Un mot de moi, et elle a cinq ans de moins. J'ai toujours pensé que c'était Claire qui détenait le pouvoir. J'avais tort.

Je n'en reviens pas de la voir si belle, et j'ai honte de l'avoir privée de ce plaisir pendant si longtemps. Elle pose tous ses paquets sur la table.

«Non, merci, c'est bon… Jenna.»

Sa voix est douce, surtout quand elle prononce mon nom, comme si elle posait une question.

Je m'approche d'elle. Nous nous regardons, nos yeux à

la même hauteur, séparées par quelque chose d'invisible. Soudain, j'ai la tête qui tourne, l'impression de trébucher. *Passer à autre chose. Avancer.* Je recule. Je ne peux pas faire ça. Il y a quelque chose qui cloche. Mais je le lui dois bien. Je le sais. Mes mains tremblent; ma vue se brouille. J'essaie de ne pas chanceler. J'enfonce les mains dans les poches de mon jeans.

La clef.

Elle est encore là. Chaude contre mes doigts.

«Ça t'ennuie si je vais me balader? Je suis restée enfermée toute la journée.»

Elle hésite, puis hoche la tête.

«Mais ne va pas trop loin», ajoute-t-elle en se dirigeant vers la cuisine.

Quand elle est hors de ma vue, j'ouvre la porte d'entrée et la referme bruyamment, afin qu'elle croie que je suis sortie. Concentrée, je marche le plus discrètement possible, et longe le couloir jusqu'à sa chambre. Mon intention est de remettre la clef en place avant qu'elle ne découvre son absence.

Je suis en train de soulever le matelas lorsqu'une pensée m'arrête. *Dépêche-toi, Jenna.*

J'ai peut-être le temps.

Si je fais vite.

Je me dirige vers le placard et m'immobilise pour écouter les bruits en provenance du couloir.

Silence.

Je sors la clef de ma poche. Elle pénètre dans la serrure et tourne avec un bruit métallique. Je pousse la porte doucement pour ne pas la faire grincer. La pièce est froide, sombre, à peine illuminée par une lueur verte. Je tâtonne pour trouver un interrupteur, mais en vain. Mes yeux s'habituent enfin à l'obscurité, et je comprends d'où vient le

124

bourdonnement. Des ordinateurs. Plus exactement, trois unités centrales, sans écrans ni touches externes, sur une petite table. Leur forme est étrange : ce sont des cubes d'une quinzaine de centimètres de côté, bien plus grands que des unités centrales classiques. Chacune est reliée à sa propre batterie. Pourquoi ne pas les avoir branchées sur le secteur ? Je m'approche et aperçois une étiquette sur celle du milieu.

JENNA ANGELINE FOX.

Je passe ma main sur l'étiquette, m'imprégnant de ce nom. Jenna *Angeline* Fox. J'aurais dû poser la question depuis longtemps. Je me sens plus complète. Un début, une fin, un milieu. Pourquoi l'inconnu est-il toujours si effrayant ? *Angeline*. Je ferme les yeux et prononce ce nom à voix basse. J'ai une place en ce monde. J'ai le droit d'être ici. J'y suis chez moi. Comment un simple deuxième prénom peut-il accomplir ce miracle ? Sommes-nous seulement composés d'une somme de détails ? Ou est-ce le fait de connaître ces détails qui fait la différence ?

J'ouvre les yeux et examine l'ordinateur dans la pénombre. Je me demande ce qu'il contient. Du travail scolaire ? Ma correspondance ? Je sens la colère monter, l'adrénaline me parcourir. Une histoire. *Mon histoire.* Il devrait être dans *ma* chambre. J'essaie de le déplacer. Un boulon saute, mais l'ordinateur reste fixé à la table. Je pousse de toutes mes forces, mais ma main glisse et va riper contre le coin du meuble. La douleur explose en moi, et je tombe ; mais une seconde plus tard, je n'ai déjà plus mal. Je serre ma main contre mon ventre sans trouver le courage de regarder. Je sais que la coupure est profonde. Si Maman est devenue hystérique au sujet de la petite écorchure que je me suis faite au genou, je n'ose imaginer ce qui va se passer quand elle verra ça.

Un peu de sang suinte entre mes doigts. Je récupérerai mon ordinateur plus tard. Je sors de la pièce, referme à

clef, et retourne rapidement dans ma chambre, en m'efforçant de ne faire aucun bruit en montant les escaliers. J'entre
dans ma salle de bains et repousse la porte derrière moi.

Est-ce vraiment grave? Je n'ai fait que me couper sur un
morceau de métal. Je tiens ma main au-dessus du lavabo
pour éviter de faire des taches par terre, mais heureusement
le sang a déjà cessé de couler. Une entaille de sept ou huit
centimètres de long s'ouvre entre mon pouce et mon poignet. Je ne comprends pas pourquoi je n'ai plus mal. Va-t-il
falloir me faire des points de suture? J'écarte les lèvres de la
blessure pour voir à quel point elle est profonde.

Elle est profonde.

Quoi. Comment.

Mon Dieu.

Je ne peux pas. Penser.

Profonde.

BLEU

L'escalier vacille. Se balance.

Je serre ma main blessée contre mon ventre. L'autre
s'agrippe à la rampe.

Il n'y a qu'une petite tache de sang sur ma chemise. Si
petite. D'un rouge si clair. Est-ce vraiment du rouge
d'ailleurs?

Mes pieds trébuchent, et je descends trois marches d'un
coup.

«Jenna?» Une voix dans le lointain.

Le vestibule oscille. La porte aussi. Maman et Lily sont
entourées d'un halo de lumière devant la table de la cuisine.

Elles cessent de parler. Me regardent. Maman aperçoit ma chemise. La tache de sang. Elle s'apprête à se lever, mais un simple mot de ma part l'arrête.

«Quand?

– Jenna…

– Quand aviez-vous l'intention de me le dire?» Je hurle. Je montre ma main. «*Qu'est-ce que c'est que ça?*»

Maman porte sa propre main à son menton, couvrant à moitié sa bouche.

«Jenna, laisse-moi t'expliquer…»

Lily se met debout.

«Tu devrais t'asseoir.»

Elle se place derrière sa chaise et me l'offre. Je m'exécute, ne sachant pas trop quoi faire d'autre. Je regarde Claire.

«Pourquoi ma main est-elle comme ça?»

J'étends mon bras sur la table et j'ouvre l'entaille. Sous la peau, du bleu. Un gel bleu. En dessous, quelque chose d'un blanc argenté. Des os et ligaments artificiels. Du plastique? Du métal? Maman détourne les yeux.

«Qu'est-ce qui s'est passé?»

Ma voix n'est plus qu'un chuchotement.

«L'accident», prononce-t-elle.

L'accident.

«Mon bras a été arraché?»

Maman s'approche, pose ses deux mains sur la mienne.

«Jenna, ma chérie…

– Réponds-moi.

– Brûlé. Atrocement brûlé.»

Je fixe mon autre main sur la table à côté de celle qui est blessée. Mon autre main parfaite, et à la fois si étrange. Cette main monstrueuse. Je regarde Maman. On dirait qu'elle ploie sous un poids terrible.

«Et celle-là?» je demande en levant l'autre main.

Elle hoche la tête.

Oh, mon Dieu. Je baisse la tête, et le monde disparaît. J'ai terriblement froid. Ma peau ne m'a jamais paru tout a fait normale; soudain, elle me semble complètement étrangère. J'entends Lily contourner la table. Tirer une chaise. S'asseoir avec un soupir. J'entends le sang cogner à mes tempes. Mes mains se contractent convulsivement. Je les regarde. Puis-je encore parler de *mes* mains?

Je me tourne vers Maman.

«Autre chose?»

Ses larmes coulent.

«Jenna, qu'est-ce que ça change? Tu es toujours ma fille. C'est tout ce qui compte…»

Mes pieds si maladroits. Mes jambes.

Oh non.

«Lève-toi», j'ordonne. Je me mets debout. Maman me dévisage, perplexe. Je hurle : «Lève-toi!»

Elle m'obéit. Elle est à quelques centimètres de moi. Nous ne nous quittons pas des yeux. Nous avons exactement la même taille.

«Tu mesures combien?»

Je chuchote chaque mot distinctement, un par un, tels les nœuds d'une corde à laquelle j'essaie de grimper.

«Jenna?»

Elle ne comprend pas. Elle ne sait pas ce que j'ai vu. Elle ne sait pas que dans cette dernière vidéo, celle que Lily m'a conseillée de visionner, je donne ma taille. Mais son visage se tord d'angoisse. Elle ne répond pas.

«Combien? je répète.

– Un mètre soixante-treize.»

Je m'effondre de nouveau sur ma chaise en secouant la

tête. Maman parle, marmonne quelque chose ; pour moi, ce n'est que du bruit. Finalement, je me force à la regarder.

« Raconte-moi tout.

– Tout quoi ? » demande-t-elle en faisant semblant de ne pas comprendre. Mais elle comprend. Je le vois à ses yeux, au pas en arrière qu'elle fait involontairement, comme pour mettre fin à cette scène.

« Combien reste-t-il qui soit vraiment moi ? »

Ses lèvres tremblent. Ses yeux se remplissent de larmes. Lily intervient :

« Dix pour cent. Dix pour cent de ton cerveau. C'est tout ce qui pouvait être sauvé. On aurait dû te laisser mourir. »

J'essaie de saisir ce qu'elle dit. Je vois sa bouche remuer. J'entends des mots. Dix pour cent. *Dix pour cent.*

Et soudain, Maman devient féroce. Une lionne. Elle se rapproche, me crie à la figure :

« Mais ce sont les dix pour cent les plus importants. Tu m'entends ? Les plus importants ! »

CLOUÉE

Je suis étendue sur mon lit. Je regarde le plafond. Claire marche de long en large. Quitte la pièce. Revient. Plaide. Raconte. J'écoute, mais je ne réponds pas. Lily entre, elle aussi. M'observe. Chuchote quelque chose à Claire. S'approche de moi. S'en va. Pour de bon.

Elles ne savent pas quoi faire. Papa va venir. Claire l'a appelé, il y a quelques heures. Nous sommes maintenant en pleine nuit. Deux heures du matin. Claire me dit qu'il m'expliquera tout. Quand il sera là. Il m'aidera à comprendre. Malgré tout, elle s'assied sur le lit et tente de se justifier.

« Tu étais terriblement brûlée, Jenna. Nous avons tout essayé. Mais même avec les greffes temporaires, tu perdais tant de fluides… Ton état s'est stabilisé pendant quelques jours. J'étais pleine d'espoir. Mais une infection s'est déclenchée. Nous allions te perdre. Les antibiotiques ne fonctionnaient pas. Nous n'avions pas le temps de peser longuement le pour et le contre. Ton père m'a attirée dans un cagibi. Un cagibi ! C'est là que nous avons dû prendre une décision. Il m'a expliqué à mi-voix quelle était la seule manière de te sauver. Le choix était simple : ça, ou te laisser mourir. N'importe quels parents auraient fait la même chose. »

Ses mains malaxent la couette. Elle se lève. Fait les cent pas. Reprend place sur le bord du lit.

« Nous t'avons fait transporter. Immédiatement. Dans une clinique privée, en chambre individuelle. Seuls les médecins qui travaillaient avec ton père à Fox BioSystems ont continué à s'occuper de toi. L'infection s'étendait tellement vite. Ton père a dû injecter les nanorobots alors que tu étais encore dans l'ambulance, en route pour la nouvelle clinique. Il fallait commencer sans tarder le scan du cerveau.

— Pourquoi ? »

Elle se relève, soudain pleine d'espoir, simplement parce que j'ai parlé. Elle se sent mieux. Elle ne devrait pas.

« Tes veines faisaient de moins en moins bien leur travail. Nous ne savions pas combien de temps ton cœur tiendrait. Une bonne circulation du sang est essentielle pour assurer un scan. Cela prend au moins six minutes. Tes organes vitaux étaient en train de cesser de fonctionner. Quand tu es arrivée au bloc opératoire, ton cœur s'était déjà arrêté deux fois. Le Bio Gel était prêt. On a sauvé tout ce qu'il était possible de sauver. »

Elle s'approche. Elle est pâle comme un linge. Elle tombe à genoux à côté de mon lit et prend ma main tailladée entre les siennes. Elle la tient comme pour l'empêcher de se dissoudre, de disparaître.

«Le papillon, Jenna. C'est comme ça qu'on l'appelle. Le cœur du cerveau. Ça, ça t'appartient toujours.»

Et le reste? Ma mémoire? Mon histoire? Le papillon ne les contient pas. D'où viennent-ils? Comment puis-je me rappeler tant de choses? Presque tout, maintenant. Sauf l'accident.

Je ferme les yeux. Je veux qu'elle parte. Je ne veux pas parler de papillons ou de cœurs. Je ne veux pas même d'explications. Je ne veux pas d'elle.

Je sens sa joue contre ma main. Sa respiration. Son besoin de moi.

Lentement, elle me lâche et part.

Je rouvre les yeux. Ma chambre est dans le noir. Le silence est une couverture pesante qui me cloue au lit.

BLANC

Il y eut un moment, dans l'obscurité, où la peur s'allégea.
Un moment où je fus entourée de blanc.
D'espoir.
Lily, en compagnie de quelqu'un d'autre. Quelques gouttes
d'eau.
«De l'eau bénite, Jenna.»
«Tu peux lâcher prise, si tu veux.»
«Crois au pardon, Jenna.»
Mais je ne pouvais pas lâcher prise.
Cela m'était refusé.
Déjà, je tourbillonnais, je volais, je tombais, dans un
endroit profond et inconnu.
Un endroit où n'existait plus le moindre bruit, excepté le
son de ma propre voix.
Moi seule.
Pendant si longtemps.
Je ne veux plus être seule.

PAPA

Un craquement. Mon réveil indique qu'il est trois heures du matin. Papa est debout sur le seuil de ma chambre, éclairé par la lumière jaune du couloir. Il n'est pas rasé. Pas peigné. Ses yeux sont cernés. On dirait qu'il est venu de Boston à pied.

«Mon ange, murmure-t-il.

– Je suis réveillée.»

Il entre et s'assoit sur le bord du lit.

«Je suis désolé. Je ne voulais pas que tu l'apprennes de cette manière.

– Mes mains sont artificielles. Mes jambes aussi.»

Il hoche la tête.

Je m'assois et m'adosse à la tête de lit. Je lève mes mains et les regarde.

«J'aimais mes mains. Mes jambes.» Je parle pour moi plus que pour lui. «Je n'y avais jamais pensé avant. Elles étaient là, voilà tout. Mais celles-ci…» Je les retourne et observe mes paumes. «Elles sont différentes. Ce ne sont pas mes mains. Ce sont des imposteurs.»

J'attends une dénégation. J'attends qu'il efface les douze dernières heures d'un simple mot. Je fixe son visage. Même dans la pénombre, je peux voir à quel point il est fatigué. Ses yeux sont rouges.

« Elles sont presque exactement identiques à celles d'origine, répond-il. Les vidéos de tes spectacles de danse nous ont permis de mesurer numériquement le moindre centimètre de ton corps.

– Vive les vidéos. »

Il perçoit le sarcasme dans ma voix et ferme momentanément les yeux. J'ai mal pour lui, pour son chagrin, pour celui de Claire, mais d'abord et avant tout pour le mien. Je pleure ma propre perte. Pas la leur. Pas encore. Comment en suis-je arrivée là ? Comment puis-je revenir en arrière ?

Il prend ma main et examine la coupure.

« Ce n'est même pas de la vraie peau, pas vrai ? je demande.

– Si. C'est même en partie ta propre peau.

– Comment ça ?

– C'est de la peau créée au laboratoire et génétiquement programmée pour être nourrie par le Bio Gel. Il nous a fallu des mois pour obtenir tous les types de peau dont nous avions besoin. Nous n'avons pu conserver qu'une petite partie de la tienne, à cause des brûlures et des infections, mais il y en a au moins un peu. »

Sa voix est plus forte, moins lasse. Il est plus à l'aise en tant que docteur qu'en tant que père.

« Comment ça, génétiquement programmée ?

– Il était nécessaire que les nutriments et l'oxygène puissent être fournis différemment.

– Ce n'est pas une peau humaine, donc.

– Si. Complètement humaine. Cela fait des dizaines d'années que l'on sait modifier génétiquement des plantes et des animaux. Cela n'a rien de nouveau. Les tomates, par exemple. Elles sont conçues pour résister à certains insectes, ou pour avoir une durée de conservation plus longue après la cueillette, mais ce sont tout de même à cent pour cent des tomates.

– Je ne suis pas une tomate. »

Il me regarde dans les yeux.

«Non. Tu es ma fille. Jenna, il faut que tu comprennes que j'aurais fait n'importe quoi pour te sauver. Tu es mon enfant. Et je veux être franc avec toi. Allons donc droit au but. Une peau génétiquement modifiée n'a rien d'exceptionnel ; c'est autre chose qui te préoccupe. Parlons-en. »

Voilà une chose que j'ai toujours appréciée chez Papa : il est direct. Claire et moi pouvions passer des jours, des semaines à tourner autour du pot, mais pas Papa et moi. Peut-être parce que je le voyais moins souvent. Il ne pouvait pas se permettre de perdre du temps. Pourtant, pour une fois, j'ai envie de tourner autour du pot. Éternellement.

«Jenna, insiste-t-il.

– La peau, les os, c'est une chose. Mais Lily dit que vous n'avez sauvé que dix pour cent de mon cerveau. C'est vrai?

– C'est vrai.

– Dans ce cas-là, que suis-je ? »

Il n'hésite pas.

«Tu es Jenna Angeline Fox. Une fille de dix-sept ans qui a eu un accident terrible et a failli mourir. Tu as été sauvée exactement comme tant d'autres victimes d'accidents, grâce à la technologie médicale. Ton corps était trop abîmé pour être utilisé. Nous en avons créé un autre. Ton squelette a été reconstitué : tu as la structure osseuse de n'importe quelle adolescente. Les muscles ont été remplacés par du Bio Gel spécialement conçu à cet effet. La plupart de tes mouvements sont réalisés grâce à des signaux numériques qui parcourent les os ; certains utilisent encore la méthode traditionnelle des ligaments. Ta peau a été remplacée. Ton cerveau, les dix pour cent que nous avons sauvés, a été augmenté de Bio Gel. Bien entendu, dix pour cent ne suffisent pas pour assurer toutes les fonctions, nous avons donc scanné ton cerveau et téléchargé ses informations sur un support externe jusqu'à ce que tout soit prêt…

– Téléchargé ? Vous avez téléchargé mon cerveau ?

– Les informations qu'il contenait, oui. Le moindre détail de ce qui était dans ton cerveau. Mais l'information n'est pas l'esprit, Jenna. Et c'est là que nous avons réalisé quelque chose de révolutionnaire. Nous avons déchiffré le code. L'esprit est une énergie produite par le cerveau. Imagine une boule de verre que tu ferais tournoyer au bout de tes doigts. Si elle cesse son mouvement, elle tombe et se casse en mille morceaux, et même si tous les morceaux de la boule sont encore là, elle ne tournera plus jamais. Eh bien, c'est pareil dans ton cas. Même si c'est illégal, cela fait des années que l'on sait scanner les cerveaux. On peut y injecter des nanorobots de la taille d'une cellule, parfois même sans que la personne concernée le sache, grâce au transfert sans fil. Des informations peuvent également être retrouvées. L'esprit pourtant, *l'esprit* n'avait jamais pu être transféré. C'est quelque chose de totalement différent des informations. Mais nous, nous avons découvert que c'est en quelque sorte comme une boule de verre : il faut qu'elle continue à tourner, sans quoi elle tombe et se brise. Nous avons donc téléchargé toutes ces informations dans un cadre permettant à l'énergie de continuer à tournoyer, d'une certaine manière.

– De continuer à *penser*. »

Il hoche la tête.

Ce cadre était mon enfer. Le lieu obscur, le trou infini où je suffoquais, pleurais, hurlais sans que personne ne puisse me venir en aide.

C'est mon propre père qui m'avait placée là.

Je cache mon visage dans mes mains. Ces mains qui ne sont pas réellement les miennes. Ma respiration est saccadée. Ai-je des poumons, d'ailleurs, ou est-ce une espèce de réflexe, un souvenir ? Je frissonne, horrifiée par tout ce que je suis ou que je ne suis pas. Je voudrais m'échapper, mais une fois de plus, je suis prise au piège. Par quoi ? Par moi-même ? Je ne sais plus qui je suis, ce que je suis.

Je sens les bras de Papa autour de moi. Sa barbe naissante me griffe la joue. Il chuchote dans mon oreille.

« Jenna, Jenna. Tout ira bien. Je te le promets. »

C'est à nouveau mon père et non un médecin. Sa désinvolture s'est envolée. Je perçois la peur dans sa voix. Il n'est absolument pas certain que tout ira bien.

Je le repousse.

« Je veux tout savoir.

– D'accord. Mais même ces dix pour cent ont besoin de repos. Dormons un peu, tous les deux. Nous parlerons de nouveau demain matin. »

En effet, je suis fatiguée. Épuisée. J'acquiesce et me rallonge.

Juste avant qu'il n'atteigne la porte, je l'arrête.

« Est-ce que c'est vrai ?

– Quoi donc ?

– Y a-t-il vraiment dix pour cent plus importants que le reste ?

– Oui, répond-il. Je crois réellement que oui. »

Papa recoud ma main. Je sens comme une petite piqûre.

« C'est plus profond que je ne le croyais, dit-il. Comment t'es-tu fait ça ?

– En... » *Attention, Jenna. Ils ont caché cet ordinateur.* « En me promenant. J'ai trébuché et je suis tombée sur une pierre.

– Une pierre ?

– Oui, qui coupait énormément.

– Ah. »

Je ne suis pas certaine qu'il me croie. D'un autre côté, je ne suis pas certaine de croire tout ce qu'il me dit non plus, donc nous sommes quittes. Il étale du gel sur la blessure et entreprend de me bander avec de la gaze. Nous sommes assis à la table de la cuisine. Claire est avec nous. Elle porte les mêmes vêtements qu'hier, désormais froissés ; elle ne s'est pas coiffée. Elle manque de sommeil et son visage est un peu hébété, comme si elle n'avait plus la force de discuter, mais je me rends compte qu'en réalité elle se contraint à demeurer silencieuse. Elle laisse parler Papa. Il répond franchement à toutes mes questions, et je la vois plus d'une fois tiquer devant ce qu'il m'apprend.

« Je n'ai donc plus que dix pour cent de mon cerveau d'origine. Et le reste ?

– Attention, il serait faux de dire que tu n'as pas un cerveau complet. Tu as un cerveau, mais il n'est pas composé de la même matière qu'auparavant ; désormais, c'est essentiellement du Bio Gel.

– Alors parle-moi du Bio Gel. »

Je formule toutes mes demandes platement, sans

émotion, sans colère, sans tristesse, mais aussi sans acceptation ni pardon. Je ne peux pas leur pardonner.

« Le Bio Bel est un réseau neuronal artificiel construit sur un modèle biologique. C'est un gel condensé et oxygéné contenant des neuropuces qui communiquent entre elles et transmettent des informations de la même manière que les neurones, via des neurotransmetteurs chimiques. Un cerveau humain moyen, Jenna, est composé d'une centaine de milliards de neurones. Tu en as cinq fois plus. Tu es pleine de Bio Gel, de la tête aux pieds. »

Il a l'air de penser que je devrais être impressionnée, peut-être même fière. Mais qu'en est-il de mon foie ? De mes poumons ? Je ne veux pas cinq cents milliards de neurones artificiels. Je veux un cœur.

Il continue à parler de son œuvre.

« Nous avons téléchargé toutes les informations que contenait ton cerveau vers une sphère au centre de laquelle se trouve le pont de Varole, ou protubérance annulaire, ou le *papillon*, comme on l'appelle parfois. Mais petit à petit, toutes ces informations seront partagées avec l'ensemble du réseau.

– Si tout est là, pourquoi ai-je aussi peu de mémoire ? »

Je ne leur dis pas que je me rappelle certaines choses dont je ne devrais pas me rappeler, comme mon baptême. J'aimerais croire que Papa savait exactement ce qu'il faisait, mais ce genre de souvenir me révèle qu'il est peut-être aussi perdu que moi. Il s'est attaqué à l'inconnu. Il a joué avec le feu. Quelle porte a-t-il ouverte ? Ne risque-t-il pas de changer d'avis et de vouloir la fermer ?

« Tes trous de mémoire sont semblables à ceux de quelqu'un qui a eu une attaque et qui s'en remet peu à peu. Ton cerveau doit trouver de nouveaux moyens d'accéder aux

informations et de les stocker. C'est ce qui se passe actuellement. Les neuropuces sont en train de se bâtir des chemins.

– Tu es sûr que tout est encore là ? »

Maman et Papa échangent un coup d'œil rapide. Me
croient-ils aveugle ?

« Raisonnablement sûr », dit Papa.

Comme si ça suffisait.

Il en a enfin terminé avec ma main, et je me lève.

« Dans ce cas-là, si tout est si novateur et formidable,
pourquoi sommes-nous ici ? » Je connais la réponse, mais je
les provoque, comme un enfant qui en pousse un autre dans
un square. Cela me fait du bien. Je poursuis avant qu'ils
n'aient le temps de parler : « Je suis illégale, pas vrai ? C'est
pour ça que nous avons déménagé. Pour nous cacher. »

Maman se lève et contourne la table pour venir jusqu'à
moi :

« Jenna, la loi va changer…

– Tu n'as rien fait de mal, l'interrompt Papa. Ce que
nous avons fait est illégal. Donc oui, c'est l'une des raisons
pour lesquelles nous sommes ici. »

Maman s'approche, mais je l'arrête d'un geste.

« *L'une* des raisons ? »

Papa hésite. Ils échangent un nouveau regard.

« Le Bio Gel a des défauts. Nous savons que sa durée de
conservation – son oxygénation – est réduite lorsqu'il est
soumis à des températures extrêmes, en particulier au froid.
Nous avons choisi de venir ici parce que c'est la région au
climat le plus constant de tout le pays. »

Je me mets à rire. Durée de conservation ? J'ai une date
de péremption !

« Ce n'est pas si inhabituel…

– Arrête ! J'ai une durée de conservation, nom d'un
chien ! Ce n'est pas inhabituel, ça, peut-être ? »

– Tu peux appeler ça comme tu veux, mais quel organisme vivant n'a pas une durée de conservation maximale? C'est notre cas à tous. Tu en fais…

– Je rêve!» Je fais les cent pas en agitant les bras, mais réalise bientôt que je singe les gestes nerveux de Claire. Je m'interromps immédiatement et me place face à Papa, immobile.

«Combien de temps?

– Dans un milieu comme celui-ci, jusqu'à deux cents ans. Le problème, c'est que nous n'avons encore aucune donnée qui…

– Et dans un climat froid? À Boston?

– Encore une fois, nous n'avons pas suffisamment de données, mais la durée de vie du Bio Gel pourrait être réduite à deux ans, voire moins.»

Je les dévisage tour à tour, paralysée. Juste au moment où je croyais avoir touché le fond, je découvre qu'il y a encore pire. J'ai une espérance de vie comprise entre deux et deux cents ans. Y a-t-il autre chose que je devrais savoir?

Je recule en direction de la porte.

«Comment avez-vous pu me faire une chose pareille?

– Nous avons fait ce que n'importe quels parents auraient fait. Nous t'avons sauvée.

– Sauvée? Je suis un monstre! Je suis une espèce de robot, de créature artificielle!»

Maman s'approche brusquement et lève la main comme pour me gifler, mais elle se retient au dernier moment. Elle baisse délibérément le bras. Même au plus fort de sa rage, elle ne peut pas faire de mal à sa Jenna adorée.

«Je t'interdis de dire ça! Et je t'interdis de nous juger! Tant que tu n'auras pas été à notre place, tu ne pourras pas comprendre!»

Elle fait alors abruptement volte-face et quitte la pièce.

Papa et moi échangeons un regard désemparé. Sa sortie a déséquilibré notre triangle déjà fragile.

« Ça a été très dur pour elle, Jenna », dit-il enfin.

Sa voix est basse, tremblante. Va-t-il s'effondrer à son tour ? Ils sont tous deux en train de se désintégrer sous mes yeux. J'ai besoin d'air. *Sors de là, Jenna.* J'ouvre la porte de derrière et fais un pas dehors. *Et pour moi, ça n'a pas été dur ?* Je me retourne et fais à nouveau face à Papa.

« Je suis illégale. Tu peux jouer avec les mots autant que tu veux, mais je suis illégale. Je ne suis même pas certaine d'être humaine. »

Papa s'effondre pesamment sur une chaise. Il se penche en avant, les mains crispées autour de son visage.

« Je le sais, moi. Tu es cent pour cent humaine.

– Comment peux-tu en être si sûr ?

– Je suis médecin, Jenna. Je suis un scientifique.

– Et ça fait de toi une autorité sur tout et n'importe quoi ? Qu'en est-il de l'âme, Papa ? Pendant que tu étais occupé à implanter tes neuropuces, as-tu pensé à ça ? As-tu également récupéré l'âme de mon ancien corps ? Où l'as-tu mise ? Montre-moi ! Où ? Au milieu de cette technologie révolutionnaire, où as-tu inséré mon âme ? »

Puis je pars sans écouter sa réponse – pour peu qu'il en ait une.

LILY

J'ai toujours eu l'esprit vif. Je n'avais que des bonnes notes. Mais je n'étais pas aussi intelligente que Kara et Locke. Eux étaient brillants. Pas juste bons en classe. Ils n'auraient pas mis si longtemps à comprendre.

Je suis assise sur le grand rocher où Ethan et moi avons échangé un baiser, hier. Quand je n'étais qu'une fille à moitié amnésique. Hier – il y a une éternité.

J'ai envie de m'enfoncer dans les bois, à l'abri des regards, mais je sais qu'ils paniqueraient. Peut-être même me suivraient-ils ? Que risquerait-il d'arriver à leur précieuse Jenna ? Ils me surveillent probablement en cet instant même. Plantés devant une fenêtre, prêts à bondir, ils essaient de deviner à quoi je pense. Se demandent s'ils auraient pu faire quelque chose autrement. S'interrogent au sujet de ce qu'ils devraient faire maintenant. Je peux presque sentir leurs yeux dans mon dos. Je me retourne, mais je ne vois qu'une maison froide, silencieuse. Des palettes de briques destinées à la réparation de la véranda. Des échafaudages dressés par les peintres. Personne en vue. Les ouvriers se sont vu donner congé pour la journée : la restauration attendra.

Je n'ai pas vu Lily depuis ce matin. Nous avons tous besoin d'être un peu seuls.

Je regarde l'étang. Il est parfaitement plat. Du côté de la maison de Mr Bender, une poule d'eau plonge occasionnellement, créant quelques remous. Les vaguelettes se dissipent au milieu du plan d'eau, elles n'atteignent même pas notre rive. Je me concentre sur ce point où *quelque chose* devient *rien*. À quel moment les rides disparaissent-elles, exactement ? Et où vont-elles ?

J'ôte l'une de mes baskets et la jette aussi loin que possible. Elle tombe au milieu de l'étang avec un gros plouf, et la poule d'eau sursaute. L'eau se met à onduler. Les rides atteignent les deux côtés, mais une minute plus tard, la surface est à nouveau lisse, le bruit et l'éclaboussure oubliés, et j'ai une chaussure de moins. C'est le cadet de mes soucis. J'en reviens à moi. À *ça*. À ce que je suis.

Ma propre question à Papa m'a surprise. Je ne peux pas

la ravaler. Où ai-je pris ça ? Mes neuropuces m'ont-elles suppliée de mentionner ce qui leur faisait défaut ? Cela leur manque-t-il vraiment ? Cette pensée s'enfonce en moi comme une tique creusant dans ma chair.

Mon âme.

J'enlève la socquette de mon pied déchaussé. On dirait un pied tout ce qu'il y a de plus normal. De la peau, de la chair, des orteils. Les prothèses d'Allys sont de bonne qualité, mais elles ne sont rien comparées à ça. Mon pied a l'air vrai. Les sensations qu'il me procure aussi. Je le frotte contre le rocher. Le granit est froid, rugueux, recouvert d'infractuosités.

J'observe encore une fois l'eau, plate comme un miroir. Je recroqueville mes orteils sur le rocher, écoute mes ongles griffer la pierre. La question ne me quitte pas. *L'âme existe-t-elle ? Ai-je perdu la mienne ?*

Je glisse jusqu'à ma main posée sur mes genoux, le pansement dissimulant mon secret. Nouveau malaise, comme quand je l'ai vu pour la première fois. Une seconde, et tout peut basculer. Tout ce à quoi nous croyons peut disparaître. Croire à quelque chose ne suffit pas à le rendre réel.

Maman et Papa voulaient que je sois tant de choses. Mais leur désir n'a pas suffi à me rendre telle qu'ils me souhaitaient. À présent, ils veulent que je sois exactement comme avant. Ce n'est pas le cas. Quelle que soit la force de leur désir, ou du mien, cela n'arrivera pas. Je ne pourrai pas. Je reconnais ce sentiment d'échec. J'ai toujours tant essayé de correspondre à leurs attentes. J'ai tenté de remplacer trois enfants à moi seule. Leur enfant miracle. Moi. Je suis désormais une autre sorte de miracle. Un miracle artificiel, monstrueux.

« Le monde a bien changé, pas vrai ? »

Je sursaute et fais volte-face. C'est Lily. Je ne l'ai pas entendue venir. Je lui tourne le dos sans répondre.

« Je peux m'asseoir ? »

144

Je fixe l'eau en silence, en embrassant mes genoux. Elle s'assoit sans y être invitée.

Le rocher est énorme. La distance entre nous petite. J'en perçois le moindre centimètre. L'absence de conversation ne semble pas la gêner. Moi, cela me suffoque. Elle est pourtant venue pour une raison précise. Qu'attend-elle?

Elle se décide enfin à escalader le mur de silence qui s'est installé entre nous :

«Je vais être franche : je ne sais pas ce que je dois penser de toi. »

Je souris avec amertume. J'en ris presque. Décidément, elle ne s'adoucit pas. Mais j'aime mieux son manque de tact qu'un mensonge.

«Tu n'y vas pas par quatre chemins, hein?

– Quel est l'intérêt?

– Tu fais bien. » Je regarde toujours droit devant moi. «Pourquoi ménager les sentiments d'un monstre?

– C'est toi qui dis ça, pas moi.

– Je ne fais que traduire ta pensée.

– Il y a dix-huit mois, j'ai perdu ma petite-fille. Je lui ai dit adieu. J'ai pleuré. Quelques heures plus tard, tes parents m'ont avoué ce qu'ils avaient fait.

– Et tu leur as donné tort?

– Contrairement à eux, je pense qu'il y a des choses pires que la mort. »

Je songe au vide obscur où je n'étais nulle part. Prisonnière. À la fois morte et contrainte de vivre. Je serre mes genoux encore plus fort, et me tourne vers Lily. Elle ne me quitte pas des yeux.

«Donc pour toi, Jenna est morte?»

Elle secoue la tête.

«Encore une fois, tu me fais dire ce que je n'ai pas dit. Tu as toujours… » Elle s'interrompt abruptement, comme si elle avait involontairement admis quelque chose. «Comme je le disais, je ne savais pas quoi penser de toi, c'est tout.

– Sais, ou savais?

– Pardon?

– Ce n'est pas pareil. Au début, tu as dit *Je ne sais pas quoi penser de toi.* Puis tu as utilisé le passé. Il y a une grosse différence. Tu as fini par te décider?»

Elle rit.

«Mon Dieu, tu ressembles vraiment à Jenna. Tu parles comme elle. Tu as la même tête qu'elle. Tu es même aussi précise, pointilleuse, agaçante que Jenna.»

Elle tend la main comme pour m'effleurer, mais finit par changer d'avis et se redresse.

«Je me demande simplement si tu es une très bonne imitation de ma Jenna, ou…

– … ou le miracle pour lequel tu as imploré le ciel?»

Elle hoche la tête, lèvres serrées. *Mamie.* Je pose ma tête sur mes genoux et ferme les yeux, même si je déteste le noir.

«Je ne sais pas non plus.»

J'ai parlé dans l'obscurité de l'espace délimité par mes bras croisés et mes jambes pliées. Je ne suis pas certaine qu'elle ait pu m'entendre. Que quiconque puisse m'entendre. Un sentiment que je ne connais que trop, et que je ne veux plus jamais expérimenter.

ESPÈCE

Humain I. n. m. Membre de l'espèce des Homo sapiens.
II. adj. 1) Propre à l'homme; pourvu d'attributs humains.
2) Compréhensif et compatissant. 3) Représentant les

défauts de la nature humaine dans ce qu'elle a d'essentiel
et d'universel.

Et maintenant?

Combien d'heures peut-on passer enfermée dans une salle de bains à examiner sa peau, ses cheveux, ses yeux, à toucher ses doigts, à s'étonner devant l'absurdité d'un nombril?

Combien de définitions peut-on trouver au mot humain? Et comment peut-on savoir laquelle est la bonne?

Combien d'heures peut-on passer à trembler, à se recroqueviller?

À s'interroger?

DÉTAILS

Nous sommes assis dans le salon. Papa allume un feu, même si Maman l'a averti que la cheminée est toujours en travaux. Il s'en fiche. Il veut un feu. Si la maison brûle, il en achètera une autre. Elle ne discute pas.

Nous n'avons pas beaucoup de temps. Il doit retourner à Boston. Les gens vont finir par poser des questions, et ses collègues ne peuvent pas le couvrir indéfiniment. Il s'efforce donc de me donner un maximum de renseignements. Au dîner, j'ai découvert d'autres choses au sujet de la nouvelle Jenna. Même si le Bio Gel est autosuffisant, j'ai tout de même un système digestif primitif, essentiellement «pour des raisons psychologiques». Pas d'estomac, mais quelque chose qui ressemble à des intestins. Cela explique mes rares visites aux toilettes et ma constitution étonnante. Les nutriments sont destinés à ma peau. Il n'est pas impossible que je finisse par pouvoir manger de la vraie nourriture. Je dis à Papa que j'ai déjà avalé de la moutarde. Il fronce les sourcils, mais ne fait aucun commentaire. Il a eu son content de drames. Il n'en veut plus. Même si ce que j'ai fait est susceptible d'introduire un grain de sable dans l'engrenage que Maman et lui ont si patiemment bâti. De la moutarde ? Tant pis.

Maman est restée presque complètement silencieuse. Avant le dîner, elle s'est excusée d'avoir levé la main sur moi. Elle balbutiait. Je ne crois pas qu'elle m'ait jamais frappée, mais cette simple éventualité semble l'avoir secouée. Elle est maintenant assise dans le grand fauteuil près du feu, sa tête appuyée contre le dossier, les yeux ouverts sur quelque chose que je ne peux pas voir. Le passé ? En revit-elle chaque moment, se demande-t-elle ce qu'elle aurait pu faire autrement ? Elle a toujours été bavarde, sûre d'elle ; elle est désormais tout le contraire, comme si on l'avait débranchée. Papa comble le vide. Il ajoute des bûches dans l'âtre et verse du cognac dans leurs deux verres. Je n'avais jamais vu Maman avaler quelque chose de plus fort que du jus de pomme.

Papa ne répond pas à la question que je lui ai lancée avant de sortir de la cuisine, cet après-midi. Peut-être la juge-t-il absurde. Je ne pense pas que Lily serait d'accord. Elle s'est tenue ostensiblement à l'écart toute la soirée. Elle a préparé le repas, mais n'a pas dîné avec Papa et Maman. «Vous avez besoin d'être entre vous», a-t-elle affirmé avant de s'enfermer dans sa chambre.

Tout en attisant le feu, Papa m'en dit davantage, m'en dit trop. Il m'explique en détail comment on a sauvé quelques morceaux de ma peau, comment on les a cultivés en laboratoire, combinés à d'autres spécimens jusqu'à obtenir la quantité voulue. Il poursuit avec la technologie employée pour scanner un cerveau, les leçons que son équipe a tirées de cette expérience, les implications pour

d'éventuels futurs patients devant faire face à des problèmes similaires. Tant qu'il se comporte en médecin, il est
loquace et décidé. Dès qu'il doit réendosser son costume
de père, il bafouille et ressemble étonnamment à Claire. Il
vieillit. Qui est cette Jenna Fox qui a tant de pouvoir sur
eux ? Je ne suis que son fantôme. Ou peut-être sa copie. Je
fouille en moi pour dénicher un peu de sa force.

Papa s'enfonce dans le fauteuil qui fait face à celui de
Maman et me parle des difficultés de l'opération de téléchar-
gement. Je suis immobile, au centre du canapé, entre leurs
deux sièges. Les problèmes scientifiques m'intéressent moins
que les problèmes humains. Quand va-t-on les aborder ?

Je le fais brutalement sortir de son rôle de docteur :

«Pourquoi ne me l'avez-vous pas dit dès que je me suis
réveillée ? N'avais-je pas le droit de savoir ?»

Sa tête s'affaisse. Sa poitrine se soulève. Maman ferme
les yeux.

«Nous aurions peut-être dû.» Il se lève et commence à
aller et venir. «Je sais que nous n'avons pas tout fait comme il
aurait fallu. Mais ce n'est pas comme s'il existait un manuel
permettant de gérer ce genre de situation ! Nous avons
tâtonné. C'était une première, aussi bien pour nous que pour
toi. Nous…» Il cesse de marcher, me regarde. «Nous avons
fait de notre mieux.»

Sa voix est soudain enrouée, et cela me déchire.

Maman rouvre les yeux. Revoici la lionne. C'est comme
s'ils participaient à une course de relais : quand l'un d'eux
n'en peut plus, l'autre reprend le flambeau.

«Je sais que c'est dur pour toi, Jenna. C'est dur pour nous
aussi. Un jour, tu comprendras. Un jour, quand tu seras
mère toi-même, tu sauras ce qu'un parent est prêt à faire
pour sauver son enfant.

– *Regarde-moi !* Je ne pourrai jamais avoir d'enfant !»

Elle s'adoucit soudain.

« Nous avons sauvé l'un de tes ovaires, ma chérie. Il est conservé dans une banque d'organes. Trouver une mère porteuse ne sera pas un problème… »

Ce n'est pas possible. Des morceaux de moi ont atterri partout. Ce serait presque drôle si ce n'était pas horrible. Je me lève brusquement, hésitant entre partir ou insister.

« Est-ce qu'on peut traiter un sujet à la fois, s'il vous plaît ? Je vous ai posé une question simple. Pourquoi ne me l'avez-vous pas dit ? Et ne me racontez pas que vous avez oublié. S'il y a une chose que je me rappelle, c'est que rien ne vous échappe. Pas le moindre détail. J'ai été écrasée de détails pendant des années. » Je regarde Claire dans les yeux. « Ne parlons même pas du fait que je mesure désormais cinq centimètres de moins – la taille idéale pour une danseuse –, autre détail qui n'est certainement pas dû au hasard. Revenons-en donc à ma question. Pourquoi avez-vous attendu si longtemps ?

– Écoute-moi bien. » Sa voix est devenue dure. « Chacune de tes inspirations est l'un de nos souffles, à nous. Pendant des jours et des jours, nous avons cessé de respirer. Littéralement, c'est ce que je ressentais. Chaque fois que je posais les yeux sur toi, je n'osais pas me détourner, comme si mes yeux étaient la seule chose qui te retenait sur cette terre. C'était insupportable de te regarder, insupportable de ne pas te regarder. Alors, d'accord, nous n'avons peut-être pas toujours agi comme tu l'aurais souhaité. Mais essaie de comprendre que tu n'es pas la seule à avoir été en enfer ! »

Échec et mat. Elle a raison. Je le lis sur leurs visages. Les années, les rides que j'y ai ajoutées.

« Mais ce n'est pas tout. Ça n'a plus d'importance, mais quand tu t'es réveillée, nous ne savions pas quel serait ton état mental. En particulier ta capacité de jugement. Plusieurs personnes ont mis leur vie et leur carrière en danger pour toi, Jenna. Il nous fallait impérativement prendre des précautions. Si tu avais tout raconté à quelqu'un sans le vouloir, tu n'aurais pas seulement risqué ton futur, mais aussi le leur. »

Que répondre à ça ? Mais comment tolérer par ailleurs l'obligation d'être la parfaite Jenna, non plus seulement pour eux deux, mais aussi pour d'autres gens que je ne connais pas ? Où cela va-t-il s'arrêter ? Je pose ma tête contre le mur et je ferme les yeux.

« Et pour information, ajoute Papa, le fait que tu mesures cinq centimètres de moins n'a rien à voir avec les ambitions de ta mère à ton sujet. C'était une décision fondée sur une question de mécanique, de proportions, d'équilibre. Ç'aurait été encore mieux si tu avais été moins grande ; mais cinq centimètres était un parfait compromis. »

Formidable. Une Jenna plus petite, plus parfaite. C'est merveilleux.

Prudence, Jenna.

Il y a autre chose. Je le sens. Je l'entends. Quelque part au fond de moi, des éléments tentent de s'ajuster, des synapses se créent, une histoire complète essaie de prendre forme. Quatre cents milliards de neurones excédentaires font de leur mieux pour déchiffrer ce que l'ancienne Jenna n'aurait jamais soupçonné.

La main de Maman se pose sur mon épaule.

« Je t'en prie, Jenna, ne dis rien à personne. Pour nous tous, et surtout pour toi. »

Je hoche la tête, incapable de prononcer un mot. Papa m'attire à lui, m'embrasse, et je me recroqueville contre son épaule, laissant ses bras m'emmitoufler comme une couverture.

TIENS BON

« Ne t'en fais pas, Jenna. Je suis là. Je ne te lâcherai pas. »
Je rêve que je suis sur un vélo. Ma première vraie bicyclette
sans petites roues.
Mais pourquoi Papa a-t-il cette voix-là ?
« Tiens bon, Jenna. Pour moi. Je t'en supplie, mon ange. »
Tendue. Désespérée.
J'ouvre les yeux. Papa s'est détourné.
Je ne pédale pas. Je suis sur un lit d'hôpital.
Il ne voit pas que je le regarde.
Il s'appuie contre un mur, les yeux dans le vague.
Je veux sortir de mon lit et le soutenir,
comme il l'a toujours fait pour moi.
Je veux l'embrasser et le serrer si fort qu'il sera à nouveau
heureux.
Mais en dépit de ma volonté, je ferme les paupières
et m'éloigne de lui.

INTERDIT

Jenna Angeline Fox.

J'ajoute quelques mots clefs.

Accident. Boston.

Je cherche de nouvelles informations à l'aide de celles que j'ai obtenues.

Le netbook ronronne, et j'attends que les milliers de résultats se réduisent à quelques pages.

Une nouvelle fenêtre. Rouge.

Accès interdit.

Interdit.

Interdit.

J'essaie vingt fois, avec des mots clefs différents, mais en vain. Pourquoi Mr Bender a-t-il accès à ces pages et pas moi ? Qu'a-t-on fait à mon netbook ?

Des clefs qui volent. Mes doigts qui se tendent. Dépêche-toi, Jenna.

Mes souvenirs me parlent, mais ils sont insuffisants. Pour l'instant.

UNE BORNE INVISIBLE

« Je quittai les bois pour un aussi bon motif que j'y étais allé. Peut-être me sembla-t-il que j'avais plusieurs vies à vivre, et ne pouvais plus donner de temps à celle-là. »

Ethan fait une pause et lève les yeux. C'est la seconde fois qu'il interrompt sa lecture de *Walden* pour regarder dans ma direction, comme pour me donner la possibilité d'intervenir. Je n'en profite pas, et il poursuit. Je ne suis toujours pas certaine de vouloir continuer à fréquenter l'école. J'ai le sentiment que je ne devrais pas être là. Que je ne suis pas à ma place. Que je joue un jeu, que je fais semblant d'être ce que je ne suis pas. Mais que suis-je ? Cette question ne me quitte pas.

Lundi matin, Papa a dû retourner à Boston. Il était trop dangereux pour lui de rester absent plus longtemps. Cela risquait d'attirer l'attention. Lui et Maman ont insisté pour que je reprenne mes habitudes, moi aussi. Une vie normale n'est-elle pas faite d'habitudes ?

Je ne suis pas normale.

Le groupe discute. Allys commente. Gabriel commente. Dane lui-même commente.

« Jenna ? » fait Rae.

Je secoue la tête et demeure silencieuse. Elle n'insiste pas. Ce n'est pas son genre. Elle fait signe à Ethan de poursuivre. Il reprend sa position en tailleur sur le bureau et me fixe bien trop longtemps avant de replonger dans son livre.

« Même s'il est reparti au bout de deux ans, Thoreau conclut que le temps qu'il a passé à Walden était un succès, ne serait-ce que pour la raison suivante : *"Grâce à mon expérience, j'appris au moins que si l'on avance hardiment dans la direction de ses rêves, et s'efforce de vivre la vie* qu'on s'est imaginée, on sera payé de succès inattendu en temps ordinaire. On laissera certaines choses en arrière"… »

Il s'arrête et me dévisage une fois encore. Je sens mon agitation croître. Ses yeux bruns refusent de se détourner. Il attend.

« *On laissera certaines choses en arrière…* », répète-t-il.

Et il attend encore. Le silence est assourdissant. Dane rit sous cape, mais personne ne dit mot.

Je referme violemment mon livre et lui adresse un regard noir.

« *On laissera certaines choses en arrière, franchira une borne invisible; des lois nouvelles, universelles, plus libérales, commenceront à s'établir autour et au-dedans de nous; ou les lois anciennes à s'élargir et s'interpréter en notre faveur dans un sens plus libéral, et on vivra en la licence d'un ordre d'êtres plus élevé.* »

Ethan frappe trois fois dans ses mains.

« Merci de t'être jointe à nous. »

Il prend son rôle de coéducateur bien trop au sérieux.

« Merci de m'y avoir obligée.

– Et récitation par cœur mise à part, tu as une opinion ? Y a-t-il un autre moyen de passer cette borne invisible, sauf à se mettre à l'écart comme l'a fait Thoreau ? »

Pourquoi insiste-t-il ? Ma voix ressemble à un grognement quand je réponds : « *La nature et la vie humaines sont aussi diverses que nos diverses constitutions. Qui dira quelle perspective offre la vie à un autre ? Est-ce qu'un plus grand miracle pourrait avoir lieu pour nous que de regarder un instant par les yeux les uns des autres ?* »

Le visage d'Ethan s'adoucit aussitôt, comme s'il avait perdu son obstination de bouledogue. Ce n'est pas mon cas. « Mais là encore, ce n'est que du *par-cœur*, pas vrai ? Cela dit, puisque tu fais partie d'un *ordre d'êtres plus élevé*, si tu essaies vraiment très fort, tu peux sans doute deviner mon opinion sans que ta tête n'explose !»

Je me lève pour quitter la pièce. J'en ai assez. Comme dirait Dane, je me casse. Mais tout en me levant, je me pose des questions. Ai-je l'air normal ? Quelle tête fait-on quand on est en colère ? Devrais-je me rasseoir ? Que suis-je en train de faire ? Que suis-je ? *Encore.*

Échec et mat, de nouveau. Je reste maladroitement debout devant mon bureau. Mes mains tremblent, ma colère et mes doutes bouillonnent en moi.

«On fait une pause, Rae ? suggère Allys.

– D'accord», répond précipitamment cette dernière.

Je prends ça pour une autorisation de me retirer et me dirige vers la porte. Des pas derrière moi. Presque une course le long du couloir étroit, devant le bureau de Mitch qui nous considère avec surprise ; mais nous sommes déjà dehors avant qu'elle n'ait le temps de réagir.

Ethan m'attrape par la manche et me force à me retourner.

«Qu'est-ce qui te prend ?

– Et toi ? Tu n'es pas content quand je t'interromps, et tu n'es pas content quand je m'abstiens !

– Je ne comprends pas. Samedi, tu m'as embrassé comme si j'étais le dernier garçon sur terre, et aujourd'hui tu ne m'as pas dit un mot. Même pas bonjour. C'est ta grand-mère, c'est ça ? Qu'est-ce qu'elle t'a dit ? Ne t'approche pas du couillon ?»

Une éternité s'est écoulée depuis que je l'ai embrassé samedi. Je suis quelqu'un d'autre. Peut-être même autre chose. Comment puis-je lui expliquer ça ? Je le dévisage. Je distingue tout. La moindre expression, la moindre ride, le moindre tic, le moindre doute. Bien plus de choses que je ne devrais remarquer. Est-ce là la différence entre un neurone et une neuropuce ? Papa le savait-il ? Ou bien est-ce normal? Est-ce que ça a toujours été là, ai-je simplement enfin commencé à regarder vraiment?

Ces questions me rendent folle. Malgré sa colère, il a envie de m'embrasser. Ça aussi, je m'en aperçois. En aurait-il encore envie s'il connaissait la vérité? Je repense à ce qu'a dit Lily. *Ce n'est pas bien, Jenna.* C'est ma borne invisible, à moi. Sa main est toujours agrippée à mon bras. Est-ce la dernière fois qu'il me touche? Devrais-je penser à ce genre de chose?

«Fiche le camp, loser.»

Dane est apparu derrière nous.

«Ne te mêle pas de ça!» réplique Ethan.

Dane le repousse.

«Va t'en prendre à quelqu'un d'autre, assassin!»

Ethan me lâche. Ses pupilles rétrécissent. Il tient sa main devant lui comme si elle était en feu.

«Dane, ce n'est pas...» Avant que je puisse expliquer quoi que ce soit, Ethan est déjà parti en direction de sa camionnette sur le parking.

Dane secoue la tête.

«Tu sais ce qu'il a fait, non?»

Je suis Ethan des yeux. *C'est mieux ainsi.* Mais je ne me sens pas mieux.

«Oui.

– J'en doute, sinon tu te méfierais de lui. Il a presque tué un homme. Il l'a tellement frappé que l'autre s'est retrouvé à l'hôpital pour un mois.»

Je repense à la main d'Ethan sur mon bras, à la peur que j'ai lue dans ses yeux quand il m'a lâchée.

«Il n'avait peut-être pas le choix.

– Il a passé un an en prison. Visiblement, le juge a estimé qu'il avait eu le choix.»

Je ne suis pas convaincue.

157

Dane m'attrape à son tour par la main et me tire vers l'intérieur.

« Allez, viens, la pause est terminée. »

Ethan ne réapparaît pas. Je passe le reste de l'après-midi à penser à lui au lieu de me concentrer sur mes propres problèmes. Va-t-il revenir ?

Dane essaie plusieurs fois d'attirer mon attention. J'examine son sourire qui plisse sa bouche mais n'atteint jamais ses yeux. *Il lui manque quelque chose.* C'est ce qu'a dit Allys. Comment le sait-elle ? A-t-elle repéré qu'il me manque quelque chose à moi aussi ? Il ne fait pas mystère de ses tentatives de me faire du charme. C'est d'ailleurs plus un jeu qu'un réel intérêt de sa part. Le plaisir de battre Ethan, peut-être.

Je suis tentée de faire décrire trois tours complets à ma tête ou de sortir mes yeux de leurs orbites pour les poser sur sa table. Mon nouveau corps pourrait-il faire ça ? Cette possibilité m'amuse presque. Dane changerait sûrement d'attitude.

Ou pas.

LA SERRE

Des gouttes d'eau glissent sur la porte embuée. Mes doigts touchent la vitre. Je ressens le besoin impérieux d'entrer, mais pourquoi envahir cet espace privé alors que je ne suis pas la bienvenue ?

Mes interrogations se sont modifiées, développées, multipliées. Saurai-je un jour si ces dix pour cent sont suffisants, sont l'essentiel, ou deviendrai-je folle avant d'y parvenir ? La chose que je suis peut-elle devenir folle, d'ailleurs ? Ou juste imploser dans un grand nuage de fumée ?

Je pousse doucement la porte.

Lily est à l'autre bout de la serre. Elle me jette un coup d'œil surpris lorsque je fais mon apparition, mais ses bras sont chargés d'un palmier qu'elle essaie de faire rentrer dans un pot, et son attention y retourne aussi vite.

J'avance de deux pas. La serre mesure au moins dix mètres de long. Toutes les vitres cassées ont été remplacées, et la moitié des tables en aluminium sont déjà occupées par des plantes. Je suis étonnée de constater à quel point la température est élevée à l'intérieur. Dehors, le soleil brille, mais l'air de ce mois de février est frais. Ici, il fait chaud et humide, comme dans le ventre d'une mère.

Lily grogne en soulevant le pot contenant le palmier qu'elle pose sur la table. Elle se dirige ensuite vers un coin de la serre où sont empilés plusieurs gros sacs et commence à en traîner un sur le sol avant de s'interrompre.

«Je n'aurais rien contre un peu d'aide.»

Je me précipite, trébuchant dans ma hâte d'arriver avant qu'elle ne cesse d'avoir besoin de moi. Elle lâche l'un des coins du sac. Je le saisis. Ensemble, nous le tirons jusqu'à la table, puis le hissons à côté du palmier. Elle plante un sécateur dedans; le sac se déchire et le terreau se répand. Je ne connais pas cette Lily, silencieuse, déterminée, farouche. Imprévisible. La Lily dont je me souviens, ma Mamie, n'avait rien de mystérieux. Ses sourires étaient francs, ses colères rares. Il me manque encore des souvenirs, mais tous ceux que j'ai retrouvés me la montrent heureuse à chaque fois qu'elle me voyait. Je n'étais pas que la star de Papa et Maman; j'étais aussi la sienne. Et peut-être était-elle ma star à moi.

Mon adolescence est encore floue, et dans la plupart des scènes, je l'entends sans la voir. *Laisse-la tranquille, Claire.* Ou : *Je trouve que ses cheveux sont très bien comme ça.* Ou :

Donne-lui un peu plus de liberté. Sa voix m'enlevait des poids dont je n'avais pas conscience. Désormais, elle est cynique, maussade, et souvent incompréhensible.

Elle utilise une petite pelle pour transférer le terreau dans le pot et l'aplatit de ses mains nues. Je demeure debout à ses côtés, silencieuse. Serons-nous éternellement ces versions déformées de ce que nous étions autrefois ? Je n'arrive pas à retrouver les questions qui m'ont amenée jusqu'ici.

«Ta mère avait raison, tu sais», déclare-t-elle soudain, interrompant le fil de mes pensées.

«Quoi ?

– Tu ne devrais pas te rappeler l'épisode où tu t'es presque noyée. Tu n'avais que dix-neuf mois. Tu ne parlais pas encore. On dit que seuls les événements que l'on peut nommer restent en mémoire.

– Et pourtant, je m'en souviens, n'est-ce pas ?

– Oui.

– Donc peut-être qu'*on* se trompe.

– Peut-être.» Elle repose sa pelle et me dévisage. «Visiblement.»

Nos regards se croisent, inconfortables. J'explose.

«Qu'est-ce que je dois faire, maintenant ? Tu as une idée ?»

Elle se détourne. J'ai sans doute posé trop vite une question trop importante.

«Tu es la seule à qui je peux demander ça, dis-je. La seule qui me dise la vérité.»

Elle secoue la tête.

«Tu me places dans une situation difficile. Devoir choisir entre ma fille et…

– Tu veux que je m'en aille ? Je n'aurais pas dû…

– Jenna.»

Ce mot. Mon nom. Un son entendu il y a des années. *Jenna.*

Elle me fait à nouveau face.

«Il y a quelque chose que tu devrais savoir. Quelque chose que j'ai juré de ne pas dire. Claire est ma fille. Ma vie. Je ferais presque n'importe quoi pour elle...» Elle hésite, prend une profonde inspiration. «Mais je crois que tu as le droit d'être au courant.»

Je sais désormais que je n'ai pas de cœur qui s'affole. Je n'en ai que le souvenir. Mais le souvenir suffit. Mon esprit bat la chamade.

Elle tire deux grands cageots de dessous la table et s'assoit sur l'un d'eux. Elle me désigne l'autre. Nos genoux se touchent.

«Je ne sais pas si tu te souviens de tout, mais je peux peut-être te rafraîchir la mémoire au sujet d'une scène en particulier. Tu avais seize ans. Ta mère et toi vous disputiez. J'étais là, mais j'essayais de ne pas être prise à partie. Elle refusait de te laisser aller à une fête. Elle n'aimait pas la personne qui l'avait organisée. La dispute s'éternisait, avec toujours les mêmes arguments de part et d'autre, jusqu'à ce qu'elle en ait assez et qu'elle t'ordonne d'aller dans ta chambre. Tu te rappelles ce que tu as fait?»

Je secoue la tête.

«Tu lui as ri au nez. Tu lui as dit que tu n'avais plus sept ans, et tu es sortie de la maison en claquant la porte.

– Je sais qu'on se disputait souvent, mais...

– Ce n'est pas de ça que je parle. *Tu n'es pas allée dans ta chambre.*»

Je dévisage Lily, étonnée. Je ne comprends pas pourquoi elle juge cette dispute tellement importante. Je ne suis pas allée dans ma chambre. Et alors? C'était il y a longtemps. Je ne peux pas changer le passé.

«Tu n'es pas allée dans ta chambre, Jenna», répète-t-elle.

D'accord. Je ne suis pas…

La serre se met à tourner.

Va dans ta chambre, Jenna. Et j'y suis allée. J'y étais forcée, alors même que j'avais désespérément besoin de désobéir. *Va dans ta chambre, Jenna.* C'est ce que j'ai fait.

Quand Claire me donne un ordre, j'obéis.

Je regarde Lily. Ma bouche s'ouvre, mais les mots ne sortent pas.

«Je suis désolée, dit-elle. Mais je ne suis pas désolée de te l'avoir dit. C'est mal d'avoir fait ça, tout simplement.»

AUTORITÉ

Maman est assise devant le netbook quand j'entre dans la cuisine.

«Bonjour! me fait-elle. Tu t'es levée tôt!»

Je souris. Un sourire probablement pas très différent de celui de Dane. Un rictus qui tord ma bouche sans être le moins du monde relié à mes sentiments.

«Je ne voulais pas rater l'appel de Papa!» réponds-je gaiement.

Lily baisse son journal et me dévisage.

«Il n'a pas encore appelé, dit Maman sans lever les yeux de l'écran. Je suis contente que tu puisses lui parler. Tu es allée te coucher tôt, hier soir. J'étais un peu inquiète.

– Juste parce que je suis allée dans ma chambre? Il n'y a pourtant rien de mal à ça. Qu'en penses-tu, Lily?

– J'en pense que le moment est venu pour moi de partir.» Elle plie son journal et quitte la pièce en emportant sa tasse de café. «J'ai des choses à faire.

– Tu as bien raison. Si je pouvais, je ficherais le camp moi aussi. »

Maman me regarde enfin. Je souris à nouveau et penche la tête sur le côté.

«Ben oui, c'est dommage de rester enfermée quand il fait si beau dehors, non ? »

Son front se ride.

«Tout va bien ?

– Parfaitement bien. » Encore un sourire. «Préviens-moi quand Papa appelle. »

Je traverse la cuisine. Lily est déjà sortie ; Maman retourne à sa lecture. J'ouvre un placard et en inspecte le contenu. Des assiettes blanches, des tasses, des bols. Je sors une pile d'assiettes et les place sur la table, juste en face du netbook. Je les dispose côte à côte, près du bord, tel un gigantesque collier de perles.

Soudain, le netbook sonne et Maman répond. Ils se disent bonjour, puis Papa s'adresse à moi.

«Bonjour, Papa ! » je lance à mon tour.

Maman vient de remarquer le collier d'assiettes. Je place mon doigt sur la première. Mes deux parents m'observent, perplexes ; avant qu'ils puissent dire quoi que ce soit, j'appuie, et l'assiette tournoie dans l'air avant de s'écraser au sol.

«Jenna ! » crie Maman en se levant d'un bond.

«Tu as quelque chose à dire, Maman ? »

Je place mon doigt sur la deuxième assiette et la fais également voltiger. Papa crie mon nom, profère des menaces, inaudibles derrière le bruit que fait la troisième assiette en volant en éclats.

«Qu'est-ce qui te prend ? Arrête ! hurle Maman.

– Tu n'as rien d'autre à dire ? »

Mon doigt s'approche de la quatrième assiette. Je commence à appuyer, mais Maman s'exclame :

« *Va dans ta chambre, Jenna !* »

Je ferme les yeux. Je lutte. Chacune de mes molécules m'intime de monter l'escalier, tout mon être me pousse à obéir, mais je me concentre sur les mots que je me répète depuis hier.

N'y va pas, Jenna.

N'y va pas.

N'y va pas.

J'ouvre les yeux. Je suis dans la cuisine. Je ne suis allée nulle part. Je suis épuisée par cet effort.

Je les regarde ensuite avec fureur.

« Comment avez-vous pu faire ça ? Comment avez-vous pu jouer avec mon cerveau, et prétendre que tout était normal ? Comment avez-vous osé me *programmer* ? »

Mon cri provoque une onde de choc dans la pièce. Pendant un moment, aucun des deux ne parle. Ils sont assommés par la découverte de leur honteux secret.

« Viens, Jenna, dit finalement Papa. Approche-toi de l'écran. Assieds-toi, et discutons.

– Est-ce que j'ai le choix ? Ou est-ce encore un autre ordre auquel je suis censée obéir ? *Assise, Jenna. Assise ! Couchée !*

– Jenna, s'il te plaît…, plaide Maman.

– Jenna Fox ! s'écrie alors Papa. Regarde-toi ! Es-tu actuellement dans ta chambre ? Non. Tu n'es donc de toute évidence pas programmée. Laisse-moi t'expliquer ! » Je ne bouge pas. « Je t'en prie, mon ange. »

J'avance et je m'assois sur la chaise que Maman avait placée devant le netbook. Ai-je fait cela de ma propre volonté ? Je n'en suis pas certaine.

« Il s'agit d'une suggestion, Jenna. Nous avons juste

implanté une forte suggestion, comme un message subliminal. Nous ne t'avons pas programmée. Et c'était pour ton bien. Tu as subi un terrible trauma, un peu comme quelqu'un qui aurait eu un grave accident cérébral. Parfois, ce genre de patient est ensuite victime d'un comportement erratique. Dans ce cas-là, on utilise des médicaments pour réduire ce phénomène ; mais les médicaments n'ont aucun effet sur toi. Tu n'as pas le même système nerveux ou le même réseau sanguin que les autres. Nous avons donc opté pour une sorte de message subliminal, afin d'éviter tout dérapage.

Qui de nous a dérapé ?

« Je ne veux pas être obligée de vous obéir.

– Tu ne l'es pas, déclare fermement Maman. Comme l'a dit ton père, tu es encore dans la cuisine et non dans ta chambre. Mais avant que tu puisses comprendre tout ce qui s'était passé, il nous fallait trouver le moyen de te mettre rapidement hors de danger si nécessaire. Pour ta propre sécurité, et aussi pour celle des autres. Nous t'avons déjà dit que plusieurs personnes ont mis leur carrière en danger pour toi ; si quelqu'un arrivait ici inopinément pour poser des questions gênantes…

– Nous avons pris énormément de précautions, l'interrompt Papa. Mais si quelqu'un te voyait telle que tu es maintenant, nous aurions bien du mal à expliquer ce qui s'est passé. Tes défaillances cardiaques, tes terribles brûlures, la perte de tes membres – tout cela a été consigné dans les dossiers de l'hôpital. Nous avons réussi à les modifier en partie, et nous travaillons encore à le faire, mais nous ne pouvons pas changer ce que les gens ont vu. L'équipe médicale se souvient forcément de toi. Tout le monde savait que tu dépassais les limites légalement admises par le CFES. Pour l'instant, la version officielle veut que ton état se soit stabilisé et que tu aies été transportée dans un lieu tenu secret pour y recevoir des soins privés. Cela a déjà été source de questions et de rumeurs, car personne ne s'attendait à ce que tu survives, encore moins à ce que tu puisses guérir. Soyons clairs : les journalistes se sont toujours beaucoup intéressés à moi, et vu l'invention du Bio Gel et l'importance de Fox BioSystems, une enquête aurait un retentissement énorme. Les médias s'en donneraient à cœur joie, et le CFES se montrerait d'une sévérité maximale, pour l'exemple. Tous ceux qui sont concernés de près ou de loin par cette affaire finiraient en prison. Et je ne sais pas ce qui arriverait… »

Il ne termine pas. Ce n'est pas la peine. Je devine ce qu'il ne peut pas dire. Moi. Qu'arriverait-il à cette chose téléchargée que je suis ?

« C'est pour ça que nous ne voulions pas que tu ailles à l'école. Bien sûr, il fallait que tu puisses reprendre une vie normale, sinon à quoi bon ? Mais personne ne sait où vous êtes, toi et ta mère. Lily a servi de prête-nom pour l'achat de la maison, et j'ai l'intention de venir vous rendre visite le moins souvent possible, afin d'éviter que quelqu'un n'ait l'idée de me suivre. Comme je te l'ai dit, nous modifions peu à peu ton dossier médical. Le temps va passer ; si un jour quelqu'un te reconnaît et se pose des questions, nous pourrons toujours l'accuser d'avoir mauvaise mémoire. Tu vois, c'est aussi pour toi que nous avons fait ça. Tant que tu n'étais pas au courant de la situation dans son ensemble, il fallait qu'on puisse te faire disparaître aux yeux de visiteurs importuns. C'était nécessaire. Tu dois nous comprendre !

– Et comment avez-vous inséré cette *suggestion* ? »

Papa ouvre la bouche pour répondre, mais Maman le devance.

« Nous l'avons téléchargée », énonce-t-elle simplement.

166

Je ferme les yeux. Quel est le pire, ça ou le lieu obscur où j'étais? Égalité. Je rouvre les yeux et regarde successivement Maman et Papa.

«Y a-t-il autre chose que vous avez jugé *nécessaire* de télécharger? Parce que dans ce cas-là, autant me le dire tout de suite.»

Longue pause. Chacun attend de voir si l'autre va prendre la parole. J'ai ma réponse. Il y a autre chose. Je soupire et m'appuie contre le dossier de ma chaise.

«Tu as dû interrompre ta scolarité, explique finalement Maman. Nous savions que ta vie serait déjà bien assez difficile après ton réveil, et que tu n'aurais pas besoin d'autres problèmes. Et sincèrement, nous pensions que tu ne retournerais plus jamais à l'école.

– C'était une erreur, et nous en sommes conscients, poursuit Papa. Mais nous avons téléchargé tout le programme des deux dernières années de lycée. C'était probablement trop – personne ne retient tout ça –, mais nous ne pouvons plus faire marche arrière, à moins de reprendre l'opération à zéro.»

Rien n'a jamais vraiment été à moi.

Mes synapses fusent dans tous les sens, comme un feu d'artifice.

Thoreau.

La Révolution française.

Le tremblement de terre, la seconde Grande Dépression, les événements récents, mot pour mot.

La borne invisible.

Dix pour cent.

La partie la plus importante.

Vivre intensément, sucer toute la moelle de la vie.

Tout.

Je regarde mes mains. Les entrelace, les sépare. Parfaites. Monstrueuses.

Mille points. Mille points, illégaux.

Le papillon.

Sucer la moelle de la vie.

La moelle de Jenna Fox.

Mes pieds remuent. Tapotent en rythme contre le sol. J'ai toujours fait ça quand j'étais nerveuse. Pendant toute mon enfance. Mes faux pieds se souviennent. Il me reste donc quelque chose qui m'appartient. Je les calme.

«Dans ce cas-là, il vaudrait mieux que j'aie la clef du placard», dis-je finalement.

Maman se tourne vers l'écran, vers Papa. Elle n'est pas du genre à s'en remettre à d'autres. Mais là, c'est pourtant ce qu'elle fait. Je me rends compte que tout ceci n'est pas son univers. Elle essaie d'évoluer dans un milieu étranger. Elle voulait simplement retrouver sa fille. À n'importe quel prix. Mais le prix à payer, ce sont ces incertitudes et ces secrets qui l'enveloppent désormais comme une toile d'araignée. Elle fixe l'écran, yeux démesurément ouverts.

Papa demeure immobile. Pendant un dixième de seconde seulement, quelque chose passe dans son regard. Mais ce dixième de seconde me suffit. J'ai vu. Il a peur. Il est terrifié, même. Il calcule sa réponse.

«Que veux-tu dire par là?» demande-t-il d'un air faussement calme.

De quoi ont-ils peur? À quoi croient-ils que je...

Je tressaille. *La clef.*

Leurs yeux sont rivés sur moi. Ils attendent ma réponse.

«La clef de la petite porte dans ma penderie.» Leur soulagement est visible. «Si j'ai vraiment besoin de me cacher, un jour, ce serait l'endroit idéal.

– Oui, bien sûr! s'empresse d'approuver Papa.

– Je dois l'avoir quelque part. Je vais te la donner. » Maman se précipite vers un tiroir. Elle en fait trop. Elle en inspecte le contenu, extrait deux clefs. « Tiens, je crois que c'est l'une de ces deux-là.

– Je vais les essayer. »

Je monte à toute allure à l'étage, craignant qu'elle ne me suive. Je retourne mon panier à linge sale et furète au milieu des vêtements et des draps, à la recherche du pantalon que je portais il y a quatre jours. Je mets la main dessus, en fouille les poches. La clef du placard de Maman est toujours là. C'est elle, la clef qui a fait trembler Papa, celle dont il a cru que je parlais.

Je cherche une bonne cachette dans ma penderie, m'agenouille dans un angle et décolle un coin de la moquette ; je glisse la clef dessous, puis remets tout en place. Je pose la main sur la bosse invisible, comme si cela devait m'apporter la vérité. La connaissance. Quelque chose qui m'appartienne vraiment, à cent pour cent.

Ma main presse le sol, mais aucune vérité ne m'est révélée. Je devine juste que je détiens là le moyen de rééquilibrer la balance.

CONFIANCE

Il est minuit. La maison est plongée dans le silence et l'obscurité. Ça fait une heure que Maman et Lily sont au lit.

Je regarde « Jenna Fox / Septième année ». C'est la seule vidéo que j'ai regardée plusieurs fois. C'est déjà la quatrième.

La petite Jenna Fox de sept ans tire son père à travers la maison. Il a les yeux bandés. Maman suit le mouvement. Je suppose que c'est Lily qui tient la caméra. Le trajet est ponctué par les sourires de Maman, les rires de Jenna et les fausses protestations de Papa.

«Où tu m'emmènes, Jenna?

– Tu n'as pas le droit de demander, Papa!

– Sur la Lune?

– Papa!

– Sur une île déserte?»

J'observe Jenna qui tire, pousse, fait tourner son père. Il me fait confiance et me suit de pièce en pièce, de couloir en escalier. Monte une marche. Descend une marche. Il exagère ses mouvements, levant ses pieds comme s'il devait grimper sur une estrade. Mais il me fait confiance. Il fait confiance à la petite Jenna de sept ans. Qu'ai-je fait pour que cela change?

Ils arrivent dans la cuisine. Un gros gâteau bleu, de guingois, trône au milieu de la table, couronné de bougies déjà à moitié consumées. Le glaçage coule lentement, entraînant avec lui les bougies qui répandent leur cire.

«Stop! Tourne-toi, Papa. Non, de l'autre côté. Penche-toi. Tu es prêt?»

J'enlève son bandeau.

«Surprise!» crions-nous ensemble, Maman et moi, en applaudissant à tout rompre. Papa lève dramatiquement les mains en l'air et ouvre une bouche exagérément ronde. Jenna est ravie. Son sourire édenté est presque angélique.

«Qu'il est beau! Magnifique! C'est le gâteau le plus merveilleux que j'aie jamais vu!

– Elle l'a fait toute seule, annonce fièrement Maman. Nous avons doublé les quantités, parce qu'elle voulait qu'il soit très gros.»

Maman et Papa échangent un regard, juste un coup d'œil qui passe au-dessus de la tête de la sautillante Jenna.

Un regard d'amour, de contentement, de joie. Ils sont épanouis, parfaitement heureux. Tout ce qu'ils veulent, tout ce qu'ils aiment se trouve dans cette pièce.

«Pour être gros, il est gros! Et il est *bleu*!»

Il manifeste son adoration envers le gâteau comme un dérivé de son adoration envers Jenna.

Je les observe qui commencent à manger avec des fourchettes, sans prendre d'assiettes. Encore des rires. Des paroles. Des regards.

Je me sens comme j'ai toujours voulu me sentir depuis que je me suis réveillée.

Heureuse.

Complète.

En confiance.

Papa prend du glaçage sur son doigt et en décore le nez de Jenna. Elle pousse un cri aigu.

Et dans le silence de ma chambre, je ris. Je ris à gorge déployée, comme à chaque fois que j'ai visionné cette scène.

SANCTUAIRE

L'église est vide. Pas de prêtre. Pas de Lily. Pas de douces voix qui remuent l'air de leur chant. Le sanctuaire est en forme de croix. Je me tiens à l'intersection des deux branches, prête à être découverte et chassée d'un moment à l'autre, tel un imposteur.

Sanctuaire.

Je considère les définitions de ce mot: *Un lieu saint. Un refuge. Un endroit voué au pardon.*

La flamme des bougies alignées vacille, dans les deux bras de l'église. J'avance. Mes pieds maladroits frottent contre le sol, et l'écho résonne dans le silence. Si les âmes existent, elles sont nourries et soignées en ce lieu. En cas d'erreur, elles ne peuvent pas être téléchargées comme les deux dernières années du programme de lycée. Il n'y a pas d'âme de remplacement. Elles n'ont droit qu'à une seule chance.

Je monte les trois marches qui conduisent à l'autel et enjambe la petite barrière qui sépare le peuple des mystères de la religion. Je sais que je ne suis pas censée franchir cette limite, mais je ne peux pas m'en empêcher. Je voudrais sentir quelque chose. Quelque chose de différent. Mais comment sent-on ce qu'on appelle une âme ?

J'avance encore, au risque de violer cet espace sacré. Je pose mes mains sur l'autel, touche la nappe en lin uniquement destinée aux doigts du prêtre. Une histoire. Je peux la sentir dans les fils du tissu. Je ferme les yeux à la recherche de ma propre histoire, ces éléments intangibles qui me diront si ce que je suis est assez.

Une voix s'élève : « Tu ne devrais pas être là. »

Mes yeux s'ouvrent brusquement, et je me demande d'où vient la voix. Immédiatement pourtant, je me retourne, replace doucement mes mains sur l'autel, en m'efforçant de ne pas trembler. J'ignore l'avertissement qui m'a été donné et le bruit de pas qui s'approche.

« Tu refuses toujours de parler au couillon, hein ? »

Il faut que je réponde quelque chose.

« Tu ne devrais pas utiliser ce mot dans une église. »

Je l'entends s'avancer, plus lentement. Il monte les marches.

« Un mauvais point chacun, alors. Toi pour être allée près de l'autel, et moi pour avoir dit un gros mot. »

J'entends ses chaussures heurter la barrière lorsqu'il la franchit à son tour. Je fais volte-face.

«Deux.

– Deux quoi?

– Un mauvais point pour moi, mais deux mauvais points pour toi: tu es venu jusqu'ici toi aussi.»

Il grimace sous l'effet de la colère et la frustration.

«Tu es vraiment…»

Mais tout aussi vite, sa moue s'évanouit. Ses yeux bruns, si doux, fixent les miens pendant une seconde ou deux. Ou trois. Il soupire.

«Jenna, je n'ai pas envie de me disputer avec toi. Je suis juste venu te chercher. Nous avions rendez-vous il y a une heure devant le lavoir. Si tu ne veux pas poursuivre ce projet avec moi, le père Rico connaît quelqu'un d'autre qui…

– Non.»

Il avance encore. Il n'est plus qu'à un mètre de moi.

«Non, tu ne veux plus travailler avec moi?»

Je ne sais que faire. Ce que je devrais dire et ce que j'ai envie de dire sont deux choses opposées. Ai-je toujours été aussi embrouillée?

Il m'attrape par le bras.

«Réponds-moi, au moins!

– Je dois… Je veux continuer à travailler avec toi, Ethan. Mais…»

Il se penche, m'embrasse.

Je lui rends son baiser.

Nous sommes en train de nous embrasser passionnément contre l'autel d'une église, devant toutes sortes de statues de saints. Combien de mauvais points?

Je le repousse.

«Ça suffit. Nous ne devrions pas faire ça.

– Écoute, je sais que dans le passé j'ai fait…

– Ethan. Il ne s'agit pas de toi. Les choses ont changé. Il s'agit de moi.

173

– Explique-moi. »

Je le regarde dans les yeux. On les appelle les fenêtres de l'âme. Je crois que j'aperçois celles d'Ethan. Mais que voit-il, lui ? Je me détourne alors et repère d'autres yeux, ceux des statues qui nous surveillent depuis leurs niches. Joseph. Marie. Saint François. Leurs regards me transpercent.

N'en parle pas.

Pour nous tous.

Surtout pour toi.

Ne dis rien à personne.

« Pas ici, dis-je. Allons dehors. »

CONFIDENCES

Comme l'église, le cimetière est vide, mais il n'y a ici aucun recoin ou zone d'ombre susceptible de dissimuler des oreilles indiscrètes. Seulement des morts. Ils entendent peut-être, mais ne parlent pas. Ils sont à un souffle du lieu obscur. Je n'ai d'ailleurs pas encore parlé de cela à mes parents ; comment puis-je en parler à Ethan ?

Nous marchons dans l'herbe, enjambons ou contournons les blocs de granit usé qui commémorent des vies et des moments. Où allons-nous ? Je ne sais pas. Ce n'est pas le lieu qui est important, mais les pas qui nous y conduisent. Ethan s'arrête finalement devant une niche couverte de mousse qui contient la statue d'un saint battue par les intempéries. Ce doit être l'endroit des confidences.

J'ai mal à la tête. C'est la première fois. On dirait presque une migraine. Mes neuropuces me punissent-elles de mon intention de révéler la vérité ? Suis-je programmée pour ne pas le faire ? Suis-je en train de m'autodétruire en ce moment même? Je grimace de douleur, prends ma tête entre mes mains et me masse les tempes.

«Ce n'est pas grave, Jenna. Tu n'es pas obligée de me le dire.

– Il faut que j'en parle à quelqu'un.»

C'est étrange. Le soleil brille ; l'herbe verte étincelle ; des fleurs multicolores égayent les tombes. L'atmosphère est presque à la fête. Le contraste avec l'affreuse confession que j'ai à faire à Ethan n'en est que plus choquant.

Je lui tends mes deux mains, paumes vers le haut.

«Prends-les.»

Il m'obéit. Il les serre. La sensation parcourt mes bras, parvient jusqu'à mon cerveau, traversant indifféremment les éléments neufs et anciens. Je me demande comment cela fonctionne, comment le vrai et le faux s'entremêlent, ce qui est réel et ce qui est simplement reproduit. Papa a réellement réalisé un miracle.

«Elles ne sont pas vraies, Ethan.» Il fronce les sourcils et secoue la tête. «L'accident. J'ai perdu mes mains dans l'accident. Celles-ci sont fausses. Des prothèses, en quelque sorte.»

Il les tourne doucement dans tous les sens pour les examiner, comme s'il ne me croyait pas.

«Elles sont belles.» Il ne les lâche pas, les caresse. «Tu sens, ça?»

Je hoche la tête. Je peux sentir chaque cal, chaque pli de ses doigts. Mon sens du toucher est tel qu'il ne l'a jamais été. C'est doux, velouté ; quand je me concentre, j'ai presque l'impression que sa peau est la mienne. Je soupire.

«Ce n'est pas tout, Ethan.

– C'est-à-dire?

– Mes bras. Mes jambes.» J'observe ses yeux. J'y cherche la moindre trace de dégoût, mais il n'en éprouve aucun.

Pour l'instant. «Presque tout», je lâche. Ses yeux ne quittent pas les miens. «Assez pour que ce soit illégal. Tout à fait illégal. D'après le système de points dont m'a parlé Allys, je dois être illégale plus de cinq fois.» Ses yeux vacillent, et mon cœur se serre. Je libère mes mains. «Voilà pourquoi ma grand-mère ne veut pas que nous sortions ensemble. C'est toi qu'elle veut protéger, pas moi. Elle ne sait pas quoi penser de moi – ce sont ses propres paroles. Moi non plus. Je sais juste que je suis une espèce de monstre. »

Ethan s'éloigne de moi. Revient, les mains enfoncées dans ses poches. Il me regarde. Son visage est dur, effrayant. Je me sens faible. Qu'ai-je fait? J'aurais dû me taire. J'aurais dû écouter Maman. Lily. Je voudrais retirer ce que j'ai dit, mais il est trop tard.

Ses yeux bruns d'ordinaire si doux sont deux morceaux de glace. Toute leur chaleur s'est envolée.

«J'ai presque tué un homme, Jenna. J'ai continué à le cogner avec une batte de base-ball alors qu'il était déjà assommé. Certains pensent que je suis un monstre. Mais je n'ai jamais eu l'impression d'être un monstre. Je ne me rappelle presque pas ce jour-là. Je n'étais plus maître de moi. »

Malgré le froid, la sueur coule sur sa figure. Il me fait ses aveux par phrases entrecoupées, juste après les miens, comme s'ils étaient liés.

«Ce type était un dealer. Il avait refilé du PCP à mon frère. Mon frère n'avait que treize ans, Jenna. Il ne connaissait rien à rien. Quand on m'a jugé, on m'a dit qu'on ne pouvait pas tolérer que des gens se fassent justice eux-mêmes, comme je l'avais fait. Mais il ne s'agissait pas de justice. Le type est en liberté, et mon frère est désormais un drogué. Il n'a pas arrêté d'enchaîner les cures de désintoxication depuis. »

Il fait une pause et prend une profonde inspiration. Il tremble.

«Je sais ce que c'est qu'un monstre, Jenna. Et je sais que je n'en suis pas un, et toi non plus.»

Sa voix est étranglée. C'est comme si ma peur avait fait ressortir la sienne. Je passe mes bras autour de lui et caresse son dos, sa colonne vertébrale noueuse, ses épaules pointues. Je repense à ces événements qui ont fait de nous ce que nous sommes. Ses lèvres s'approchent de mon oreille, et je sens sa respiration douloureuse sur ma peau.

«N'en parle pas à Allys, murmure-t-il enfin.

– De ton secret?»

Il me serre plus fort.

«Non. Du tien.»

EXIGERAIENT-ILS CELA D'UN VÉRITABLE ÊTRE HUMAIN ?

Il n'y avait pas de jours.
Il n'y avait pas de nuits.
Dix-huit mois. Rien du tout.
Une éternité.
Seize années de pensées emprisonnées dans un circuit sans
fin.
Une boule de verre qui tourne.
À l'intérieur tourmenté, sans air, sans bruit, volant en éclats
à chaque seconde.
Mais tout le monde dit : « N'en parle pas. »
Comment le puis-je ?

LEÇON DE SCIENCE

«Dépêche-toi, Dane!»

Je perçois de l'agacement dans la voix de Rae. Sa patience semble infinie, mais elle doit avoir ses limites en fin de compte. Dane lui sourit du haut du ravin et hoche la tête, mais son visage redevient vide d'expression dès qu'elle se détourne. J'ai entendu parler de sociopathes, ces gens qui n'éprouvent aucune empathie envers quiconque et ne considèrent que leurs propres intérêts. Je suppose que Dane en est un.

Aux côtés d'Allys, nous descendons dans le lit d'un cours d'eau pour une leçon de science et d'éthique en plein air. C'est Allys qui a choisi ce lieu étonnant. Elle descend sans béquille.

«Tu vas mieux, dis-je.

– Oui, le nouveau software s'est montré très efficace, en fin de compte. On m'avait dit que ça prendrait quelques semaines, et voilà ce que ça donne. J'ai moins de douleurs fantômes, aussi.

– C'est super.»

Elle hausse les épaules.

« Ce ne sont pas des vraies. Ça ne remplacera jamais mes membres. Des ersatz, tout au plus.

– Tu es amère ? »

Elle s'arrête et me sourit. Je repense à la fois où elle m'a dit : *Tu me plais, Jenna.* Son visage est tout aussi doux à présent.

« Ai-je l'air amère ? J'espère que non. Bien sûr, j'ai mes mauvais jours. Mais j'essaie de transformer ma colère en détermination. Peut-être pourrais-je éviter un sort semblable à quelqu'un d'autre.

– En travaillant au département éthique ?

– Oui. Je veux être certaine que le corps médical est désormais responsable de ce qu'il fait. Ça n'empêche pas que je sois très contente d'avoir eu droit à ça. » Elle désigne ses prothèses. « Vraiment contente. Elles ne sont pas parfaites, mais on n'est jamais exactement ce qu'on veut être, n'est-ce pas ?

– C'est vrai.

– Quand j'étais dans ma phase amère, mon psy m'a dit que nous étions tous des produits de nos parents, de nos gènes, de notre milieu, d'une manière ou d'une autre. » Elle se remet en route. « Je peux regretter que la vie ne m'ait pas distribué de meilleures cartes, mais je ne peux pas les changer, il me reste donc à décider comment je vais jouer avec ce que j'ai en main. Et c'est ce que je fais. Je joue de mon mieux.

– Dane ! crie Rae.

– J'arrive ! » répond une voix sans enthousiasme au-dessus de nous.

« À propos de mauvais gènes… », dit Allys en jetant un coup d'œil par-dessus son épaule puis en levant les yeux au ciel.

Je l'attrape par le bras, l'obligeant de nouveau à s'arrêter.

«Tu me plais, Allys.

– Toi aussi, Jenna», répond-elle, perplexe.

Ethan est déjà en bas, assis sur un rocher. Il m'adresse un regard inquiet. Je l'ignore.

«Je voulais te le dire. C'est important que tu le saches.

– D'accord», dit-elle avec un sourire d'incompréhension.

Moi et mes gros sabots. N'aurais-je pas pu choisir un meilleur moment? Mais il fallait que ça sorte. Certaines choses doivent être dites, aussi stupides qu'elles paraissent. Des choses qu'on ne peut pas garder pour plus tard. Il n'y a pas toujours un *plus tard*.

Nous arrivons sur l'étendue de galets qui remplacera aujourd'hui notre salle de classe. Rae est là pour encadrer le groupe, mais cette fois-ci, c'est Allys qui joue le rôle de co-éducatrice. Dane nous rejoint enfin, et s'assoit à l'écart sur la branche noueuse d'un chêne. Rae porte des chaussures de randonnée et un jean, qui lui va mieux que les costumes sévères qu'elle arbore habituellement. Je regarde mes propres vêtements, la chemise et le pantalon tout simples achetés par Claire. Bleu clair, bleu foncé. Autant de personnalité qu'une limace.

«Tu nous entends de là-bas, Dane? demande Rae.

– Parfaitement!» répond-il avec son sourire sans âme.

Allys commence sa présentation en résumant les diverses phases de manipulation de la bactérie Bt dans le but de créer des plantes cultivées résistant aux insectes nuisibles, et en abordant l'introduction d'animaux transgéniques dans l'alimentation, il y a plusieurs dizaines d'années.

«Bien entendu, à l'époque, toutes ces innovations semblaient positives, en particulier du point de vue économique…

« – On est venu jusqu'ici pour entendre ça ? se plaint Dane.

– Quel est ton problème ? Ça t'a fatigué ? » intervient brusquement Gabriel.

Je suis étonnée. Gabriel évite généralement toute forme de confrontation. Peut-être a-t-il, comme Rae, un seuil de tolérance qui a été trop souvent franchi. Dane ne répond pas pour autant et se contente de le toiser, sans la moindre expression. Un regard vide, plus effrayant qu'un regard de haine. Impossible de deviner ce qu'il pense.

« Je sais que tu as la patience d'un tas de fumier en décomposition, Dane, mais je vais bientôt arriver aux raisons pour lesquelles j'ai choisi ce lieu. Même si je ne suis pas sûre qu'il faille vraiment une raison ; n'est-ce pas suffisant de pouvoir profiter du soleil ? »

Allys s'installe plus confortablement sur son rocher, sans avoir conscience de la satisfaction que sa réponse a donnée à Ethan et Gabriel, et peut-être même à Rae.

« Avant que le CFES n'intervienne pour réguler les expériences scientifiques, les plantes OGM et les animaux transgéniques ont été introduits dans la chaîne alimentaire au rythme de plusieurs dizaines de nouvelles espèces par an. Comme ces nouveautés ne posaient aucun problème direct pour la santé des humains, les autorités les approuvaient à une vitesse alarmante. Mais… »

Je sais où elle veut en venir. Je ne devrais pas l'interrompre, mais ma bouche s'ouvre avant que je puisse décider de m'abstenir.

« Mais personne ne s'est demandé ce que donneraient ces nouvelles espèces une fois mêlées aux espèces d'origine ? C'est là qu'est le danger, n'est-ce pas ?

– Exactement. Personne ne s'est même posé la question. Voilà pourquoi la régulation est essentielle.

– Afin de s'assurer qu'on ne produise pas de créatures de laboratoire, de monstres qui se répandraient dans le monde et souilleraient les espèces d'origine ? C'est ça que tu veux dire ? »

Ethan se lève d'un bond pour attirer mon attention. Il veut que je me taise. Allys et mon secret l'effraient-ils tant que ça ?

« Je ne suis pas sûre qu'il faille parler de *souillure*, Jenna, rétorque Allys. L'idée, c'est de faire en sorte que les espèces d'origine ne soient pas en danger. C'est malheureusement déjà trop tard pour nombre d'entre elles, ce qui explique pourquoi le Comité fédéral d'éthique des sciences est… »

Ethan grimpe alors sur un autre rocher en levant les deux bras à la fois.

« Mais c'est bien le problème, pas vrai, Allys ? intervient-il. Le CFES a connu des scandales, lui aussi. Corruption, conflits d'intérêts, coucheries pour…

– Ethan ! Quelle autorité n'a pas son lot d'ennuis ? Et tout ce que tu viens d'énumérer a eu lieu au début, il y a long-temps. »

Rae nous observe avec attention, visiblement satisfaite qu'une simple leçon de science se soit transformée en un débat inopinément passionné.

« D'ailleurs, continue Allys, tous ces scandales ont été réglés. Et sans la surveillance active du CFES, qui sait ce que les laboratoires répandraient dans le monde jour après jour ? »

Je me lève à mon tour.

« Probablement plein de choses illégales. Dangereuses. » Je marche vers Allys. « Monstrueuses.

– Oui. »

Allys me dévisage. Surprise par mon intervention. Ou par mon attitude. Ou par le fait que je sois debout à moins d'un mètre d'elle et que je ne la quitte pas des yeux. Son esprit est en train de tournoyer. *Qu'est-ce qui cloche chez Jenna Fox ? Elle a quelque chose de différent.* Elle le sent. Je peux le voir dans chaque battement de cil, dans chaque contraction de la pupille. Elle cherche, s'interroge. Essaie de connecter ses propres synapses. Suis-je vraiment si différente d'elle ?

Le temps est suspendu. Ethan, Rae et Gabriel retiennent leur souffle.

« Pourquoi sommes-nous venus ici ? »

La voix de Dane a brisé le silence. Allys se tourne vers lui.

« Il y a moins de quarante ans, lui crache-t-elle, le pauvre crétin que tu es aurait été sous l'eau. Tu vois le haut du ravin ? Autrefois, ici, il y avait une rivière. En tout juste quarante ans, grâce aux OGM et à leurs effets domino, ce cours d'eau est devenu un minuscule ruisseau, à sec la plupart du temps. Voilà pourquoi nous sommes ici, Dane. La leçon est terminée ! »

Je regarde le débit si faible qui circule entre les galets. Je regarde les pierres sèches. Je regarde ce que la science a fait.

À moi. À la rivière. Et à Allys.

D'accord.

La leçon est terminée.

ROUGE

Mes doigts frôlent les cintres dans ma penderie. Chemises, pantalons, de toutes les nuances de bleu. Résistants. Simples. Pratiques. Pas la moindre miette de l'élégance que l'on trouve dans les vêtements de Rae. Mes tenues n'ont aucune personnalité.

Même Gabriel, qui tient plus que quiconque à se fondre dans le décor, ressemble à un coq bariolé comparé à moi. Hier, quand nous avons grimpé pour sortir du ravin, Dane et Gabriel fermaient la marche. Personne n'a vu ce qui s'est passé. Dane prétend qu'il a trébuché, mais c'est Gabriel qui est tombé. Sa chemise a été déchirée au point qu'il s'est presque retrouvé torse nu. Dans la voiture, il enrageait. Il savait que ce n'était pas un accident. Néanmoins, il s'est contenté de dire : «C'était ma chemise favorite.» *Ma chemise favorite.* C'est alors que ça m'a frappé. Je n'ai pas de chemise favorite. Soudain, cela me semble terriblement important.

Je sors deux chemises et les compare. Il n'y a aucune raison de préférer l'une à l'autre. On dirait presque des uniformes. La seule chose que j'aime, c'est…

Leur couleur.

Un souvenir resurgit.

Kara et moi faisons du shopping, enchaînons l'une après l'autre d'innombrables petites boutiques, lors d'une journée pluvieuse de printemps. Nous atteignons finalement notre magasin favori. Et Kara proteste : *Jenna, je refuse de te laisser acheter une autre jupe bleue. Ton armoire ne contient que du bleu !*

Ma couleur préférée était le bleu.

Celle de Kara, le rouge.

Claire a peut-être dû acheter mes vêtements en toute hâte, ou peut-être a-t-elle choisi des tenues qui n'attireraient pas l'attention ; mais au moins a-t-elle pris une couleur qu'elle savait que j'aimerais.

Ce jour-là, il y a deux ans, Kara a réussi à me convaincre d'acheter une jupe rouge. Elle avait raison. J'avais besoin de ce changement. Qu'est-il arrivé à cette jupe ? Pourquoi Maman n'a-t-elle pas apporté mes propres vêtements de Boston ? J'imagine que cela faisait partie du secret. Une

Jenna gravement malade, confinée au lit, n'aurait certainement pas besoin de jupes, chapeaux à fleurs, chemisiers en dentelle. Sans compter qu'il fallait de nouveaux vêtements pour cette Jenna plus petite ; des vêtements qui ne seraient pas trop longs, qui ne révéleraient pas l'absence de ces cinq centimètres.

Mais j'ai désespérément envie de retrouver cette jupe rouge.

Et j'ai désespérément envie de revenir au jour où je l'ai achetée avec Kara.

VITRE

L'allée qui conduit à la maison de Mr Bender est silencieuse. Le vent agite des feuilles dorées dans le caniveau et souffle sur mon visage. Il fait froid, mais je ne frissonne pas. La température n'est basse que pour les standards de la Californie ; pas pour ceux de Boston. Maman et Papa disent que je ne connaîtrai plus jamais d'hiver glacial.

C'est possible. Mais pas certain.

Ai-je réellement envie de vivre deux cents ans ? À l'opposé, ai-je envie de vivre seulement deux ans ? Cette décision dépend-elle de moi ? J'aurai bientôt dix-huit ans. Si Papa croit vraiment ce qu'il dit, si ces dix pour cent sont réellement les plus importants, je serai alors libre de mes actes. Et je choisirai peut-être un jour d'aller à Boston. Kara et Locke sont là-bas.

Une rafale. Mes cheveux me fouettent le visage. Je sursaute, m'immobilise au milieu de la rue. Je me rappelle. Les cheveux dans les yeux, l'air salé, l'écume d'une vague qui s'écrase à mes pieds, le cri des mouettes au-dessus de ma tête, le sable entre mes orteils.

Ces sensations me reviennent de nulle part. Elles m'offrent des morceaux de ce que j'étais, mais leur signification s'est perdue. Je soupire et reprends ma marche, sans savoir si ce souvenir est important, ou si ce n'est qu'un détail futile de la vie de Jenna, comme l'achat d'une paire de chaussettes. Peut-être la vie est-elle composée de détails futiles, qui s'additionnent et forment une personne. Mais je n'en ai pas encore assez pour être complète.

Ma mémoire va d'un extrême à l'autre : des visions d'une clarté chirurgicale et des hésitations pénibles au sujet de mots basiques que n'importe quel enfant de quatre ans connaît ; des lueurs de compréhension effarantes et des moments de stupidité gênants ; l'ignorance de ce que sont devenus mes meilleurs amis et des visions de moi bébé que je ne devrais pas avoir. Quand j'ai l'impression de n'avoir rien d'humain, je me rappelle les baisers que j'ai échangés avec Ethan, et ce sentiment d'être intensément vivante – plus que l'ancienne Jenna n'aurait jamais pu l'être, je crois. Le CFES prendrait-il cela en considération ?

Dans le silence et l'obscurité de la nuit, seule, je compte parfois le nombre de fois où ma poitrine se soulève. J'examine avec détachement cette chose que je suis, consciente que ma respiration n'est pas là pour m'apporter de l'oxygène mais juste pour me donner l'air normal. Je suis impressionnée par ce rythme, mais aussi dégoûtée. Soudain, sans raison, c'est comme si je pouvais presque toucher ce que j'étais autrefois. Jenna. La véritable Jenna.

Mais la véritable Jenna existe-t-elle ? Ou bien souhaitait-elle toujours être quelqu'un d'autre, elle aussi ?

Dépêche-toi, Jenna. Dépêche-toi. Les voix de Kara et Locke refusent de me quitter.

Ou peut-être est-ce moi qui refuse de les laisser partir.

J'ouvre le portail de Mr Bender. Sa maison me rappelle

le Walden de Thoreau. Elle est plus grande, mais tout aussi rustique, naturelle, avec un jardin peu ou pas entretenu, des roses sauvages qui s'accrochent au toit de la véranda.

Je frappe. Il ne répond pas. Je contourne la maison et le trouve en train d'examiner une fenêtre du garage.

« Bonjour ! »

Il se retourne, me salue de la main.

« Bonjour, Jenna. Je suis content de te voir. »

Je m'approche et m'aperçois que la vitre est brisée.

« Vous l'avez cassée ?

– *Quelqu'un* l'a cassée. »

Il a dit *quelqu'un* comme s'il s'agissait d'un nom propre.

Je jette un œil à l'intérieur. Les meubles sont renversés. De la peinture a été jetée sur les murs. Un tabouret rembourré a été éventré et vidé. Mais c'est le véhicule que j'aperçois qui attire mon attention. La housse qui le recouvrait a été déchirée et dévoile une vieille voiture couleur vert d'eau, qui ne fonctionne visiblement plus. *J'ai déjà vu cette voiture quelque part*. Mais je ne sais pas où. Sur une photo ? Ou en ai-je simplement vu une autre semblable ?

« Vous avez prévenu la police ?

– Non. Je ne veux pas qu'elle s'en mêle.

– À cause de votre secret ?

– Oui. Le jeu n'en vaut pas la chandelle. Il me suffira de quelques heures pour tout nettoyer, et les dommages ne dépasseront pas quelques centaines de dollars. Ce qui m'agace, c'est que rien n'a été volé. J'ai des outils qui valent des milliers de dollars, là-dedans. Mais ce n'est pas ça qu'ils cherchaient. Ils voulaient juste tout détruire pour s'amuser. »

Tout comme lors de notre première rencontre, il fixe son regard sur la maison blanche au coin de ma rue et secoue la tête.

« Je vais vous aider à remettre de l'ordre.

– Pas maintenant. Je vais me faire un thé. Je ferai ça plus tard.

– Dans ce cas, je peux vous demander un service ? Est-ce que je peux utiliser votre netbook ? »

Il hésite.

« Le mien est en panne », j'ajoute. Ce n'est qu'un petit mensonge.

« D'accord. Allons-y. »

Quelques mots clefs judicieusement choisis, et je trouve ce que je cherchais. Maman et Papa seraient horrifiés. Je le suis moi-même, tout d'abord de voir mes soupçons confirmés – ils me cachent des choses. Des choses importantes. Y en a-t-il encore d'autres ?

Sur ce netbook, pas de censure. Mr Bender va se faire du thé et regarde des planches-contacts, me laissant ainsi tranquille. Au fur et à mesure qu'ils défilent, tous ces articles de journaux expliquent bien des choses, mais suscitent aussi de nouvelles questions. Ils m'étouffent. J'ai l'impression de… de quoi ? De ne pas pouvoir respirer, comme Maman ? D'être obligée de détourner les yeux ? De sentir mon sang artificiel geler dans mes veines inexistantes ?

« Vous saviez, au sujet de Kara et Locke, pas vrai ? »

Mr Bender repose ses planches photo et hoche la tête.

Je regarde fixement l'écran, absorbant mot par mot une portion de ma vie qui change tout.

Malgré un procès civil en instance, le porte-parole du procureur de la République annonce qu'il n'est pour l'instant pas prévu d'engager des poursuites contre Jenna Fox, seize ans, fille de Matthew Fox, fondateur de Fox BioSystems, la célèbre compagnie basée ici, à Boston. Il semblerait que l'accident n'ait eu aucun témoin. Le passager Locke Jenkins, seize ans, est mort deux semaines après l'accident sans reprendre connaissance. La seconde passagère, Kara Manning, dix-sept ans, a subi plusieurs graves traumatismes crâniens lorsqu'elle a été éjectée de la voiture, et n'a donc pas pu fournir d'informations aux enquêteurs ; elle est morte trois semaines après les faits, une fois que sa famille a pris la décision de débrancher son respirateur artificiel.

Mes doigts tremblent. J'affiche la page suivante.

Jenna Fox, qui n'avait pas encore son permis de conduire, est en semi-coma. Son état est jugé critique. La gravité de ses brûlures et blessures rend impossible toute tentative de communication avec elle ; elle ne peut donc pas donner d'explications aux autorités. Les enquêteurs n'excluent pas qu'un autre véhicule soit impliqué dans l'accident, mais il semble que l'excès de vitesse et la conduite irresponsable de Jenna Fox soient les principales causes de la sortie de route de la voiture, qui a ensuite subi une chute de quarante mètres dans un ravin. L'hydrogène contenu dans la BMW trimoteur achetée par Matthew Fox a explosé lors de l'impact, laissant aux enquêteurs peu de chances de reconstituer les événements précédant l'accident.

Je ferme le netbook de Mr Bender.

En réalité, je savais que je ne les reverrai plus jamais.

Quelque chose en moi m'avait avertie de leur mort.

Comment ? Quand ? Ai-je entendu quelqu'un parler à l'hôpital avant qu'on ne scanne mon cerveau et qu'on sépare ces dix pour cent du reste ? Maman a-t-elle pleuré à mon chevet pour Locke, puis pour Kara, en sachant que sa fille était responsable de leur décès ?

Mais ce n'est pas le cas.

Je ne peux pas être responsable.

« Ce n'est pas vrai. Je n'ai pas fait ça. Je m'en souviendrais.

– Tu as perdu tes deux amis. Tu as peut-être refoulé tout ça. »

Ou l'a-t-on effacé de ma mémoire ?

Je comprends maintenant pourquoi Maman et Papa refusent d'en parler. J'ai tué mes meilleurs amis. *Excès de vitesse. Conduite irresponsable.* Leur précieuse Jenna n'était pas si parfaite que ça, au bout du compte.

Dépêche-toi, Jenna. Est-ce pour cela que ces mots me reviennent encore et encore ? Pour me rappeler ce que j'ai fait ? Pourtant, je ne ressens aucune culpabilité. Suis-je un monstre ?

Je me souviens alors de quelque chose. Un détail.

Un ciel noir. Des étoiles. Le halo d'un réverbère.

Lance. Des clefs qui volent dans les airs. Ma main tendue. *Dépêche-toi, Jenna.*

Un flash de cette nuit où tout a changé. Maman et Papa ont peut-être effacé un maximum de choses, mais pas tout. Un neurone indiscret a décidé qu'il me fournirait un aperçu de ce qui s'est passé. Qui y perd le plus, Papa ou moi ?

Mr Bender me propose une promenade dans le jardin. Il nourrit les oiseaux, et ils se perchent sur sa paume. Je tends brièvement la main, mais une fois de plus, ils refusent de s'approcher. Mais désormais, je sais pourquoi.

UNE SEULE CHOSE

J'ouvre les cartons, l'un après l'autre. Des livres. De la vaisselle. Des papiers. Des vêtements. Des bibelots. Je les jette au loin. Un autre carton. Un autre carton. Encore un carton. Je fouille. Je saccage. Je pille.

Rien de tout cela ne m'appartient.

Je m'effondre au milieu du désastre que j'ai créé dans le garage, et des cris rauques remontent dans ma gorge.

On dirait un animal.

C'est ce que je suis.

Un animal en cage.

Sans passé en dehors de celui qu'on me donne.

Et dire que je ne voulais qu'une seule chose.

Une jupe rouge.

UN AUTRE LIEU OBSCUR

«Jusqu'au sol, non?»

Claire pointe son laser en direction du plafond et prend la mesure.

«D'accord», dis-je.

J'observe la pièce, ses recoins, la lumière qui s'engouffre à travers la vitre. Quelle ironie, vouloir poser des voilages, assombrir la situation.

Je la regarde, elle. Ma mère est une version plus âgée de moi-même. Elle est ce que je ne serai jamais. Vieille. Ma peau et mes os ne vieilliront pas – mon Bio Gel atteindra juste sa date de péremption à un moment donné et cessera de fonctionner. Si je me marie un jour, je ne vieillirai pas avec mon mari. Je pourrais aussi bien mourir deux ans plus tard que lui survivre cent ans. Intéressante perspective. Quel prix Claire a-t-elle payé pour conserver son seul enfant?

Elle sent mes yeux sur elle et s'agite encore plus. Elle bavarde, remplit l'espace, évite mon regard; elle gesticule pour rester à la surface, mais je ne lui en veux pas. Pendant des mois, elle était dans l'obscurité, elle aussi. Peut-être a-t-elle peur de retourner dans cet endroit où elle ne pouvait pas respirer. Elle mesure longueur et largeur avec une précision de chirurgien, comme si c'était une question de vie ou de mort. Peut-être est-ce le cas.

Autour de moi, elle marche sur des œufs, se montre circonspecte, *prudente*. Est-ce pour cela que ce mot me revient sans cesse à l'esprit? Prudente dans ses mouvements, dans ses pensées. Rien de détendu entre nous. Craint-elle que je m'effondre? De s'effondrer elle-même? Quand je suis seule dans le noir et que je compte mes inspirations et expirations, en fait-elle autant dans l'obscurité de sa chambre? Se demande-t-elle si tout cela en valait la peine?

À présent, elle s'affaire à brider le naturel, à limiter cette lumière qui se déverse dans la pièce. Chacun de ses actes est un coup de poing, un geste par lequel elle malaxe la réalité pour lui donner la forme qu'elle désire.

«Accident», dis-je.

Son laser s'éteint. Elle se tourne vers moi, instantanément pâle, les yeux enfoncés dans leurs orbites.

«Quoi?

– J'ai appris à prononcer ce mot. *Accident*. Je suppose que c'était une autre suggestion de Papa et toi, pour éviter que j'en parle.»

Elle pose son laser sur ma table de chevet. Son regard est vide, affaibli.

«Non, dit-elle en s'asseyant au bord du lit. Je crois que c'est toi-même qui t'interdisais de le dire.» Elle hoche la tête, comme si elle avait longtemps attendu cet instant. «Nous ne voulions pas te forcer.

– Ils sont morts.»

Ses yeux brillent de larmes. Elle me tend les bras, et je m'approche telle une plume poussée par le courant, emportée sans effort par la force qu'est Claire.

Je m'assois sur le lit à côté d'elle. Ses bras m'entourent, me bercent en un rythme primitif.

« Nous avons essayé de t'en parler à l'hôpital », murmure-t-elle. Son souffle et ses larmes sont chauds sur ma joue. « C'était terrible pour toi. Essayer de communiquer te mettait dans un tel état de détresse. Peu après, tu es tombée dans le coma. Nous avions peur d'avoir empiré les choses, d'avoir trop insisté. Nous ne voulions pas commettre une seconde fois la même erreur. » Elle s'écarte et me regarde dans les yeux. « C'était un accident, Jenna. Un accident. Tu n'as pas besoin d'en revivre les détails.

– C'est pour ça que vous avez verrouillé mon netbook ? »

Elle confirme d'un mouvement de tête.

« Quand tu t'es réveillée, tu n'avais pas l'air de te rappeler ce qui s'était passé. Nous voulions éviter que tu sois confrontée à la vérité de manière inattendue et que tu fasses une rechute. »

Elle m'attire à nouveau contre sa poitrine. J'entends son cœur battre. Un son familier, que j'entendais déjà dans son ventre. Ce rythme accompagné de gargouillements et de bruits d'eau qui a ponctué mes débuts dans cet autre lieu obscur. Je n'avais pas de mots pour décrire les bruits, à l'époque. Seulement des sensations. J'ai désormais les deux. Et je me souviens de tout aussi clairement que je me souviens de ma journée de la veille.

Nous nous allongeons sur le lit, toujours enlacées, sans parler. Le temps devient un détail sans importance. Les secondes s'ajoutent aux minutes et se transforment en une heure, ou plus. Je n'ai pas envie de bouger. Claire caresse mon front en somnolant. La lumière qui pénètre par la vitre devient dorée, puis plus estompée. L'après-midi s'écoule.

« Je suis désolée », je murmure finalement.

Désolée pour Locke et Kara. Désolée pour les mois

d'angoisse qu'elle a connus. Désolée pour ce que nous vivons à présent. Désolée de l'avoir repoussée. Désolée de ne pas être parfaite.

«Chut, dit-elle en caressant ma tête. Moi aussi.»

Mes yeux se posent alors sur les échantillons de tissus sur ma table de chevet.

«Les échantillons sont tous bleus. Tu n'en as pas des rouges?

– Rouges?

– Je peux avoir des rideaux rouges?

– Tu peux avoir tout ce que tu veux. Tout ce que tu veux.»

Je ferme les yeux, repose ma tête contre sa poitrine. J'entends ces bruits, le cœur de Claire, le monde de mes débuts, l'époque où il n'y avait aucun doute que j'avais une âme. Lorsque j'existais dans un liquide chaud et velouté aussi noir que la nuit, et lorsque ce lieu obscur était le seul lieu où je voulais être.

POURCENTAGES

Je replie une nappe en dentelle jaunie et la dépose au fond du carton.

«Je suis désolée pour le vase. Je… je n'ai pas fait attention.»

Lily émet un bruit. Un grognement ou un gloussement?

«C'est le moins que l'on puisse dire.»

Je l'ai entendue jurer ce matin. J'ai immédiatement deviné pourquoi et je l'ai rejointe en passant par la porte de derrière. Elle était allée dans le garage pour sortir la voiture et avait découvert les dégâts que j'y avais faits.

«Je n'ai pas d'argent, mais je trouverai un moyen de le remplacer.

– C'est ton nouveau hobby, casser, briser? ironise-t-elle sans répondre à mon offre. Je regrette presque d'être partie le jour où tu as commencé à faire voler des assiettes devant tes parents.

– Ça n'avait rien de drôle.

– Sur le moment, peut-être pas.»

Je ferme un carton et entreprends d'en remplir un autre. Tout ce qui est ici appartient à Lily.

«Pourquoi tes affaires sont-elles dans des cartons?

– J'avais l'intention de les envoyer au garde-meuble. Avant de venir ici, je m'apprêtais à prendre le large. Je voulais changer de pays. Je savais que tu… que tes parents allaient être…» Elle soupire et secoue un chapeau en cachemire. «Je savais que c'était le moment.»

Le moment. Presque comme une renaissance.

«Comment c'était?

– Quoi donc?

– Les as-tu vus me *reconstruire*?» Le mot est dur. *Ça a été* dur.

Elle secoue vigoureusement la tête.

«Oh non. Quand j'ai appris ce qu'ils étaient en train de faire, je me suis cloîtrée chez moi, à Kennebunk. Ta mère et moi nous sommes à peine parlé pendant cette période.

– Tu désapprouvais leur projet.»

Elle dépose sans dire un mot le chapeau dans un carton presque plein et le ferme à l'aide d'un rouleau de scotch. Le crissement troue le silence poussiéreux.

«Désapprobation n'est peut-être pas le terme exact, dit-elle enfin. Bouleversement, peut-être. Ou peur.» Elle réfléchit un instant, puis rectifie. «Ou peut-être désapprobation, effectivement. Je ne sais pas. C'était l'inconnu.»

Je comprends. Moi aussi, je redoute l'inconnu. Les souvenirs fragmentés qui ne sont pas reliés entre eux. Le rôle que j'ai joué dans la mort de Kara et Locke. Les voix que j'entends encore, trop clairement. Le jeu qui consiste à peser sans cesse les pourcentages, à savoir si dix pour cent de quelque chose peuvent valoir autant que quatre-vingt-dix pour cent d'autre chose. Et ces certitudes qui surgissent de mes neurones et neuropuces. L'inconnu.

«Il y a quelque chose que Maman et Papa n'avaient pas prévu. Plusieurs choses que je ne leur ai pas dites.»

Elle se redresse. Elle a l'air presque satisfaite de voir que j'ai pris mes parents en défaut.

«Par exemple?

– Je me rappelle mon baptême. Et même des choses encore plus anciennes.

– Tu es sûre?»

Je hoche la tête.

«Au début, ça me faisait peur, mais d'une certaine manière, maintenant ça me réconforte. Je retrouve tout ce que j'étais, voire plus. Ça compense un peu ce que j'ai perdu. Peut-être cela permet-il d'équilibrer les pourcentages?

– Pff! Les pourcentages! Un truc d'économistes, de politiciens. Ce n'est pas ça qui peut définir ton identité.» Elle empile les livres dans un carton et relève la tête. «Que leur as-tu caché d'autre?»

Je suis encore en train de retourner le mot *identité* dans ma tête, mais je réponds:

«J'entends des voix.

– Tu veux dire qu'il s'agit de souvenirs?»

J'hésite.

«Je ne sais pas. Des fois, elles semblent tellement…

réelles. Comme s'ils chuchotaient quelque chose dans mon oreille à ce moment précis. »

Elle se raidit.

« Qui, *ils*?

– Kara et Locke. Enfin, je crois que c'est eux. »

Elle s'assoit sur un carton. Je précise :

« Je sais qu'ils sont morts.

– Tu te souviens de l'accident ?

– Non. J'ai lu un article de journal. Mais je crois que je le savais déjà, dans le fond. Quand je l'ai découvert, ça n'a pas été un choc. Plutôt une confirmation. »

Elle contemple les poutres du toit comme si elle avait oublié que j'étais là.

« C'étaient de braves petits.

– Je ne les ai pas tués, Lily. » Je me place devant elle pour qu'elle soit forcée de me regarder. « J'en suis certaine.

– C'était un accident, Jenna. Ce n'était pas intentionnel, quelle que soit la manière dont c'est arrivé. Nous sommes bien d'accord. »

J'acquiesce. Mais c'était plus qu'un simple accident. J'aurais été traînée en justice si je n'avais pas été trop mal en point pour que ce soit envisageable. Si la police me retrouvait maintenant, que feraient-ils ? *Il n'y a pas que ça, c'est certain.* Quelque chose tourne en moi, essaye de connecter des éléments séparés. Neurones, neuropuces. *Je n'ai pas tué mes amis.* Ou peut-être que je n'arrive pas à l'admettre. Peut-être que cela marquerait définitivement mon renoncement à tout espoir de perfection. Je rassemble trois livres éparpillés sur le sol et les place dans un carton. Lily le tient fermé tandis que j'y applique du scotch.

« Pourquoi est-ce que tu me racontes ça à moi et non à tes parents ? »

Je suis étonnée qu'elle me pose cette question. Est-ce un test ? Nous connaissons toutes les deux la réponse.

Parce que c'est ce que j'ai toujours fait.

Je me rappelle les week-ends, les voyages en train jusque chez elle. Je m'énumérais ce que j'allais lui raconter, les événements, les soucis, les erreurs que je cachais à Papa et Maman. Je les gardais pour Lily, car je savais qu'elle m'écouterait. Parfois, on se lasse d'être sous les feux de la rampe à chaque instant. Lorsque chaque petit problème devient une montagne, lorsque chaque petit défaut doit donner lieu à une résolution, il faut pouvoir en parler à quelqu'un. Mon quelqu'un à moi, c'était Lily.

« Tu savais m'écouter sans me juger. » J'arrache un dernier morceau de scotch et le colle en travers du carton. « C'est épuisant, de devoir sans cesse être parfait. On sait qu'un jour, quelque chose va arriver, qui ne pourra pas donner lieu à un plan d'action, qui ne pourra pas être résolu. Que devient-on, alors ?

– Mortel, comme tout le monde », répond Lily sans hésiter.

Elle se détourne, s'affaire autour du désordre que j'ai créé. J'ai presque pitié d'elle. Elle est sur la corde raide, comme moi depuis que j'ai découvert ce gel bleu sous ma chair déchirée.

« Au fait, reprend-elle, tu ne m'as pas dit ce que tu cherchais quand tu t'es transformée en tornade humaine ? »

C'est un lapsus, rien de plus. Je ne dois pas y attacher trop d'importance. Mais je ne peux m'empêcher de remarquer ce mot, *humaine*. Je serais si heureuse d'être une tornade *humaine*.

« Un vêtement.

– Il y avait mon chapeau.

– Je cherchais une jupe à moi, une jupe rouge.

« – Ça devait être une jupe bien spéciale.

– Oui. Je l'avais achetée avec Kara.

– Oh. » L'importance de la jupe réside tout entière dans ce monosyllabe.

«Je voulais quelque chose qui me change des chemises et pantalons bleus que je porte à présent. Je pensais qu'elle était peut-être là, mais j'imagine que Claire a laissé toutes mes affaires à Boston. Pour donner le change.

– Probablement. »

Je me mets à balayer et passe à autre chose.

«Et toi, tu ne m'as pas dit comment ces cartons sont arrivés ici au final ?

– Un détour. » Elle fronce les sourcils. «Claire m'a téléphoné. Elle était paniquée. Ils ne savaient pas où t'emmener. Au dernier moment, ils n'avaient pas pu acquérir la maison sur laquelle ils comptaient. Heureusement, ton père a un ami d'enfance, Edward, en qui il a pleinement confiance ; Edward lui a parlé d'un endroit parfait – un climat adapté, pas trop en vue, spacieux, un peu délabré, mais à part ça, c'était juste ce qu'il leur fallait. Si ce n'est que cette maison ne devait pas être achetée par tes parents ou par la société de ton père, sans quoi on aurait pu facilement remonter jusqu'à eux. Ils étaient pressés. J'étais la meilleure solution. Claire et moi ne portons pas le même nom, et de toute manière personne ne s'intéresse à ce que je fais. Je l'ai donc achetée pour eux.

– Ça ne veut pas dire que tu devais venir y vivre.

– Elle m'a demandé de le faire. Ou plutôt : elle m'a *suppliée*. Elle m'a dit qu'elle avait besoin de moi. Elle était terrifiée. Et quelle que soit mon opinion au sujet de tout ça, c'est ma fille. Mon seul enfant. »

Lily appartient donc corps et âme à Claire, elle aussi. Elle n'est pas si différente de moi.

Elle me lance un regard de côté, puis secoue la tête.

«Autant te dire le reste. J'ai aussi été désignée pour faire partie du plan d'évasion, si ça s'avérait nécessaire.

– *Quoi?*

– Il fallait prévoir le cas où les autorités vous retrouveraient. Si ça arrive, pendant que tes parents les occupent, je dois te faire passer chez Edward, qui nous aidera toutes les deux à nous rendre à l'étranger. Plus précisément en Italie, un pays dont les lois ne sont pas aussi sévères que les nôtres et dont le climat te conviendrait.»

Me faire passer chez Edward. Comme si j'étais un objet vendu sous le manteau.

«Pourquoi ne m'ont-ils pas *fait passer* ailleurs tout de suite?

– Pourquoi tes parents font-ils ce qu'ils font? Ils veulent le beurre et l'argent du beurre. Et si tout se déroule comme prévu, ils y parviendront.»

Je remarque son ton réprobateur. En dépit d'elle-même, Lily a été entraînée dans cette histoire qu'elle désapprouve et qui va à l'encontre de la loi. Jusqu'où un parent irait-il pour son enfant?

«Et où serais-tu, en ce moment, si tu n'étais pas dans ce charmant lieu de villégiature?»

Elle sourit.

«Je devais aller dans la villa d'un ami, près de Montalcino, en Italie. L'endroit rêvé pour se faire oublier. On m'avait proposé d'y rester aussi longtemps que je voulais. J'avais même décidé de me lancer dans la viticulture.»

Son propre Walden, jamais réalisé. Pour ça.

«Tu as donc échangé une villa italienne et du vin contre un cottage en ruine et une créature de laboratoire illégale. Tu n'es pas très douée pour le troc, hein, Lily?»

Elle vide une pelletée de morceaux de verre dans la poubelle et me regarde droit dans les yeux, brièvement.

«Je me débrouille.»

Le ménage est terminé. Nous n'avons plus rien à faire ici.

Nous demeurons pourtant debout, mal à l'aise. Le prétexte qui nous autorisait à rester ensemble n'existe plus, mais j'ai encore tant besoin d'elle. La maladroite Jenna refait surface, et je franchis la ligne sur laquelle nous dansons.

«Est-ce que j'aurais voulu ça, Lily? La Jenna que tu connaissais aurait-elle voulu devenir ce que je suis maintenant?»

Je suis épouvantée. Je sais que j'ai pénétré dans un nouveau territoire, noir-ou-blanc, oui-ou-non.

«Ça dépend, Jenna. Qu'es-tu maintenant, exactement?»

La réponse noire ou blanche que j'attendais se métamorphose en quelque chose de gris sale.

«Je ne sais pas.

– Eh bien, tant que tu ne peux pas répondre à ma question, je ne pourrai pas répondre à la tienne.»

IDENTITÉ

Identité n. f. 1) Caractère de deux objets de même nature. 2) Caractère permanent et stable d'un individu au fil du temps. 3) Ensemble des données qui permettent à une personne d'être identifiée légalement. 4) Le fait d'appartenir à un groupe humain et de le ressentir. 5) Les qualités d'une personne qui la différencient des autres. 6) math.

Égalité vérifiée pour toutes les valeurs attribuées aux termes qui la construisent.

Je vérifie tous les sens du terme un par un.

Différent des autres. Un sens sur six, est-ce suffisant?

Selon Lily, les pourcentages et les politiciens ne peuvent pas définir l'identité. Pourtant, ils ont défini la mienne : créature artificielle et illégale. Voilà les cartes qui m'ont été distribuées par la vie. Est-ce de cela qu'Allys parlait?

Allys est tellement sûre d'elle. Elle traite Dane de tas de fumier sans sourciller. Sans le savoir, elle m'a traitée de monstre de laboratoire. Pourquoi suis-je aussi attirée par quelqu'un qui pourrait me détruire? Pourquoi ai-je tant besoin de son amitié?

L'identité, est-ce être différent des autres, ou être assimilé aux autres?

L'INCONNU

Y a-t-il des choses que je ne saurai jamais ?

Des questions dont je devrai admettre qu'elles sont sans réponse ?

Ai-je changé, comme tout le monde, sous la pression du temps et des événements ?

Ou suis-je une nouvelle Jenna, pur produit de la technologie, transformée par ce qui a été implanté en moi, ou peut-être par ce qui n'y a pas été inséré ?

Si ces fameux dix pour cent sont réellement suffisants, qu'en serait-il s'il n'était resté que neuf pour cent ? Ou huit ? Un simple point fait-il une telle différence ?

À partir de quand une cellule est-elle trop petite pour contenir notre essence ?

Cinq cents milliards de neuropuces ne parviennent pas à répondre à cette question, et je ne suis pas certaine qu'elles y répondront un jour.

Je me rends compte pour la première fois que cette question qui tourbillonne inlassablement en moi, « Suis-je assez ? », n'est pas seulement ma question. C'était aussi celle de l'ancienne Jenna.

Et quand je pense à Ethan, à Allys, et même à Dane,
je me demande,
est-ce que ça a jamais été leur question, à eux aussi ?

CADRE

« Je vais chercher ton père, je reviens bientôt », crie Claire du bas des escaliers.

Je l'entends partir. La maison est vide. C'est dimanche, et Lily est allée à la messe. Commenceraient-ils à me faire confiance ? Je regarde la véranda par la fenêtre. Les vitres en ont été changées et les murs en brique réparés. Costwold Cottage ressemble de plus en plus à une vraie maison et de moins en moins à une ruine. La magie de Claire fonctionne. Jour après jour, les améliorations se succèdent. Un certain nombre de pièces demeurent vides, mais au moins sont-elles désormais propres et débarrassées de leurs toiles d'araignées.

J'ai rangé et nettoyé ma chambre aujourd'hui. Claire refuse de prendre une femme de ménage comme à Boston. Elle craint les yeux et les oreilles indiscrets. Lorsqu'un ouvrier doit travailler à l'intérieur, elle ne le quitte pas d'une semelle et fait mine de passer l'aspirateur à côté de lui. Il n'a pas une seconde pour aller fureter ailleurs.

Je n'ai pas eu grand-chose à ranger. Ma chambre est toujours aussi spartiate. Je récite face aux murs : « *C'est dans la vie voisine de l'os que réside le plus de suavité.* » Ma propre finesse d'esprit m'amuse. Je passe un chiffon sur le bureau et la chaise. J'ai terminé.

Je saisis mon exemplaire de *Walden*. Certes, le texte a été téléchargé mot à mot dans mon cerveau, mais c'est autre chose d'ouvrir un vrai livre : l'odeur qui en jaillit, les paroles que l'on déchiffre une à une, en absorbant leur forme et leur nuance. Quels sons, quelles senteurs entouraient Thoreau lorsqu'il écrivit chaque phrase, chaque paragraphe ?

Je tourne les pages, caressant le papier sous mes doigts. Je me demande si certains arbres de la forêt de Thoreau sont encore vivants. Je me demande ce que Thoreau penserait aujourd'hui s'il voyait mon petit étang et le bosquet d'eucalyptus qui le jouxte. Je me demande si, contrairement à Thoreau, je pourrai encore voir étang et bosquet dans deux cents ans.

Les réflexions de ce genre ne sont pas écrites, ni téléchargées dans mon Bio Gel. Ces pensées m'appartiennent, à moi uniquement. Elles n'existent nulle part ailleurs dans l'univers.

Cette nouvelle idée m'arrête. Et si je n'avais jamais eu cette chance de collecter et de me bâtir de nouveaux souvenirs ? Avant d'y réfléchir, je me surprends à murmurer « merci » dans le vide. Je suis réellement heureuse d'être là, malgré le prix que j'ai dû payer. Ai-je oublié l'enfer que j'ai traversé ? Ou bien ces nouveaux souvenirs forment-ils un coussin qui émousse sa dureté ?

Je repose *Walden* sur mon bureau et vais jeter le chiffon à poussière dans le panier à linge sale à l'intérieur de ma penderie. Claire sera de retour d'un moment à l'autre. Je jette un coup d'œil dans le coin du placard. La clef. Je l'avais presque oubliée. Je revois le visage de Papa lorsqu'il a cru que j'en parlais, et je suis prise d'un frisson. Je me penche et tire sur la moquette. Elle est toujours là. Je la prends et la serre comme si elle risquait de disparaître, sors sur le palier et me penche au-dessus de la rampe d'escalier.

« Claire ? Lily ? »

Jenna ! Viens !

Je sursaute et manque de lâcher la clef. Paralysée, je tends l'oreille. Mais la maison est silencieuse. Quelle était cette voix ? Un simple souvenir ?

Je commence à descendre les marches. Je sais déjà ce qui se trouve dans le placard de Maman. Des ordinateurs. Mais il faisait si sombre ! Peut-être y a-t-il autre chose que je n'ai pas vu. Qu'est-ce que Papa peut craindre à ce point ? Je perçois comme un battement intense, au centre de mon corps, mais je sais que ce n'est pas mon cœur. Je continue d'avancer, un pas après l'autre, jusqu'à être devant la porte de la chambre de Maman.

Après les progrès qu'a connus notre relation, les moments de tendresse que nous avons partagés, est-ce une trahison ? Je jette un coup d'œil derrière moi, dans le long couloir vide.

« Maman ? »

Ma voix est étranglée. L'entendre fait que mon battement intérieur s'accélère. Les murs du couloir palpitent dans le silence. Je pousse la porte.

La chambre est claire, aérée ; rien d'effrayant ici. J'entre. Je perçois le frottement de mes pieds maladroits sur le sol.

Jenna.

Je m'arrête. Une fois de plus, je cesse de respirer. Mes ongles labourent les paumes de mes mains. Je m'approche du placard. Je revois l'inquiétude dans les yeux de Papa. J'insère la clef dans la serrure, tourne, ouvre la porte.

La table est toujours là.

Et les ordinateurs.

Et la faible lumière verte.

Cette fois-ci, je trouve l'interrupteur, et je le presse. J'entre. Le placard est ordinaire. Les murs sont blancs. J'examine le sol, le plafond ; je me penche pour regarder sous la table. Il n'y a rien ici en dehors des trois ordinateurs. Le mien est toujours au centre, avec son boulon qui a sauté. J'approche ma main pour le toucher, mais la retire au dernier moment.

Je n'ai pas le souvenir d'avoir utilisé une machine de ce genre à Boston. Pourtant, ça doit être le cas : mon nom y est clairement inscrit. L'ordinateur est massif, différent de tous ceux que j'ai vus ; un cube de quinze centimètres de côté muni de deux prises. Il n'y a pas de moniteur. Ça doit être ça, ce qu'ils ne veulent pas que je voie.

Je reste debout, immobile. Je dois prendre une décision. Leur faire confiance. Ou écouter ce murmure en moi.

Si je réussissais à le détacher de son support, je pourrais le connecter à mon netbook et voir ce qu'il contient. Je frôle mon nom du bout des doigts. JENNA ANGELINE FOX. Ma main picote. Pourquoi l'avoir dissimulé ici ?

Les deux autres n'ont pas d'étiquette. Peut-être m'appartiennent-ils également ? Je pose ma main sur le premier.

Maintenant ! Dépêche-toi !

Je recule brusquement. Quelque chose bondit dans ma poitrine. Soudain, je m'accroupis.

Je me trompais. Il y a bien des inscriptions sur chaque machine, illisibles, griffonnées au stylo.

L. JENKINS et K. MANNING.

Quoi ?

Mes genoux cèdent et je tombe par terre. Qu'est-ce que… Comment… Pourquoi… Mes pensées tourbillonnent, se chevauchent, se parasitent les unes les autres. Je me relève, les yeux rivés sur les trois cubes noirs. Pourquoi Maman et Papa auraient-ils *leurs* ordinateurs ? Je cours dans le couloir et me précipite dans la cuisine, où Lily garde quelques outils dans un tiroir. Je fouille à la recherche d'un tournevis. Je ne me pose plus de questions, maintenant. Je sais en qui je dois avoir confiance. Je trouve enfin l'outil et retourne à toute allure dans la chambre de Maman. D'abord le mien. Puis les deux autres. Je vais les connecter à mon netbook. Je vais télécharger leur contenu et vérifier par moi-même…

Je m'immobilise au milieu du couloir. Je me remémore les yeux de Papa. Le regard désespéré de Maman. Un placard obscur. Une clef dissimulée. *Télécharger.*

Nous avons déchiffré le code, Jenna.

Le tournevis glisse entre mes doigts.

On peut y injecter des nanorobots de la taille d'une cellule, parfois même sans que la personne concernée le sache.

Mes pieds trébuchent.

Nous avons découvert que c'est en quelque sorte comme une boule de verre…

Les murs oscillent. La porte du placard se dresse devant moi, menaçante.

L'esprit est une énergie produite par le cerveau…

Je m'agrippe au battant pour ne pas tomber.

Il faut qu'elle continue à tourner, sans quoi elle tombe et se brise…

Je regarde les trois cubes bourdonnants.

Nous avons donc téléchargé toutes ces informations dans un cadre permettant à l'énergie de continuer à tournoyer…

Correction. *Cadre.* Je regarde les trois *cadres* noirs et bourdonnants. Les trois enfers.

Dépêche-toi, Jenna. Viens.

Je ne peux pas.

Je recule.

Des sauvegardes. Bien sûr.

Je me mets à courir.

RÉFLEXIONS

Le sol de la forêt est humide. Les feuilles d'eucalyptus forment une pellicule qui craque sous mon poids. Cela fait des heures que je suis allongée ici, à écouter les sons. Il y en a peu. Les feuilles qui bruissent quand je tourne la tête ou bouge une jambe. Le gémissement des branches lorsque le vent les pousse plus loin qu'elles ne veulent aller. Le croassement occasionnel d'un corbeau à un congénère. Les appels lointains et désespérés de Claire qui se demande où je suis passée.

Je place mes mains au-dessus de moi ; j'écarte mes doigts en éventail, délicatement ; je rapproche mes paumes chaudes et douces. C'est de la vraie peau. Un vrai mouvement. La structure obéit à mes neuropuces. Quand je pense *applaudis*, mes mains s'exécutent, et les clappements frénétiques résonnent dans la forêt. Dans mon cerveau. *J'ai tout de même dix pour cent.* Le papillon, comme Maman l'a appelé. Un reste d'humanité ailé. Quelques dizaines de grammes tout au plus. Mon âme, si tant est que je croie à son existence, s'est-elle agrippée à cette poignée de cellules miroitantes ? L'âme s'accroche-t-elle au dernier vestige d'humanité jusqu'à ce qu'il n'y ait plus rien ? Si une âme peut résider dans un minuscule embryon, pourquoi pas dans quelques centimètres cubes de matière blanche ?

Je tends la main et j'imagine qu'un papillon s'y pose. Je sens le battement de ses ailes, de sa vie. Je m'enfonce dans un monde de songes, de chimères, de souvenirs. Je rêve de papillons aux ailes dorées, de jupes rouges, de gâteaux bleus, de la bouche d'Ethan sur la mienne.

Quand je me réveille, la dentelle de ciel que l'on distingue au-dessus des arbres est passée du bleu clair au noir.

Les cimes sont à peine visibles, à peine éclairées par une lune argentée.

«Jenna!» Au loin, la voix de Maman fait pitié.

Il va falloir que j'y retourne. Mais pas avant d'avoir compris quelque chose. Quelle est la véritable Jenna? Celle qui se trouve dans le placard, ou celle qui est allongée dans la forêt?

SAUVEGARDE

Lorsque j'émerge enfin, ils sont assis sur la véranda. Je me suis enfuie par la porte de derrière, et je l'ai laissée ouverte, ce qui a dû leur donner une indication quant à la direction que j'ai prise. Autrefois, Maman aurait déjà appelé la police, mais ce n'est plus possible.

C'est la première à me voir. Elle se lève, mais Papa fait un geste et elle se rassoit. Lily sirote un verre de vin.

J'ai l'impression d'interrompre un dîner aux chandelles et non une veillée angoissée. Lily passe un plateau de champignons farcis à Maman. Je sens l'agacement me gagner.

«Il est un peu tard, tu ne crois pas?» demande Papa sur un air de ne pas y toucher. Il prend une bouchée de fromage et avale une gorgée de vin. Ses yeux sont froids et pleins de colère, mais ses gestes sont parfaitement mesurés.

«Non, réponds-je.

– On ne peut pas continuer comme ça, Jenna», lâche alors Maman, incapable de se retenir.

Papa la fusille du regard. Lily lève les yeux au ciel.

«Bienvenue à la maison, Papa.»

Je tends la main pour saisir un champignon et l'enfourne dans ma bouche avant que quiconque ait pu m'arrêter.

Tous les trois me dévisagent. Jenna l'insensible, encore une fois au centre de l'attention. Où sont les caméras ? Je conclus la scène par une révérence caricaturale.

« Nom d'un chien, Jenna ! » Papa donne un coup sur la table en verre. La vaisselle tinte. « Tu n'es pas la seule personne au monde à avoir été victime d'un accident handicapant !

– Je sais, Papa, dis-je en m'asseyant en face de lui. Il y a ces trois personnes dans le placard, aussi. Celles qui vivent dans les trois boîtes noires. Ça, pour le coup, c'est un vrai handicap !

– Touché, murmure Lily avant de terminer son verre cul sec.

– Jenna, il faut qu'on parle, poursuit Maman. Tu ne peux pas t'enfuir et nous rendre fous d'inquiétude à chaque fois que tu es confrontée à quelque chose qui te déplaît.

– Vous m'avez encore caché quelque chose.

– Ce ne sont pas des personnes, corrige Papa.

– Prends-en un autre, propose Lily en me tendant le plateau de champignons.

– Nous ne te l'avons pas caché, affirme Maman.

– Tu m'as entendue ?

– Derrière une porte fermée à clef, moi, j'appelle ça caché !

– J'ouvre une autre bouteille ?

– Que veux-tu que nous fassions quand tu te comportes de la sorte ?

– Stop ! » Je crie.

Je n'en peux plus de cette conversation chaotique.

« Je vais en ouvrir une autre », déclare Lily.

Elle retourne dans la cuisine tandis que nous restons sur la véranda, profitant du silence pour nous ressaisir. Maman triture ses cheveux et souffle sur les mèches qui encadrent son visage. Les vents de Santa Ana ont étonnamment réchauffé l'atmosphère pour un mois de mars. Papa prend son verre, soudain terriblement intéressé par ce qu'il contient. Ses sourcils sont froncés. Il s'efforce de maîtriser ses émotions. Ses lèvres sont crispées, comme si quelque chose en lui risquait de déborder.

« Reprenons au début, propose doucement Maman. Que faisais-tu dans mon placard ?

– Reprenons encore plus au début. Pourquoi y a-t-il dans ton placard un ordinateur avec mon nom dessus ?

– C'est une sauvegarde, Jenna », dit Papa, refusant comme d'habitude de tourner autour du pot. « Il nous fallait conserver une copie de ce que nous avons téléchargé. »

Il continue à parler, mais je ne l'entends presque plus. Je ne pense qu'à une chose : un endroit sans espace, sans profondeur, sans température. Une étendue illimitée d'obscurité et de solitude. Une autre Jenna se trouve à présent là-dedans.

« Nous t'avons expliqué que tout cela est un territoire vierge. À priori, tout devrait bien se passer, mais il nous fallait bien conserver une sauvegarde dans le cas où quelque chose tournerait mal. Et il aurait été bien trop risqué de stocker tout cela sur le Net. Voilà pourquoi nous avons fait en sorte que ces informations demeurent complètement indépendantes de tout Network et de toute source d'énergie. »

Je me mets à arpenter la véranda en secouant violemment la tête.

« Jenna…

– Vous vous rendez compte de ce que vous avez fait ? Vous avez une autre moi, prisonnière là-dedans ! Et Kara, et Locke ! »

Papa s'agite sur son siège. Ses épaules sont voûtées.

« Ce n'est pas une autre toi, il ne s'agit pas d'eux, et prisonnier n'est pas le bon mot. Ce ne sont que des informa…

« – Il s'agit d'esprits. Tu l'as dit toi-même.

– Mais des esprits dépourvus d'apports sensoriels. Un peu comme les limbes, ou comme un rêve.

– Crois-moi, ce n'est pas un rêve. Vraiment pas. Ou alors c'est un cauchemar. »

Je m'effondre sur ma chaise et ferme les yeux.

« Jenna, ça n'a duré que quelques mois, intervient Claire. Laisse-nous le temps. Nous voulons juste que tout aille bien. C'est tout ce que je te demande : donne-nous un peu de temps. »

Elle ne m'écoute pas. Ils ne m'écoutent ni l'un ni l'autre. Ils ne veulent pas croire que ce lieu où j'ai été pendant dix-huit mois soit autre chose qu'une salle d'attente fantasmagorique.

Du temps. C'est ce que je leur ai toujours donné. Du temps. Des mois. Des années. Ma vie entière. Le moment viendra-t-il où je pourrai dire non ? Ai-je du temps, d'ailleurs ? Une sauvegarde au cas où quelque chose tournerait mal. Je me rends soudain compte que mes mains et mes jambes tremblent.

« Qu'est-ce qui pourrait mal tourner ? »

Je n'avais jamais songé que je pourrais soudain disparaître, cesser de fonctionner, comme un ordinateur hors d'usage, avant même d'avoir vécu les deux années de ma durée de conservation minimale. Ces deux années semblent soudain si précieuses. Je ne veux pas... partir. Mon ventre se noue. J'ai l'impression de ne plus pouvoir respirer. Dire que je n'ai pas de poumons. Devrais-je rire ou pleurer ?

Je sens Papa prendre ma main, et j'ouvre les yeux.

« Je ne pense pas que quoi que ce soit tourne mal, mon ange. Mais nous n'avons pas encore de données à long terme pour ce genre de projet. Le Bio Gel n'est utilisé que depuis huit ans, et uniquement pour les greffes d'organes, pas pour remplacer un système nerveux dans son ensemble. Il pourrait y avoir des conflits entre ce qu'il reste de ton cerveau et le Bio Gel. L'un pourrait essayer de s'imposer à l'autre, émettre des signaux qui créeraient un effet semblable à celui des anticorps. Nous n'avons encore jamais été confrontés à des problèmes de ce genre et nous ne pensons pas qu'il y en aura, mais c'est à cause de ce genre de scénario qu'il nous fallait des sauvegardes. Par sécurité. »

Paf. Disparue.

Je ne veux pas disparaître. Des images défilent devant mes yeux. Le regard furieux d'Ethan. Les oiseaux de Mr Bender. Le sourire d'Allys. Les bras tendus de Claire. La forêt et le ciel qui m'ont hypnotisée pendant des heures. De nouvelles images de ma nouvelle vie. Des images qui ne se trouvent pas dans ma sauvegarde. C'est une autre Jenna. Je veux rester la Jenna que je suis à présent.

«Voilà!» Lily pose une autre bouteille de vin sur la table et place un verre supplémentaire devant moi.

«Tu as perdu la tête, Lily? demande Papa.

– Ce n'est pas comme si elle risquait de s'enivrer.

– Mais quand même…

– Laisse tomber, Matt, intervient Maman.

– Verse, Lily!» dis-je en levant mon verre.

Elle s'exécute. Papa n'émet plus d'objection.

Je ne deviens pas soûle, mais je sens que ça me réchauffe. Mon système digestif a beau être primitif, il semble apprécier l'effort de Lily, même si le vin n'a aucun goût. Je continue à poser des questions.

«Pourquoi avez-vous fait des sauvegardes de Kara et Locke?

– C'était mon idée», dit Maman en se massant les tempes. Elle prend une autre gorgée de vin et tourne la tête en direction de l'étang. «Nous t'avions déjà scannée, nous avions de l'espoir. Puis nous t'avons déplacée et j'ai dû retourner à l'hôpital pour prendre tes affaires. Là j'ai vu les parents de Kara et de Locke totalement anéantis. J'ai supplié ton père de les scanner, eux aussi, au cas où ils ne survivraient pas. » Elle soupire et me fait de nouveau face. « Et il l'a fait. »

J'ai honte à la vue de la douleur gravée sur le visage de Maman, mais je suis également en colère, en raison d'une cicatrice perdue, de cinq centimètres de moins, d'une perspective avec laquelle je ne contemplerai plus jamais le monde. Ma colère dépasse ma honte. Après tout, je suis la Jenna Fox en titre. Je peux en profiter – je peux même me permettre d'être sarcastique.

« Et où sont leurs magnifiques nouveaux corps ?

– Il n'y en a pas, dit Papa. Juste après le scan, les résultats de l'enquête de police concernant l'accident sont arrivés, et leurs parents ont refusé de nous revoir ; ne parlons pas de nous laisser approcher leurs enfants. Locke est mort quelques jours plus tard, et nous n'avons pas même réussi à obtenir un petit bout de sa peau. Ils l'ont fait incinérer. Pareil pour Kara. Elle a été transférée dans un autre hôpital, et l'accès à sa chambre nous a été interdit. Nous n'avons pas le moindre échantillon de son ADN. Aucun élément à partir duquel les reconstruire. Ils n'auront jamais de nouveau corps. »

J'ai alors la sensation de quelque chose de tranchant, comme si un rasoir me parcourait de haut en bas, séparant une partie du moi du reste, une partie qui ne pourra jamais être recousue ou remise en place. Kara et Locke, ni présents, ni totalement absents. Éternellement.

« Combien de temps avez-vous l'intention de les garder ?

– Je ne sais pas.

– Aussi longtemps que possible.

– Tant que l'inculpation…

– Indéfiniment.

– Au minimum jusqu'à ce que…

– Il pourrait y avoir un moment où nous aurons besoin de ces scans.

– Pour l'accident. Ils savent peut-être quelque chose qui pourrait t'aider. Nous devons les conserver tant qu'il y a une possibilité…

– Des témoins? je m'exclame. Vous les gardez en tant que *témoins*?

– Il ne s'agit pas d'*eux*, Jenna. Ce n'est qu'une masse d'informations. »

Est-ce tout ce que j'étais? Pendant tous ces mois, mes pensées compressées dans un monde informe? Une masse d'informations? Et si c'est tout ce que j'étais alors, suis-je davantage aujourd'hui? Le packaging est plus perfectionné, voilà tout. Les dix pour cent du cerveau d'origine ont-ils une véritable importance? Tout mon cerveau a été scanné et téléchargé. Ma poignée de cellules humaines ne semble avoir qu'une valeur symbolique, sentimentale. Ou bien communiquent-elles vraiment mon humanité à mes neuro-puces d'une mystérieuse manière que Papa lui-même ne peut comprendre?

Une masse d'informations. Kara et Locke dans ce lieu obscur, pour toujours. Puis-je vivre avec cette idée?

« Ils pourraient aussi être au courant de quelque chose qui jouerait en ma défaveur. »

Personne ne fait de commentaire. Nous savons tous que si c'est le cas, nul ne le saura jamais. Si Kara et Locke ont quelque chose de négatif à dire sur Jenna, ils n'auront pas la possibilité de le faire. On ne les a conservés que pour qu'ils puissent me venir en aide. Je tends la main pour remplir mon verre, mais Lily m'arrête.

« Tu en as eu assez. »

Elle a raison.

Je regarde Maman. Ses yeux vont de Papa à moi, encore et encore, comme un poisson pris dans un filet. Pris entre deux mondes.

«C'est pour ton bien, Jenna.»

Retour au point de départ. Une fois de plus.

«Tout le monde doit mourir un jour ou l'autre», dis-je.

Papa saisit alors la bouteille de vin et la tient devant la bougie afin de voir combien il en reste. Il la vide ensuite moitié dans son verre et moitié dans celui de Maman. Puis, tranquillement, il avale une gorgée.

«Plus maintenant», répond-il.

INSOMNIE

Je ne dors pas.
Je m'accroche au lit.
Les sauvegardes doivent disparaître.
Mes doigts s'enfoncent dans mes draps.
Je veux dormir. Oublier. Me fondre dans la nuit.
Mais.
Et si quelque chose tournait mal?
Je pourrais en avoir besoin.
Ce n'est qu'une masse d'informations.
Les limbes.
Un rêve.
Voilà tout.
Et si je fais un effort
peut-être puis-je oublier le lieu obscur
où ils sont
où nous sommes.

POINT DE VUE

Moment rare : Rae nous donne elle-même une leçon.

À sa manière.

Je suis à la fois fatiguée et nerveuse. Mon manque de sommeil ne m'a pas valu de rester à la maison aujourd'hui. Maman et Papa ont un étrange sens de la normalité. « Tu voulais aller à l'école, tu y vas. Ça te fera du bien. »

Nous regardons les InfoNet consacrées à une session du Congrès. Un sénateur parle. Parle. Parle. C'est le plus long discours visant à une obstruction parlementaire de toute l'histoire. Le sénateur Harris a déjà battu le record du sénateur Strom Thurmond en 1957. Personne n'a eu autant de souffle – ou de conviction – jusqu'ici. Cela fait désormais vingt-cinq heures et trente-deux minutes qu'il parle, une heure et quatorze minutes de plus que Thurmond. Voilà pourquoi Rae a réquisitionné l'estrade. Voilà pourquoi Mitch elle-même nous a rejoints dans la salle de classe. Mitch imite les hochements de tête et les soupirs de Rae pour qu'il ne subsiste pas le moindre doute : c'est un moment historique.

Je suis assise entre Ethan et Allys, concentrée sur leur présence auprès de moi. J'ai envie de me pencher pour chuchoter à l'oreille d'Ethan, de saisir la main d'Allys. Je n'ai aucune envie d'écouter le sénateur. Je veux définir ma place dans leur monde et non essayer de comprendre comment le sénateur voit le sien. Les sentiments me submergent, à tel point que je suis prête à exploser avec mon désir d'amitié d'un côté, d'amour de l'autre. Ce sont les seules choses qui m'intéressent en ce moment.

Dane est assis derrière moi. Il tapote sur ma chaise. Toc. Toc. Je suis là. Je suis là. Je suis tout. Ne m'oublie pas. Et le sénateur qui continue à pérorer. Et Rae qui rayonne. Un moment historique. Ne m'oublie pas. Toc. Toc. Allys. Ethan. Je n'oublie pas.

Mon univers est trop compliqué. Les gens. La politique. Moi-même. Les règles qui régissent tout cela. Les efforts nécessaires pour comprendre. Comme si je devais jouer une fugue de Bach et m'emmêlais les doigts. Joue, Jenna. Écoute. Le visage du sénateur reluit. Je remarque sa sueur et son mouchoir plus que je n'entends ses mots. Tout de suite, mes chers concitoyens. Tout de suite. Avant qu'il ne soit trop tard. Je regarde Allys et non le sénateur. Celle-ci est penchée en avant sur son siège. Elle hoche la tête. Oui. Je me tourne vers la droite. Vers Ethan. Lui est penché en arrière. Non. Non.

Et Dane tapote.

Toc. Toc.

Allys m'aime-t-elle ? M'aimerait-elle si elle savait ?

Le sénateur s'essuie le front.

« Pour l'amour de Dieu ! crie-t-il. Oserons-nous emprunter ce chemin ? Chers sénateurs, estimés confrères, pouvons-nous prendre ce risque ? »

Il respire. Il soupire. C'est fini.

Un rugissement, un applaudissement frénétique. Les quelques sénateurs encore présents et réveillés ne tapent que vaguement des mains ; tout cet enthousiasme vient d'Allys. Et je ne sais même pas pourquoi, car au cours de la dernière heure, j'ai été préoccupée par tout autre chose que Rae, Allys ou le sénateur. Quelque chose que personne ne peut comprendre. Être la « première » n'est pas si fantastique, en fin de compte.

« Extraordinaire !

– Historique !

– Barbant. »

C'est Dane, bien sûr, qui a prononcé ce dernier jugement.

« Vingt-cinq heures et quarante-six minutes ! »

J'aurais dû écouter. Quand quelqu'un parle pendant plus de vingt-cinq heures d'affilée, c'est que c'est sans doute important. Pour Allys, ça l'est.

« Est-ce que ça va changer quelque chose ? demande Allys à Rae.

– Bien sûr. Peut-être pas de la manière attendue. Mais ça ne passera pas inaperçu. Chaque voix laisse sa marque.

– Surtout une voix qui parle pendant aussi longtemps ! ajoute Mitch.

– Mais quels seront les résultats du vote ? poursuit Allys.

– On verra bien.

– Quel vote ? » je demande alors.

Allys fronce les sourcils. Le fait que je n'aie pas prêté attention à quelque chose d'aussi important à ses yeux la blesse. J'essaie de me rattraper en me concentrant sur l'explication de Rae.

« Le Congrès doit se décider sur un projet de loi, et le sénateur Harris a essayé de convaincre ses colégislateurs de voter contre. En parlant pendant aussi longtemps, il espérait sans doute donner le temps à un membre de l'opposition de trouver des arguments de poids supplémentaires pour convaincre les autres.

– De quelle loi s'agit-il ? »

Ethan pose sa tête sur son bureau et ferme les yeux tandis que Rae explique :

« La loi qui remettra toutes décisions médicales entre les mains des médecins et des patients, réduisant à néant le rôle du CFES.

– Et selon lui, ce n'est pas bien ?

– Jenna, tu n'as rien écouté, ou quoi ? » Allys ne cherche pas à cacher sa déception. « Bien sûr que non, ce n'est pas bien ! Si le CFES avait existé il y a cinquante ans, je n'aurais pas toutes ces prothèses. J'aurais des doigts de pied, et non des saucisses à peu près insensibles ! Et il ne s'agit pas que de moi. Pense à l'épidémie d'aureus et aux millions de gens qui ne seraient peut-être pas morts. Et maintenant, le Congrès essaie de limiter le rôle du CFES ! Si ça se trouve, ils vont ensuite lui interdire de contrôler les activités des laboratoires de recherche ! Ce serait une catastrophe !

– Le contre-argument, dit Mitch, c'est que le CFES a un fonctionnement lourd et coûteux qui empêche souvent de prendre des mesures par lesquelles on sauverait des vies.

– Ce sont les compagnies pharmaceutiques qui sont derrière tout ça », poursuit Allys, comme si elle n'avait pas entendu l'intervention de Mitch. « Elles ont constitué un lobby superpuissant. Les plus importantes, telles que Scribtech, MedWay, et surtout Fox BioSystems… » *Clic*. Allys hésite pendant une fraction de seconde, ses yeux soudain plantés sur moi, avant de terminer sa phrase. Une pause infinitésimale, que probablement personne n'a remarquée. « … ont dépensé des millions pour faire passer cette nouvelle loi. »

Sur cette dernière phrase, elle se rassoit. Elle n'a soudain plus rien à dire. Rae poursuit son cours et essaie de nous faire débattre sur le sujet, mais une chape de silence est tombée sur nous. Mitch se retire. Rae finit par éteindre le Net et déclare qu'on en reparlera après le déjeuner. Peut-être que manger nous remettra d'aplomb pour reprendre cette discussion.

Nous traversons la rue, pénétrons dans le supermarché, et nous installons à notre table habituelle, dans le coin. Je remarque que le visage d'Allys est pâle, un peu jaune, humide de transpiration, tandis que ses mains artificielles restent fraîches et roses. Elle semble avoir bien du mal à avaler ses médicaments. Elle prend une gorgée d'eau supplémentaire pour les faire passer, puis encore une autre. Elle me regarde. Je la regarde. Elle mâchouille un peu de son repas, puis le repousse. Les yeux d'Ethan vont de l'une à l'autre, tandis que ses jambes se balancent nerveusement sous la table.

« Tu es Jenna Fox, pas vrai ? dit-elle enfin.

– Quelle remarque brillante ! intervient Ethan, beaucoup trop rapidement. Comment as-tu deviné ça ? Peut-être parce qu'elle nous l'a *dit* quand nous l'avons rencontrée la première fois ? »

Je l'interromps :

« N'essaie pas de me faciliter les choses, Ethan. »

Ses jambes cessent de s'agiter, et il soupire d'un air implorant.

Allys secoue la tête.

« Tout concorde. La plupart des gens ne prête pas attention à ce genre de nouvelles, mais quand on travaille dans un département d'éthique, c'est différent. J'aurais dû comprendre quand tu m'as dit que tu avais eu un accident. Tu es la fille de Matthew Fox.

– Est-ce que ça ferait de moi une ennemie ?

– Non…

– Mais ? »

Ethan secoue très légèrement la tête.

«Jenna, chuchote-t-il.

– Il paraît que sa fille a eu un accident. La plupart des médecins pensaient qu'il était impossible qu'elle survive.

– Du moins d'après le système de points du CFES, c'est ça?

– Exactement.

– Dans ce cas-là, ce n'est peut-être pas moi. Jenna Fox est un nom courant.

– Peut-être pas. Parce que si c'était toi, cela voudrait dire… »

Elle ne termine pas sa phrase, laissant délibérément un vide flotter, tel un piège où nous pourrions nous précipiter. Je le vois et l'évite. Pas Ethan.

«Quoi? Tu courrais voir tes braves petits bureaucrates du CFES pour la dénoncer?»

Les yeux d'Allys sont d'étroites fentes qu'elle fixe tour à tour sur moi et Ethan. Elle ôte l'un de ses bras artificiels et se masse. Son moignon est rouge, hideux.

«Tu oublies quelque chose, Ethan. Je ne peux pas courir. Je boitille, tout au plus.»

Elle remet sa prothèse, tressaille en ressentant le picotement du champ magnétique qui la maintient en place. Puis elle teste ses doigts, un par un.

«Je commence à oublier comment c'était, d'avoir de vraies mains. Ce que la science peut faire… ça me fait peur.»

Elle repousse son sandwich.

«Je crois que j'ai perdu l'appétit, en plus de mes doigts.»

Elle se lève. Ni Ethan ni moi ne faisons mine de l'arrêter. Elle part.

Je pose mes doigts contre la fenêtre éclairée par le soleil. Je les teste un par un, comme Allys vient de le faire. Beau packaging.

PEUT-ÊTRE

«Elle va te dénoncer.»

Ethan m'attire à lui. Nous sommes derrière le supermarché, enfoncés jusqu'aux genoux dans une herbe trop haute, quelque part entre des tables de pique-nique délaissées et des poubelles. Il m'a emmenée ici pour fuir le regard des clients curieux quand je me suis mise à pleurer, laissant son déjeuner en plan.

Je sens son bras caresser mon dos, ses mains serrer ma taille, sa respiration, son odeur, sa langue chaude sur la mienne. Ces sensations me poussent à rechercher davantage encore sa bouche. Ai-je jamais ressenti quelque chose de semblable? Quelle importance? Nos baisers sont désespérés.

Mes sanglots reviennent. Sauvages. Comme ceux d'un animal. Ethan me serre encore plus fort, comme pour expulser mes démons. Je le repousse.

«Qu'est-ce que ça peut te faire, Ethan? Tu ne me connais pas.»

Ses mains lâchent mes hanches. Il ferme les yeux et secoue la tête.

«Ethan.

– Je ne sais pas, Jenna.» Ses yeux sont à nouveau ouverts. Vitreux. «Je… je sens quelque chose. À chaque fois que je te regarde. Ne me demande pas de définir de quoi il s'agit. Est-ce que tout doit avoir une explication?

– Je ne suis pas comme les autres filles.

– Je sais.

– Ethan.» Je prends son visage entre mes mains. «Tu ne sais pas. Je ne suis pas seulement différente. Je…

– Peut-être que c'est ça que je vois quand je te regarde.

Quelqu'un qui ne sera jamais complètement intégré, jamais semblable aux autres. Comme moi. Quelqu'un avec un passé qui a changé son futur pour toujours.

– Ou peut-être me vois-tu comme une seconde chance. Tu n'as pas pu sauver ton frère, mais tu peux essayer de sauver Jenna. Une justice. Est-ce ce que tu cherches ? »

Il s'éloigne à grands pas et donne un coup de pied dans une table de pique-nique qui s'écroule, puis se tourne à nouveau vers moi.

« Ou peut-être que je suis juste masochiste et que j'aime les filles insupportables ! N'essaie pas de me psychanalyser, Jenna. Je suis ce que je suis. »

Moi aussi, je suis ce que je suis. C'est-à-dire ? J'ai besoin d'une définition.

Jenna n. f. 1) Lâche. 2) Peut-être humaine. 3) Peut-être
pas. 4) Totalement illégale.

« Arrêtons de nous disputer. » Ethan se place derrière moi et met ses mains sur mes épaules. « Pourquoi t'es-tu mise à pleurer ? Tu as peur ? Nous pouvons parler à Allys. La faire changer d'avis.

– Je n'ai pas peur. »

En tout cas, pas d'Allys. J'ai peur de mes pensées, de mes sentiments. J'ai peur de voir mes doigts contre une fenêtre ensoleillée et de ressentir un soulagement choquant alors que je devrais avoir honte. J'ai peur de constater que je me sens réellement vivante, et heureuse de l'être – Jenna Fox l'enfant miracle –, alors que des boîtes dans un placard retiennent prisonnier l'esprit de personnes qui ne verront plus jamais leurs doigts ou le soleil ; et j'ai peur de les délivrer, au cas où j'aurais besoin d'elles. J'ai peur de centaines de choses, y compris de toi, Ethan, parce que, comme le dit

Lily, *ce n'est pas bien*, mais ça ne m'empêche pas de te vouloir.

Et j'ai peur de devenir quelque chose que l'ancienne Jenna Fox n'a jamais été. J'ai peur que dix pour cent ne suffisent pas, finalement. J'ai peur de Dane et de ce qui lui manque, peur que ce soit également quelque chose que Papa n'ait pas pu me transmettre, peur que le sénateur Harris ait raison et Papa tort. J'ai peur de ne plus jamais avoir d'amis comme Kara et Locke et que ce soit ma faute. J'ai peur de passer le reste de mes deux ou deux cents ans avec ces questions, et de ne jamais me sentir à ma place.

Et j'ai peur que Claire et Matthew Fox ne découvrent que la nouvelle Jenna, la Jenna améliorée, ne peut pas remplacer trois bébés, qu'elle ne l'a jamais pu, et que les risques qu'ils ont pris n'en valent pas la peine, car je n'ai rien de spécial. Voilà le genre de choses qui me fait peur.

Mais je n'ai pas peur d'Allys.

«Elle m'a dit que je lui plaisais. Elle ne ferait pas ça.

– J'ai vu son regard.»

Je me retourne et pose ma tête sur sa poitrine. J'écoute son cœur, qui bat pour de vrai.

«Il faut qu'on lui parle. Très vite», dit Ethan.

GLISSER

Allys n'est pas à l'école le lendemain. Ni le jour suivant. Devrais-je m'inquiéter?

Je guette le moindre bruit. Des coups frappés à la porte. Des sirènes. Les pas de ceux qui viennent me chercher.

Quand Maman et Papa sont absents et Lily dans sa serre, j'attends le moment où le silence de la maison va exploser.

Je guette les craquements dans l'escalier. Je me demande comment ce serait d'être à nouveau en prison. Et quand le silence s'installe et que je commence à croire qu'il sera toujours là, quand une petite porte s'ouvre et que j'essaie de me glisser dans ce lieu nommé normalité, le silence est à nouveau brisé.

Non par des pas, mais par une voix.

Dépêche-toi, Jenna.

Une voix claire et forte. Une voix qui ne vient ni du passé ni d'un rêve, mais du présent.

Pas de vision de clefs volant dans les airs. Pas de flashs d'une nuit qui m'échappe encore mais qui m'a changée à jamais. Pas de souvenirs de paroles prononcées en toute hâte. Des mots d'aujourd'hui, qui réussissent à pénétrer à l'intérieur de mon crâne, jusqu'à me rendre folle.

Nous avons besoin de toi. Maintenant.

MATCH

Je marche dans la forêt d'eucalyptus. J'appuie avec force sur les morceaux d'écorce et les brindilles, j'écoute les craquements, les bruits que je peux provoquer ou faire cesser moi-même. Je donne des coups de pied dans le tapis de feuilles en décomposition. Des insectes courent dans tous les sens à la recherche d'un nouvel abri. Les voix se taisent. Je ralentis. Ces voix sont-elles imaginaires, créées par mon sentiment de culpabilité ? Ou Papa n'a-t-il pas saisi toutes les conséquences de son intervention inconsidérée ? J'entends l'eau qui coule dans le ruisseau un peu plus bas, et un bruissement plus proche. Des oiseaux ?

Cette forêt est étrangère. Lily m'a dit qu'elle est le fruit d'une importation. Au tournant du siècle dernier, quelqu'un a pensé pouvoir faire fortune en exploitant du bois pour les rails de chemin de fer. Plus tard, on a découvert que ce bois était en réalité trop dur pour être découpé, et les arbres importés ont été laissés à l'abandon. Ils se sont répandus par eux-mêmes, et ont parfois provoqué l'extinction de plantes locales. Lily m'a raconté cela avec colère. *Local, naturel, pur*, des mots auxquels elle attache de l'importance. Allys aussi.

J'observe ces arbres qui ont envahi ce territoire sans que ce soit leur faute. Leur écorce est douce comme du velours, marbrée et crémeuse. Leur odeur, âcre. Leurs feuilles lisses, d'un vert argenté, forment un épais tapis sur le sol. Beaux, mais mal-aimés. Qu'ont-ils remplacé de plus beau ou de plus important ?

Je me place entre deux arbres, une main sur chacun d'entre eux, et je respire lentement, yeux fermés. Je cherche quelque chose, au-delà de leur écorce, de leurs branches, de leur statut déprécié sur ces collines. Je cherche leur âme.

Crac !

Mes yeux s'ouvrent.

Quelqu'un agrippe mon poignet. Cela me fait mal.

« Dane ! »

J'essaie de me libérer, mais il serre encore plus fort.

« Lâche-moi. »

Son regard n'est plus vide. Au contraire, il est animé d'une sorte de crépitement. C'est la première fois que je vois ses yeux briller avec détermination, comme si quelqu'un avait appuyé sur un interrupteur. Il ne sourit pas.

« Allons nous promener, ordonne-t-il.

– Je n'ai aucune envie de me promener avec toi, Dane.

– Pourquoi ? Tu préfères les garçons dangereux, comme Ethan ? Je peux être dangereux, moi aussi. »

Il m'attire à lui. Sa respiration est sifflante. Je sens ses doigts s'enfoncer dans ma peau. Je vois ses yeux bleus, ses pupilles contractées comme celles d'un animal sous le coup de l'adrénaline, affamées d'une unique chose : de destruction. Dane, cent pour cent de chair humaine, cent pour cent de vide.

« Pas aussi dangereux que moi. Je pars. »

J'essaie encore une fois de me libérer, mais il me tire brutalement.

« J'ai dit, allons nous promener.

– Non merci. »

Ma main libre s'agrippe à son entrejambe. J'ai bien visé, et je serre aussi fort que lui. Ses yeux s'écarquillent. Ses doigts écrasent encore plus mon poignet ; mes doigts en font autant. Il cligne des yeux. Son visage devient rouge.

« Je marche peut-être bizarrement, Dane, mais Ethan dit que je suis infatigable. Je peux rester ici toute la journée. Et toi ? »

Il fait un dernier effort et me tord le poignet. La douleur irradie dans mon bras. En réponse, mon autre main le comprime au-delà du supportable. Il pousse un cri et me lâche. J'en fais autant, et il tombe à genoux en gémissant. En plus du dégoût, je ressens quelque chose d'inattendu : de la gratitude. Il m'a montré à quel point un être à cent pour cent humain pouvait être vide. Les pourcentages sont parfois trompeurs.

Son visage tremble, et ses yeux glacials sont fixés sur moi. Il essaie de reprendre son souffle, et je sais que je n'ai que quelques secondes avant qu'il ne renouvelle son assaut.

« Ah, te voilà, Jenna ! On continue notre balade ? »

Mr Bender gravit la colline dans notre direction, montrant ostensiblement son club de golf, qu'il balance bien plus qu'il ne l'utilise pour s'appuyer dessus.

« Oui », dis-je, laissant à Dane le loisir de se demander à quel point un club de golf sur le crâne peut faire plus de mal qu'une main pressée sur l'entrejambe. Mr Bender et moi descendons aussitôt la pente et traversons le ruisseau à un endroit où un tronc d'arbre fait office de pont.

«J'étais dans mon jardin et je t'ai aperçue qui t'enfonçait dans la forêt. Quand j'ai vu Dane te suivre peu après, j'ai attrapé un de mes clubs.

– Merci. Entre ça et ma poigne, je pense qu'il doit déjà avoir rebroussé chemin.»

Nous sortons de la forêt et remontons le sentier qui conduit vers sa maison.

«Veux-tu prévenir la police?»

J'hésite, puis réponds :

«Non, ce serait une mauvaise idée, à la fois pour vous et pour moi. Je serai plus prudente à l'avenir.

– Tu ne devrais pas aller dans ces bois toute seule. Pas seulement à cause de ce type. Il y a parfois des pumas, dans le coin.»

Je m'arrête et lui fais face.

«Voyons, Mr Bender – ou devrais-je vous appeler Edward? – nous savons tous les deux que je peux être remplacée aussi aisément qu'un netbook en panne. Ça sert à ça, les sauvegardes.»

Il semble aussi ahuri que Dane quelques instants plus tôt.

«Comment as-tu deviné?

– Pour les sauvegardes, ou pour vous?

– Les deux.

– J'ai cinq cents milliards de neurones artificiels, Mr Bender. Mais Papa vous l'a sûrement déjà dit.»

Mr Bender acquiesce, tête baissée. Il ne devrait pas avoir honte. Il était l'ami de Papa avant d'être le mien. Je me remets en route.

«Quand on a cinq fois la capacité d'un cerveau moyen, je suppose qu'au bout d'un moment, on commence à l'utiliser. » Certains détails provenant du cerveau de la petite Jenna de deux ans sont remontés à la surface peu après ma visite dans le garage de Mr Bender. J'ajoute : « En fait, je me suis souvenue de cette vieille photo qui était accrochée quelque part à la maison quand j'étais toute petite. Celle de la première voiture de Papa. Cette voiture vert d'eau qu'il vous a donnée ensuite, lorsque vous avez eu besoin de prendre la fuite. »

Personne ne s'attendrait à ce qu'une fillette de deux ans se rappelle ce genre de choses, mais ma mémoire ne fait aucune sélection : qu'un événement ait eu lieu il y a deux jours, deux ans, ou dix ans, mes souvenirs ont tous la même intensité et le même poids.

« J'ai simplement trouvé cette maison pour lui. Je lui devais ça. Je ne suis pas au courant de tout, comme tu as l'air de le croire. Ton père ne m'a pas dit grand-chose.

– Pour vous protéger, j'imagine. Moins vous en savez, moins vous êtes coupable. » Mr Bender garde le silence. « Vous êtes donc resté en contact avec lui pendant tout ce temps ?

– Non, pas au début, mais au bout de quelques années j'en ai éprouvé la nécessité. J'avais besoin de revoir quelqu'un qui m'avait connu, avant. Pour que cette partie de ma vie ne parte pas en fumée. Il est bien plus difficile de changer d'identité que les gens ne l'imaginent. C'est comme si on disparaissait. Je sais que ça semble absurde, mais quand j'ai repris contact avec ton père, il m'a écouté, et il a compris. Il a toujours été là pour moi, en me donnant sa voiture ou en répondant présent quand j'avais besoin de parler.

– Vous discutez souvent ?

– Non. Une fois par an, à peu près. Toujours en prenant nos précautions. Il m'a appelé quand tu as eu ton accident. Il était anéanti. Puis il a rappelé quelques jours plus tard. Il délirait, songeait à voix haute. Au début, j'ai même cru qu'il était soûl. En réalité, il se parlait plus à lui-même qu'à moi, mais j'imagine qu'il avait besoin que je l'écoute à mon tour. Il m'a dit qu'il savait qu'il te perdrait à moins d'une action… drastique, sans préciser pour autant de quoi il s'agissait. Il a juste raccroché, et je n'ai plus eu de nouvelles jusqu'au jour où il m'a contacté pour dégoter une maison isolée.

– C'était donc ça, votre rôle. Agent immobilier à distance. » Il hésite, hoche la tête sans conviction, ce qui me rappelle ce que m'a confié Lily. « Ah, c'est vrai, vous êtes aussi l'un des deux contrebandiers de secours !

– Pardon ?

– Le plan B. En cas de danger. »

Il sourit.

« C'est vrai. Je fais partie de la manœuvre de sauvetage. Ton père m'a dit qu'il préférait te garder ici, en Californie, où il peut facilement obtenir de l'aide médicale en cas de problème. Mais si les autorités te découvraient, ta grand-mère doit t'amener chez moi, pour que je vous conduise toutes les deux dans un petit aéroport privé non loin d'ici. Le Mexique est proche ; de là, vous prendriez un autre avion pour l'Italie. Ce pays a des lois plus libérales en ce qui concerne les greffes d'organes.

– Et qu'en est-il des téléchargements de cerveau ? Les Italiens ne savent pas compter ? »

Il ne répond pas.

« Pour simplifier les choses et vous faire économiser de l'argent, mes parents devraient plutôt envoyer ma sauvegarde par la poste. J'arriverais en Italie dans un paquet, ce qui serait bien moins coûteux et bien plus sûr. À la rigueur, ils peuvent même faire une folie et utiliser UPS Express. Voire… »

Je réalise à quel point j'ai haussé la voix et je me tais.

« Viens, fait Mr Bender. Allons nous asseoir et discuter un peu. »

J'acquiesce et le suis jusqu'à sa maison. Nous nous installons sur la véranda, avec vue sur l'étang et sur mon chez-moi.

« Quel est le problème de Dane ? Mon amie Allys dit qu'il lui manque quelque chose.

– Je ne sais pas précisément, Jenna, mais je pense que ton amie a raison. En tout cas, c'est quelqu'un de dangereux.

– Mais au moins, lui, son existence est légale. »

Mr Bender se penche vers moi.

« Écoute-moi, Jenna. Il y a plusieurs sortes de loi. Certaines sont inscrites dans des livres, et d'autres sont inscrites ici. » Il désigne sa poitrine. « Dane est peut-être légal d'un point de vue bureaucratique, mais pas du point de vue de la loi du cœur. »

Mais comment devient-on légal de ce point de vue ? Est-ce quelque chose qu'un chirurgien peut insérer avec quelques points de suture ?

« Mr Bender, que voyez-vous quand vous me regardez ? »

J'observe ses yeux parcourir ma peau, mon visage, mes propres yeux. Je le vois examiner chacun de mes gestes, chacun de mes battements de paupière. Je vois tous ses doutes, les mensonges qu'il envisage de prononcer, ses retours à la vérité. C'est une frontière qu'il franchit souvent ; parfois, mensonges et vérité se mêlent et deviennent autre chose. Il passe sa langue sur ses lèvres. Il cligne des yeux.

Vérité. Mensonge. Vérité. Autre chose. Confusion ?

« Je vous en prie.

– Je vois plein de choses compliquées quand je te regarde, Jenna. Un événement horrible et inattendu, une seconde chance, de l'espoir… »

Je me lève.

«Que puis-je espérer? Une vie où je ne serai jamais ce que j'étais, et où je ne peux pas être ce que je suis sans me cacher? C'est trop dur.

- Jenna.» Il se lève à son tour et pose la main sur mon épaule. «Je suis désolé pour ce que tu as traversé. Je sais que ça a été très difficile. Crois-moi, personne ne sait mieux que moi à quel point c'est difficile de repartir de zéro. Je pense que c'est pour ça que j'ai eu envie de t'aider depuis le début, même si je n'aurais peut-être pas dû. J'ai retrouvé en toi l'adolescent effrayé que j'étais moi-même autrefois.»

Il me lâche, mais je continue à le dévisager. Mr Bender a le même âge que mon père, mais je distingue sous ses rides un être aussi jeune que moi. Certains événements de notre vie laissent-ils une marque indélébile? Congèlent-ils un morceau de nous-même dans le temps, un morceau qui devient en quelque sorte un étalon à l'aune duquel nous mesurons le reste de notre vie?

Mes poings se rouvrent. Je me détends.

«J'ai eu de la chance de vous avoir eu comme premier ami, Mr Bender.

– Premier?

– Oui. Mon premier ami après J.-C.»

Ses sourcils se froncent.

«Après la Jenna-Cata.»

Il rit, de son rire curieux, et me propose une promenade dans le jardin.

Nous arrivons bientôt dans la petite clairière ronde où il nourrit les oiseaux.

«Tiens, dit-il en enlevant sa veste. J'ai emprunté l'identité de Clayton Bender pendant trente ans. Laisse-moi la partager avec toi pendant quelques minutes.» Il place sa veste sur mes épaules, puis prend ma paume et la frotte contre la sienne. «Figure-toi que les oiseaux ont un meilleur sens de l'odorat que la plupart des gens ne l'imaginent. »

Nous nous asseyons sur le tronc d'arbre et il remplit ma main de graines, et même si cela ne dure qu'un instant, un moineau se perche dessus et s'envole, le bec plein.

«Tu vois? Ils sont habitués à toi, maintenant. La prochaine fois, tu n'auras même pas besoin de moi. »

Je décide que les définitions sont parfois fausses. Même lorsqu'elles proviennent d'un dictionnaire. Les identités ne sont pas forcément distinctes. Parfois, elles se mêlent les unes aux autres. Parfois, elles peuvent même être partagées. Si j'ai la chance de revenir un jour dans le jardin de Mr Bender, les oiseaux verront-ils ce morceau de lui qui se trouve désormais en moi?

ÉCOUTER

Le silence
l'obscurité
rien
s'il te plaît
laisse-nous partir
Aide-nous
Jenna.
Nous avons besoin de toi.
Dépêche-toi, Jenna.
Nous avons besoin de toi.

Des cris. J'entends des cris. Mes propres cris. Les leurs. Mais personne n'entend. Un endroit si noir que personne n'entend. Sauf moi.

«Au secours! S'il vous plaît! Quelqu'un!

– Jenna! Réveille-toi!»

Papa me tient. Maman est assise à l'autre bout de mon lit. Je suis à nouveau dans un lieu où la lumière et le toucher existent.

«Tu as fait un mauvais rêve, dit Papa en me serrant contre lui.

– Non. Je…»

Impossible. Le visage de Papa est ridé, fatigué. La peur. Maman a les cheveux en bataille. Elle attend.

«Tu quoi, Jenna?

– J'écoutais.

– Quoi donc, ma chérie? Quoi? insiste Maman.

– Kara et Locke. Ils m'appellent. J'entends leurs voix.»

Papa écarte mes cheveux de mon visage et caresse ma joue.

«C'est impossible, mon ange. C'était un cauchemar, voilà tout.»

Je ne proteste pas. Ce serait inutile. Mais je n'ai pas rêvé. J'ai entendu leurs voix. Récentes, présentes. D'une manière ou d'une autre, ils m'ont trouvée. Ils ont besoin de moi.

Mais j'ai besoin d'eux, moi aussi.

Et soudain, dans un flash entre obscurité et lumière, entre rêve et réalité, je franchis une borne. Je me rappelle l'accident.

L'ACCIDENT

Tous les détails. Vifs, nets, comme des coups de couteau.

Ce n'était pas le Bio Gel, mes neuropuces n'arrivant pas à se connecter, ou un quelconque défaut de mon nouveau corps. C'était moi, depuis le début. Un moi endeuillé, sous le choc, dans le déni. Mais Kara et Locke m'ont forcée à retrouver la mémoire.

Je suis assise dans le noir ; un trait de lumière argentée provenant du couloir sectionne mon lit en deux. J'écoute le doux sifflement de l'air qui pénètre dans ma poitrine, puis en ressort. Ma respiration. Une nouvelle sorte de respiration. À cause de cette nuit-là.

Des clefs qui volent dans les airs.

Mes doigts tendus.

Mes doigts étaient en train de *lancer* les clefs. Pas de les attraper.

« Je ne peux pas conduire, Locke.

– Mais tu es la seule à avoir une voiture !

– Sinon, on ne peut pas y aller, Jenna ! ajoute Kara. Nous avons besoin de toi !

– Je refuse de conduire alors que je n'ai pas encore mon permis. De toute façon, mes commandes vocales n'ont pas encore été programmées dans la voiture ; je ne pourrais même pas la faire démarrer.

– Kara pourrait conduire, propose Locke. Quant au démarrage, ce n'est pas un problème. On peut se passer des commandes vocales. Tu dois avoir un code ou des clefs quelque part. »

Le tiroir de la cuisine. Là où Claire conserve toutes les clefs.

J'aurais pu faire semblant de ne pas savoir où elles étaient.

J'aurais pu les distraire.

Je ne l'ai pas fait.

J'ai ouvert le tiroir et je les ai trouvées.

« Super ! » crie Locke.

Il me les prend des mains, les passe à Kara. Ils attendent

de voir ma réaction. J'hésite. Je réfléchis. Mais pas très long-temps. Je hoche la tête.

Nous y sommes donc allés. C'est Kara qui a conduit.

Je lui ai donné les clefs.

Je l'ai laissée conduire cette voiture que je n'avais pas le droit de conduire moi-même.

Maman et Papa n'étaient pas là, ce soir-là. Peut-être que je recherchais inconsciemment la chute, tout en la redoutant par-dessus tout. Je m'étais aventurée sur ce terrain ces der-niers temps, à tâtons, sans savoir ce que je voulais vraiment, en dehors d'une chose : je refusais de continuer à être tout ce que je savais que je n'étais pas.

C'était une fête. Une fête idiote, à laquelle nous n'étions pas invités. Un parfait ennui. Personne ne nous connaissait. Nous ne connaissions personne. Il y avait plein de monde. Des petits groupes serrés d'inconnus qui buvaient et fumaient sans nous prêter la moindre attention. S'incruster là-dedans nous a amusés cinq minutes, tout au plus. Nous étions sur le point de partir quand c'est arrivé. Une bagarre. Nous ne savions pas à quel point cela risquait de dégénérer. Nous n'étions pas dans notre quartier, pas dans notre milieu. Nous avions peur. Nous nous sommes enfuis. J'avais les clefs dans mon sac. Locke et moi étions d'un côté de la voiture, Kara de l'autre. « Dépêche-toi, Jenna ! Dépêche-toi ! » Il faisait nuit. J'ai frénétiquement fouillé dans ce trou noir qu'était mon sac. Quand j'ai mis la main sur les clefs, je les ai lancées à Kara, doigts tendus, en faisant de mon mieux pour bien viser.

Des cris. Des hurlements. Nous n'étions pas dans notre élément. La panique. Nous n'étions que des ados disciplinés et de bonne famille jouant les transgresseurs. D'autres voi-tures passaient près de nous en faisant crisser leurs pneus.

« Allez, Kara ! » a crié Locke depuis le siège arrière.

Nous sommes partis.

Une fois sur l'autoroute, l'adrénaline est retombée, et notre peur a cédé la place aux rires. Je n'avais pas remarqué que le pied de Kara était toujours enfoncé sur l'accélérateur. Personne ne l'avait remarqué. Le virage est arrivé si vite. Elle a freiné, mais trop tard. La voiture a fait un tête-à-queue, heurté le bas-côté. Les exclamations ont fusé :

« Tourne !

– Kara !

– Stop ! »

Kara criait, hurlait, en tournant désespérément le volant. Nous étions secoués dans tous les sens. Dans notre hâte de quitter la fête, aucun de nous ne s'était préoccupé de mettre sa ceinture. La voiture a dérapé, fait plusieurs tonneaux après le choc. Un cauchemar, flou, haché, dans lequel bruits et lumières étaient des coups de poignard qui nous transperçaient. Des hurlements. Voler. Tomber. Des milliers de morceaux de verre, comme autant de couteaux. Plus de haut, de bas. La terreur, envahissante au point de recouvrir cris et mouvements. Une lueur, une chaleur aveuglante. Un vol plané, et le bruit sourd et écœurant de mon crâne heurtant le sol. Ou était-ce Kara qui atterrissait près de moi ? Puis, soudain, le contraste, le retour au calme, un tintement de verre, un liquide qui s'écoule goutte à goutte, un sifflement. Un craquement dans le lointain. Et des gémissements, si faibles, qui semblaient voltiger autour de moi. Enfin, le noir.

Je n'ai jamais revu Kara et Locke.

Je les ai entendus. Pendant quelques secondes, j'ai entendu leurs respirations, leurs soupirs, leurs cris. Je les ai entendus. Tout comme je les entends maintenant.

Et pendant tous ces mois, dans ce lieu obscur où j'attendais de renaître, sans savoir si je reverrais jamais le jour, entre mes propres pleurs et supplications, c'était ça, les bruits terrifiants que j'entendais en boucle. Kara et Locke en train de mourir.

AUTOPROTECTION

Ce sont mes témoins. Les seuls à savoir que ce n'était pas moi qui conduisais cette nuit-là.

Un jour, quelqu'un viendra me chercher. Mais Kara et Locke seront là pour m'aider. Pour me sauver.

Je peux les garder.

Mais à quel point est-ce dur d'exister dans une boîte pour l'éternité ?

LE DERNIER DISQUE

Dans le salon, les carreaux de la vitrine me renvoient les images de dizaines de Jenna de toutes les couleurs du prisme. Je fouille du regard ces reflets où le ton de la chair se mêle à du bleu, du rouge, du violet. Je cherche un éclat, une dissemblance. Mais je ne vois rien qui montre que je suis différente de Dane.

Mes amis et une autre moi sont emprisonnés dans un lieu où je ne veux plus jamais aller. Et je ne les aide pas à en sortir. Bleu. Rouge. Violet. Chair. Des fragments. Presque humains. Dane peut voir la même chose en se regardant dans le miroir.

Je tourne le dos à la vitrine et me dirige vers le buffet qui occupe une large portion du mur. Je fouille dans les tiroirs à la recherche de «Jenna Fox / Septième année». Je veux revoir cette gamine qui ignorait les espérances ayant été formées à son sujet. Cette année où tout ce qui comptait était les gâteaux d'anniversaire bleus et les surprises. Ma septième année, probablement la dernière avant que je ne réalise que j'étais spéciale.

Maman a rangé le tiroir, et le disque n'est plus là où je l'ai laissé. Soudain, je remarque autre chose. La caméra. Elle est au fond du tiroir, à sa place, mais elle a dû être secouée : le disque qu'elle contenait a été en partie éjecté. Je le sors de là et en lis l'étiquette.

Jenna Fox / Seizième année - deuxième disque

Mes mains tremblent. C'est ça, le dernier disque. *Vraiment* le dernier.

Celui que Lily voulait que je regarde.

ENTRECHATS

Jenna flotte sur la scène. Ses gestes sont précis. Ses bras forment une voûte gracieuse, ses pieds font des pointes, ses jambes se tendent, *arabesque, Jenna… chassé, jeté entrelacé… plié… pas de bourrée, pirouette, Jenna.*

Les angles sont parfaits, le rythme aussi. Elle se redresse, avec une élégance inouïe.

Mais son visage est impassible. Ses bras, ses jambes et ses muscles dansent, mais pas son cœur.

Je me rappelle cette nuit-là, les chaussons, le ruban serré autour de ma cheville, le body bien ajusté mettant en valeur ma taille parfaite, la sueur sur ma nuque. Je me rappelle, avant même de le voir sur le disque, avoir regardé le public peu avant la fin de la représentation et avoir aperçu Lily, au second rang.

Son air déçu me secoue et me pousse à agir. *Relevé, relevé.* Mes muscles bien entraînés me parlent, m'ordonnent de poursuivre. *Relevé, Jenna.* Mais je demeure immobile. La musique continue, me dépasse. *Relevé, Jenna!* Le public s'agite, inconfortable. Ils espèrent que c'est encore rattrapable. Je n'en suis pas certaine. Je fixe les yeux de Lily plantés dans les miens, mais je ne peux que nous revoir dans sa cuisine, quelques jours plus tôt. Je me plaignais de ce nouveau spectacle de danse.

«Qui es-tu, Jenna? Comment veux-tu que quiconque le sache si tu ne le montres pas?

– J'ai presque envie de le leur montrer, juste une fois!

– Comment?

– En faisant sur scène tout ce qu'il ne faut pas faire, taper des pieds, balancer mes hanches, faire une danse du ventre... afin qu'ils voient un peu de quel bois je me chauffe!

– Et qui t'en empêche?»

Elle parlait sérieusement. Je l'avais regardée comme si elle était folle.

«Ça ne se fait pas, voyons. Trop de gens seraient déçus.

– Tu parles de tes parents, j'imagine. Franchement, je pense qu'ils survivraient.»

Le public retient son souffle. La musique s'est arrêtée.

Relevé, Jenna! Mes muscles exigent de l'action.

Tape des pieds! Balance tes hanches, Jenna. Fais une danse du ventre!

Mais voilà que mes mollets se raidissent. Mes talons se soulèvent. *Relevé.* Un petit saut. *En pointe.* Tiens bon. Tiens bon. Redescends en quatrième position, *plié*, et salut. Le public pousse dans un bel ensemble un soupir de soulagement, même si j'ai terminé mon enchaînement long-temps après l'arrêt de la musique. Leurs applaudissements zélés effacent l'écart que j'ai commis.

J'ai fourni ce qui m'était demandé. C'est tout ce qui compte.

VIDES

Un morceau pour un tel.
Un morceau pour une telle.
Parfois, tous les morceaux réunis ne forment pas un tout.
Mais tu es tellement occupée à danser.
À fournir ce qui t'est demandé.
Tu n'as pas le temps de le remarquer.
Ou tu as peur de le remarquer.
Un jour, tu es forcée de regarder.
Et c'est vrai.
Tous ces morceaux remplissent les vides d'autres gens.
Mais ils ne remplissent pas
les tiens.

LA PLAGE

« Par ici ! » crie Claire en agitant le bras.

Lily la salue en retour. Pourtant, ni elle ni moi ne bougeons de l'endroit où nous sommes, et Maman reprend sa marche entre les flaques d'eau de mer. Le trajet en voiture jusqu'à la plage a été tendu. Nous avons à peine ouvert la bouche. Maman a insisté pour faire cette sortie, arguant qu'une promenade sur la plage était juste ce qu'il nous fallait en ce jour de mars étonnamment chaud.

« Elle en avait besoin, affirme Lily.

– Pas moi. »

Lily ôte son pull et le noue autour de sa taille.

« De quoi donc as-tu besoin, Jenna ? »

Sa voix est dure. Je me referme comme une huître. Je ne peux pas répondre. Je secoue la tête et m'éloigne. Elle m'attrape par le bras et me force à me retourner.

« Je t'ai posé une question. De quoi as-tu besoin ? »

J'essaie de me libérer. Comment ose-t-elle me traiter ainsi ?

« J'ai besoin… j'ai besoin… »

Ce dont j'ai besoin, c'est de lui cracher ma réponse à la figure, mais mes paroles refusent de sortir, comme si elles voulaient emprunter une autre route. Mes lèvres remuent sans émettre de son.

« Dis-le-moi ! »

Je ne peux pas.

Elle me lâche et pousse un soupir.

« Ça a toujours été ton problème, Jenna, dit-elle doucement. Tu as toujours été deux personnes à la fois. La Jenna qui veut plaire, et la Jenna qui, secrètement, déteste ça. Ils ne vont pas s'écrouler, tu sais. Tes parents n'ont jamais pensé que tu étais parfaite. C'est toi qui t'es mis cette idée en tête. »

De quoi parle-t-elle ? Je n'ai jamais…

« Ils m'ont mise sur un piédestal depuis le jour de ma naissance ! Qu'est-ce que je pouvais faire d'autre ? Si je n'étais pas assez bonne en maths, en foot ou en quoi que ce soit, j'avais droit à un prof particulier qui me donnait des leçons jusqu'à ce que je *devienne* parfaite ! J'ai été toute ma vie sous un microscope ! Dès l'instant où j'ai été conçue, je devais être tout, parce que j'étais leur miracle ! C'est ça qu'il a fallu que je supporte, depuis le début ! Comment peux-tu dire que c'était moi, alors que c'était eux ? J'ai été conçue pour plaire !

– Qu'y a-t-il ? »

Claire est arrivée en courant, alarmée de nous entendre élever la voix. Lily ne me quitte pas des yeux, comme si j'étais debout au bord d'un précipice et qu'elle essayait de me dissuader de sauter. Elle poursuit à voix basse.

« Tu dois commencer petit. Je vais te reposer la question : de quoi as-tu besoin ?

– J'ai besoin… » *Commencer petit.* « … d'une jupe. Une jupe rouge.

– Quoi ? » s'étonne Claire.

Sa perplexité est évidente, mais ses yeux sont fixés sur moi comme si j'étais l'océan Pacifique dans son entier.

«Et j'ai besoin de place.»

Claire regarde Lily.

«Qu'est-ce qui se passe?

– Écoute», ordonne Lily. Elle attrape Claire par les épaules et la place face à moi. «Écoute, c'est tout.

– Je ne veux plus être votre miracle. Je ne *peux* plus être votre miracle. J'ai besoin de peser le même poids que n'importe qui sur cette planète. J'ai besoin d'être comme tout le monde.»

Je reprends mon souffle, puis enchaîne :

«Je ne peux pas être vraiment vivante si je ne peux pas mourir. Je veux les sauvegardes. Celles de Kara, de Locke… et la mienne.» Le visage de Maman est figé, comme si je délirais. «Je veux les laisser partir», je chuchote. Elle ne bouge pas. «Les détruire», j'explicite, en élevant la voix, afin que mes intentions soient parfaitement claires, pour une fois.

Son visage demeure impassible. Elle ne dit rien, pendant bien trop longtemps. C'est moi, maintenant, qui suis figée, et Lily aussi. Nous attendons de voir ce qu'elle a retenu de ce que j'ai dit.

Enfin, elle écarte les lèvres, redresse les épaules.

«Au retour, on s'arrêtera dans un magasin pour t'acheter une jupe rouge», déclare-t-elle.

Puis elle s'éloigne, non sans avoir lancé à Lily un regard froid et dur.

CALCULS

Le retour est silencieux. J'observe Lily, Maman. Leurs yeux restent fixés sur la route devant elles, sans la voir. Chacune de nous explore ses propres pensées jusqu'à leurs limites et entrevoit peut-être celles des autres. Jusqu'où peut-on aller ? Jusqu'où peut-on plier ? Combien peut-on préserver ? Comment peut-on obtenir ce que l'on veut ? Les calculs sont infinis : nous ne savons pas ce que le futur nous réserve, nous ignorons à quel moment précis chacune de nous est susceptible de considérer que c'est allé trop loin. Mes réflexions partent à la dérive ; je cherche, je compte, je me rappelle, je revois le passé, je reviens au présent.

Mon bébé, mon bébé chéri. Je suis désolée.

La chambre d'hôpital est faiblement éclairée. Sa chaise est près du lit. Elle me berce, chantonne, chuchote, sourit. Ses sourires sont terribles à voir. Cela dépasse presque ses forces, et pourtant elle parvient à obliger sa bouche à obéir.

Laisse-moi mourir.

S'il te plaît.

J'ai crié ces mots, dix fois, cent fois, mille fois. Mais uniquement dans ma tête. Les paroles n'atteignaient pas mes lèvres. Mais tout en plaidant intérieurement, dans l'espoir que le message lui parvienne d'une manière ou d'une autre, je savais. Allongée sur ce lit d'hôpital, incapable de parler ou de bouger, je voyais les yeux de Claire, et je savais.

Je savais qu'elle n'accepterait jamais que je la quitte.

Tant de force en elle, mais pas celle de me laisser partir.

Je serais éternellement son bébé, son miracle.

C'est long, l'éternité.

COMPRENDRE

Éternellement adv. 1) Hors du temps. 2) De tout temps. 3) Sans fin, pour toujours. 4) Sans cesse, continuellement.

Il y a des mots et des définitions que je n'ai jamais perdus. Il y en a aussi que je commence seulement à comprendre.

DÉMÉNAGER

Lily ferme la portière et se dirige vers sa serre. Pour se calmer, j'imagine. Papa est debout dans l'allée et parle à quelqu'un. Il nous salue de la main mais retourne à sa conversation. Je suis surprise que nous ayons un visiteur : c'est une première. Celui-ci me tourne le dos, mais son allure m'est étrangement familière. Maman attrape les deux sacs de provisions que nous avons achetées sur le chemin du retour. Nous n'avons pas cherché de jupe rouge. Ce n'est pas important. Ça ne l'a jamais été.

« Viens avec moi, Jenna. Rentrons par la porte de derrière. »

La voix de Maman est tendue. Jusqu'où puis-je aller avec elle ? Je décide de la planter devant le garage et me dirige vers la porte principale, à côté de laquelle se trouvent Papa et son visiteur. Ils sont tout proches l'un de l'autre, afin que leurs phrases n'aient pas trop de chemin à parcourir, comme si le vent pouvait les emporter. Papa me jette un coup d'œil pour m'inciter à passer rapidement. Bien entendu, je traîne, au contraire.

« … demain… »

«... pas prudent... »

Je me concentre pour tâcher de déchiffrer les mots chuchotés. Je sens alors une décharge, une sorte de douleur, puis un grand silence, comme si les mots en question étaient chuchotés directement à mon oreille. Comme si chaque neuropuce était accourue à mon aide. C'est le cas, j'imagine. J'ai des milliards de neurones artificiels disponibles.

«Elles sont trop exposées là où elles sont.

– Il y a plusieurs possibilités. Je les déménagerai demain.

– Il ne faut pas...

– Qu'on puisse les localiser. Je sais. J'y ai pensé.

– Nous avons besoin d'un lieu sûr.

– T'ai-je jamais déçu?

– Elle est tout pour moi, Ted. »

Le visiteur serre la main de Papa, puis se retourne. Il sait que je les observe depuis le début. Il me salue de la tête, et je me fige. C'est le touriste de la mission. Celui qui nous a pris en photo, Ethan et moi.

Il descend l'allée de sa démarche traînante et glisse sa large carrure dans une petite voiture qui ploie sous la charge. Je m'approche de Papa.

«Qui est-ce?

– Aucune importance. Rentrons.

– Je l'ai déjà vu. »

Papa fronce les sourcils. Il sait que je ne renoncerai pas.

«Mon spécialiste sécurité. Il s'occupe de... certaines choses.

– Moi, par exemple?

– Parfois.

– Il m'a photographiée, au lavoir.

– Pas toi. Il faisait une enquête sur Ethan et le projet social, afin de vérifier que le facteur risque était minime.

– C'est donc ça, ma vie, maintenant?

– Quoi?

– Un cocon pour créature de laboratoire, où le risque n'existe pas?»

Il soupire et passe sa main dans ses cheveux, le seul tic que je lui ai jamais vu.

«Ne recommence pas, Jenna.

– Que doit-il déménager?»

Papa me regarde. Il fait ses propres calculs, examine mon visage, en particulier mes yeux. Sait-il que je détecte un mensonge aussi facilement que je perçois un soupir ou un haussement d'épaules? Il ne répond pas. Il est en train de comprendre. Il sait que je suis devenue plus que ce qui était prévu. Plus que la douce et soumise adolescente de quatorze ans qu'il aimait. Mais tous les enfants grandissent.

«Pas grave. Je trouverai.»

Il cède.

«Les sauvegardes. Les conserver dans un placard n'est pas la solution idéale. Au début, nous n'avions pas le choix, mais maintenant si. Il va les mettre en lieu sûr.»

Il me regarde à nouveau, trop attentivement, de trop près, comme pour déchiffrer lui aussi mes soupirs et haussements d'épaules. Je détourne délibérément les yeux vers la gauche, comme pour peser ce qu'il vient de dire, puis reviens sur lui.

«Ah. C'est probablement une bonne idée.»

Il continue à m'observer, et je vois progressivement ses muscles se détendre. Il me croit. Logique : j'ai toujours été obéissante. Je suivais les règles que l'on m'imposait. Mais il y a d'autres règles, maintenant, qu'il ne connaît pas encore. Il apprendra, lui aussi.

Il ouvre la porte.

«Tu entres?

– Non. Il est tard. Ethan va bientôt venir me chercher.

– Il n'y a pas cours aujourd'hui. »

Je perçois la question implicite. Il ressemble davantage à Claire que dans mon souvenir. Quand a-t-il commencé à s'accrocher ainsi à moi? La réponse se trouve probablement après l'accident, quelque part entre l'obscurité et la peur. Ce moment où tout laissait croire que j'allais mourir ne m'a pas seulement changée, moi: eux aussi sont différents de ce qu'ils étaient auparavant.

Calculs et mensonges s'envolent alors. J'ai à nouveau sept ans, et je l'entraîne vers un gâteau fourré de tout mon amour pour lui. Je me penche en avant et je l'embrasse sur la joue.

«Notre amie Allys est malade. Ça fait plusieurs jours qu'elle est absente. Nous allons lui rendre visite. »

Un simple baiser et ses yeux sont humides.

«Rentre avant la nuit», me recommande-t-il.

Je ne réponds pas. Mais je vais essayer. Parce que j'ai vu ses larmes. Parce que je suis tout pour lui. Parce que certaines choses ne changent jamais.

J'attends Ethan debout sur le trottoir, tout en me remémorant les fragments de conversation entre Papa et l'étranger. *Demain.* C'est ce qu'il a dit. Demain, les sauvegardes seront emportées ailleurs. Et leurs voix? Continuerai-je à les entendre me supplier de les libérer? Si seulement ils disposaient d'une seconde chance! Mais contrairement à moi, ils ne renaîtront jamais. Leur purgatoire durera éternellement, et d'une manière ou d'une autre, ils sauront que j'aurais pu les sauver. Que j'aurais *dû* les sauver.

Demain à quelle heure? L'a-t-il dit?

Demain, dans la journée, le futur de Kara et Locke sera scellé, et je serai un peu moins authentique, comme la première épreuve d'une série de tirages d'une photo d'art. Kara, Locke, et moi, oubliés dans un entrepôt quelconque.

Maman et Papa n'iront nulle part d'ici demain. Je n'ai aucune chance de pénétrer dans leur placard.

Témoins. Ce sont des témoins.

De toute façon, je n'ai même plus la clef. Je n'aurais jamais dû la laisser dans la serrure quand je me suis enfuie. Je ne peux rien faire pour eux. *Relevé, Jenna. Relevé.*

Je regarde mes mains. Elles tremblent. Une bataille entre neuropuce et neurone, entre survie et sacrifice.

Où est Ethan ? Il est en retard !

Je me mets sur la pointe des pieds, comme si cela allait m'aider à voir jusqu'au bout de la rue. Je respire de manière saccadée, et je me sens trahie par ce corps qui se rappelle si facilement ce qu'est la panique, mais qui a besoin d'encouragement quand il s'agit de venir au secours de mes amis. *Je ne peux pas les libérer.*

J'aperçois enfin la camionnette d'Ethan qui tourne au coin de la rue.

«Je peux t'aider.»

Je sursaute, me retourne. Lily.

Je ne pose aucune question. Je sais de quoi elle parle.

«Tu as au minimum le droit de décider du sort de ta propre sauvegarde, et peut-être des autres aussi. Tu es la seule à avoir vécu ça et à savoir ce que c'est. Si c'est vraiment ce que tu désires, on peut trouver un moyen.»

Ethan arrête sa camionnette devant moi. J'ouvre la portière, mais continue à regarder Lily.

«Elles seront emportées demain.

– Dans ce cas-là, on peut peut-être en parler ce soir ?»

Je hoche la tête, prise de court par sa proposition inattendue.

«Peut-être», dis-je avant de monter dans le véhicule.

ILS SAVENT

«Tu trembles.

– Juste mes mains.

– Non, tout entière.»

Il m'attire à lui tout en continuant à conduire. Je remarque pour la première fois que mes épaules sont en effet secouées de tremblements. J'essaie de les faire cesser, en vain. Est-ce là ce dont Papa parlait ? *Il pourrait y avoir des conflits entre ce qu'il reste de ton cerveau et le Bio Gel. L'un pourrait essayer de s'imposer à l'autre, émettre des signaux qui crée-raient un effet semblable à celui des anticorps. Nous n'avons encore jamais été confrontés à des problèmes de ce genre et nous ne pensons pas qu'il y en aura, mais c'est à cause de ce type de scénario qu'il nous fallait des sauvegardes. Par sécu-rité.*

Tout en gardant un œil sur la route, Ethan se penche et effleure ma tempe de ses lèvres. J'ai l'impression de rece-voir une décharge et, pendant un moment, j'arrête de me tourmenter.

«Tout va bien», affirme-t-il.

Il se redresse pour se concentrer à nouveau sur sa conduite, mais continue à me masser l'épaule. Comment quelqu'un d'aussi doux peut-il avoir donné des coups de batte de base-ball sur un crâne ? Quelles forces insoupçon-nées se dissimulent au plus profond de nous ?

«Ne t'en fais pas. Allys ne t'a sûrement pas dénoncée. Ça fait quatre jours qu'on ne l'a pas vue ; si elle avait parlé, nous serions déjà au courant.

– Peut-être, peut-être pas. Tu l'as dit toi-même, le CFES est une machine bureaucratique. L'injonction de me guilloti-ner est peut-être retardée par des problèmes de paperasse.»

Il ne répond pas, mais ses yeux ne cessent de balayer le paysage qui nous fait face, de gauche à droite, comme s'il lisait des phrases invisibles. Il me frotte l'épaule plus vigoureusement. Soudain, il s'exclame : «*La plus grande partie de ce que mes voisins appellent le bien je le considère en mon âme et conscience comme le mal, et si je me repens de quoi que ce soit…*» Il s'interrompt.

Je souris. «… *ce sera très probablement de mon bon comportement.*

– *Nulle façon de penser ou d'agir, si ancienne soit-elle, ne saurait être acceptée sans preuve. Ce que chacun répète en écho…*

– … *ou passe sous silence comme vrai aujourd'hui, peut demain se révéler mensonge, simple fumée de l'opinion…*» Je lève ma main pour l'inciter à ne pas se lancer dans une autre citation. «Ethan, c'est vraiment gentil, mais réciter Thoreau toute la journée ne m'empêchera pas d'avoir peur.

– Mais peut-être que ça m'en empêchera, moi!» Il me serre de nouveau contre lui. «Et je te signale que tu ne trembles plus. Tu n'en sais peut-être pas aussi long que tu le crois!»

C'est vrai. Je ne tremble plus. J'ai peur, mais je suis calme. C'est légèrement mieux. Au centre des cyclones les plus meurtriers se trouve une minuscule oasis de tranquillité ; c'est ce qu'Ethan vient de m'offrir. Je pose ma tête sur son épaule.

«Peut-être qu'elle n'est pas malade, dis-je. Si ça se trouve, elle n'a juste pas envie de nous voir.

– Elle n'avait pas l'air en forme, la dernière fois. Elle avait une drôle de couleur. Quelque chose n'allait pas.»

Il a raison. J'avais moi-même remarqué sa pâleur jaunâtre et la manière dont ses médicaments étaient restés coincés dans sa gorge. Un autre virus? Je repousse cette idée, mais au fond de moi, je sais qu'elle n'a rien d'improbable. Les virus mortels sont la plaie de notre époque.

La route qui conduit chez Allys est tout en virages. Je ne l'ai encore jamais empruntée. Elle s'enfonce de plus en plus dans les terres, les arbres nous entourant bientôt. Ai-je réellement envie d'aller là-bas ? Ethan sait-il vraiment comment y parvenir ?

« Elle habite si loin que ça ?

– Ce n'est pas très loin. C'est juste une impression, parce que tu n'es jamais venue. »

Nous nous engageons dans un chemin encore plus étroit, si possible. Pas de bitume : des cailloux à moitié enfoncés dans la terre. J'ai bien du mal à imaginer Allys marchant là-dessus. On ne distingue aucune maison : les buissons nous bouchent la vue. Nous arrivons alors devant une allée dont l'entrée est uniquement signalée par un panneau blanc portant l'adresse du lieu. Ethan fait une manœuvre, et la camionnette est bien vite avalée par des lauriers-roses démesurés. Les fleurs épanouies frôlent les fenêtres, contrastant avec la triste raison qui nous a amenés ici. L'alternance des couleurs rose, blanc et vert m'hypnotise brièvement.

Le tunnel s'ouvre enfin sur une large clairière, au centre de laquelle se trouve une maison grise à la véranda ombragée, entourée par une pelouse émeraude. La maison est silencieuse, comme si elle retenait son souffle. Je me raidis sur mon siège.

« Peut-être qu'il n'y a personne, fait Ethan.

– Si, ils sont là. »

Qu'ont donc compris mes neuropuces que mes neurones ne savent pas encore ? Comment m'en ont-elles informé ? Ou bien s'agit-il de ce qu'on appelle une intuition ? Non, c'est une certitude. Quelqu'un est en train de nous observer, d'examiner la camionnette.

Nous nous garons dans l'allée et gravissons l'escalier qui conduit à la véranda. Les grosses bottes d'Ethan brisent le silence. Les oiseaux eux-mêmes n'osent pas chanter. Je m'arrête en haut de la dernière marche.

«Je ne suis pas certaine...

– Moi non plus, je n'ai pas très envie d'y aller.

– C'est notre amie», dis-je. Il s'agit autant d'une question que d'une affirmation.

«Je ne suis pas rassuré pour autant.»

La porte s'ouvre avant que nous puissions sonner.

«Est-ce qu'Allys est là?» demande Ethan.

La femme en face de lui le regarde. Son visage est inexpressif, ses yeux cernés. Ses yeux vides me rappellent ceux de Maman à l'hôpital, lorsque j'étais à mi-chemin entre la vie et la mort, au cours de ces journées où elle n'a jamais quitté mon chevet.

«Je me souviens de toi. Tu es Ethan.

– Oui, je suis venu chercher Allys une fois pour aller à l'école.

– C'était aimable à toi.» Son regard se perd dans le vague, comme si elle revivait un moment important.

«Je m'appelle Jenna», dis-je en lui tendant la main.

Son attention se fixe brusquement sur moi, pupilles rétrécies, comme si elle savait qui j'étais. Elle glisse jusqu'à ma main tendue et s'en empare lentement. Elle passe son pouce sur les jointures de mes doigts. On dirait qu'elle les compte. Je jette un coup d'œil en direction d'Ethan sans oser retirer ma main. Elle nous voit échanger ce coup d'œil et me lâche.

«Allys ne va pas bien.

– Pouvons-nous la voir?»

Une main surgit alors de nulle part et ouvre grand la porte.

«Pourquoi pas?»

L'homme qui vient d'apparaître est aussi accablé que la femme; ses cernes et ses rides parlent de nuits entières sans sommeil.

«Elle n'aura peut-être pas la force», proteste la femme en se mettant en travers de notre chemin.

L'homme répond avec une voix tendre, à peine un murmure, une dague qui perfore la tension régnant dans cette maison.

«Ce sont ses amis, Victoria. S'ils n'y vont pas aujourd'hui, quand la reverront-ils?»

Elle s'écarte.

«Par ici», dit-il.

Mes pieds demeurent paralysés; des idées de fuite me traversent l'esprit, mais Ethan me pousse du coude. Nous suivons l'homme le long d'un couloir. Je sens la présence de la femme derrière moi. Elle épie chacun de nos mouvements. De *mes* mouvements.

Avant d'atteindre la dernière porte à gauche, je m'immobilise.

Je sens la mort. Les souvenirs m'assaillent. Cette odeur. Mon dernier lien avec ce monde avant d'être entraînée dans un autre monde obscur et vide. Une odeur unique, douceâtre, un peu semblable à celle du pain moisi; une odeur qui recouvrait les murs, les narines, la peau, tout ce qui s'approchait, pour tout marquer durablement. Je ne pouvais déjà plus rien voir, mais je pouvais encore sentir la mort ramper, envahir mon corps.

«Elle est là?

– Oui, chuchote son père. Je suis sûr qu'elle sera contente de vous voir.»

Je fais deux pas supplémentaires. Avant même d'apercevoir Allys, nous distinguons le matériel médical qui remplit la pièce. Des pompes aspirantes, des paquets de gaze, des seaux de glace pilée, des piles de serviettes blanches.

Ethan recule.

« Elle est bien trop malade pour rester ici. Pourquoi n'est-elle pas à l'hôpital ? »

C'est sa mère qui répond dans notre dos :

« Allys ne reçoit plus que des soins palliatifs. Son foie ne fonctionne plus correctement. Ses poumons non plus. Son cœur. Ses reins. Je continue ? Elle perd l'usage de tous ses organes les uns après les autres. Sans compter que son état a déclenché un lupus systémique. En gros, son corps est en train de s'autodétruire.

– Et on ne peut pas envisager une greffe d'organes ? demande Ethan.

– De quel organe ? Il y en a trop. Les pourcentages grimpent vite. On nous a dit qu'il était impossible de la sauver.

– Sa dernière maladie avait laissé des séquelles, ajoute son père, mais nous croyions qu'avec un bon traitement, les dégâts seraient limités. Elle allait si bien… Nous pensions… »

Il se met à sangloter. Il s'appuie au mur, s'essuie les yeux, se pince le nez ; ses épaules tressaillent, et il laisse échapper des gémissements tout en essayant de contenir son chagrin. Je n'ai jamais vu mon propre père dans cet état. Mais être confronté à cet homme qui s'effondre me porte un coup tel que je chancelle. J'ai déjà entendu ce bruit. Le bruit d'un homme qui pleure quand il ne peut plus rien faire. Le bruit qu'a fait mon père, un jour.

Je saisis Ethan par le bras et l'attire dans la pièce. Allys tourne aussitôt la tête dans notre direction.

« Oh mon Dieu ! » s'exclame Ethan sans pouvoir se retenir.

« Tu te crois beaucoup plus beau, Ethan ? » La voix d'Allys est rauque et faible.

« Allys », dis-je.

Elle est si petite, au milieu des draps et des oreillers, comme déjà à moitié dans un autre monde. En dehors de son bras droit, toutes ses prothèses ont été ôtées ; ses moignons dépassent à peine de sa jupe. Un tube d'oxygène est collé à sa lèvre supérieure, et un énorme pansement est fixé sur sa poitrine.

« Approchez-vous. J'ai du mal à parler. »

Ethan se place d'un côté du lit, moi de l'autre.

« On ne savait pas que tu étais aussi mal en point », s'excuse-t-il.

Elle sourit. Ses lèvres sont une faible trace jaunâtre sur son visage.

« C'est le moins que l'on puisse dire. Je vais mourir. Quand les organes cessent de fonctionner, ça ne prend pas très longtemps. J'ai toujours su que c'était possible. Mes parents se voilaient la face. » Elle essaie de rire. « Peut-être que moi aussi, en fait. »

Elle se met à tousser. Une moue de douleur. Elle appuie sur un bouton qui se trouve près de sa main ; le pansement sur sa poitrine émet un cliquetis.

« Doux breuvage, ajoute-t-elle en souriant.

– Allys, est-ce qu'on peut faire quelque chose ?

– Non, Jenna. Tout ce qui pouvait être fait a été fait. Mon sort a été fixé il y a des dizaines d'années par des gens qui se croyaient au-dessus des lois. Cela prendra probablement des dizaines d'années avant que les choses ne s'arrangent. Seul le CFES peut régler la situation. Mais pour moi, c'est fini. Avec tout ce dont j'ai besoin, je dépasserais largement le nombre de points autorisé. C'est la loi, tu te rappelles ? »

Je me tais. Pour quelqu'un de si faible, sa voix est incroyablement dure.

«Prends ma main», ordonne-t-elle.

Ethan se penche vers elle.

«Non. Jenna. Je veux que Jenna prenne ma main.»

Ethan et moi échangeons un regard. Comment refuser une faveur aussi simple à une mourante? Je saisis sa prothèse.

«Ta main est douce. Bien plus douce que la mienne.» Elle la caresse quelques secondes, puis la serre et me tire à elle. «Viens plus près.»

Je m'incline jusqu'à ce que mon visage soit tout près du sien. Je sens la chaleur de son haleine fétide sur ma joue. Elle se redresse autant que le moignon de son bras gauche le lui permet et me chuchote quelque chose à l'oreille. Puis elle me lâche et retombe sur l'oreiller. Je fais un pas en arrière.

«Qu'est-ce que c'est que ce petit secret? demande Ethan.

– Ce n'est pas un secret», dit-elle, fermant déjà les yeux. Son *doux breuvage* va faire son office pendant les quinze minutes à venir.

Ethan s'essuie les yeux du dos de la main et se racle la gorge.

«Nous devrions y aller.»

Nous voulons lui dire au revoir, mais Allys s'est déjà endormie.

Son père nous raccompagne à la porte. Il a retrouvé son sang-froid. C'est de nouveau l'homme à bout de forces mais calme qui nous a fait entrer.

«Merci d'être venus. Je sais que ça compte beaucoup pour elle.»

Alors que nous partons, sa mère nous rattrape sous le porche.

«Toi. Jenna. Tu habites à Lone Ranch Road, n'est-ce pas ?

– Oui.

– C'est bien ce qu'il me semblait.»

Sur ce, elle n'ajoute pas un mot, nous tourne le dos et rentre à l'intérieur.

Nous parcourons dans l'autre sens la route qui nous a menés jusqu'ici. Nous ne sortons de notre mutisme qu'une fois sur l'autoroute.

«J'imagine qu'au moins ça règle le problème, soupire-t-il.

– Qu'est-ce que tu veux dire ?

– Allys ne risque plus de te dénoncer.»

Je regarde à l'extérieur. Le paysage est flou : j'ai les yeux dans le vague, fixés sur une distance à mi-chemin entre la fenêtre et le monde qui m'entoure. Une distance imprécise qui ne mesure qu'une seule chose, les paroles d'Allys. Ethan la sous-estime.

«C'est déjà fait. C'est ça qu'elle m'a dit à l'oreille. C'est ça qu'elle voulait dire par "*Ce n'est pas un secret*". Elle a tout raconté à ses parents et leur a demandé de me dénoncer.»

Une vague rouge envahit le visage d'Ethan. Ses mains agrippent le volant.

«Je ne te ramène pas chez toi. Tu peux venir chez moi. Ou ailleurs. Je vais t'emmener quelque part où personne ne te retrouvera…»

Ethan continue à chercher désespérément le moyen de me sauver, mais je ne l'écoute plus. Mes pensées vagabondent, dans cet ailleurs dont parle Ethan, dans un monde de *peut-être* et de *si jamais* où je veux rester, un monde bien plus rassurant que celui où je me trouve réellement.

PARTIR OU RESTER

Je pourrais presque.

Partir sans me retourner.

Comme Mr Bender, abandonner tout ce que j'étais, y compris mon identité.

Partir à cause d'Allys
et de tout ce qu'elle dit que je suis.

Partir à cause de tout ce que j'ai peur de ne plus jamais être.

Partir parce que je ne suis peut-être pas complète.

Partir à cause d'Allys, du sénateur Harris, et de tout ce que chacun sait bien mieux que Papa, Maman et Ethan.

Partir.

Parce que l'ancienne Jenna était tellement lâche qu'elle a dit oui alors qu'elle aurait dû dire non.

Parce que la honte de cette nuit pourrait être cachée dans un nouveau lieu, sous un nouveau nom.

Mais l'amitié est une chose compliquée.

Rester.

Rester pour Kara et Locke, qui ne seront jamais rien, si ce n'est prisonniers.

Rester parce que le temps leur est compté et que j'incarne leur dernière chance.

Rester pour ce que l'ancienne Jenna leur doit
et peut-être aussi pour ce que la nouvelle Jenna leur doit également.

Rester pour les dix pour cent, et tout ce que j'espère qu'ils représentent.

Rester à cause de la vie perdue et des regrets de Mr Bender.

Rester pour qu'il y ait un lien entre passé et futur.

Rester parce que si j'étais deux
il y en aurait une
qui ne vaudrait plus rien.

Et rester parce que Lily aime peut-être la nouvelle Jenna autant que l'ancienne, en fin de compte.

Parce que peut-être, avec le temps, les gens changent.

Peut-être que les lois changent.

Peut-être que tout change.

UN PLAN

J'ai un avantage : à quatre heures du matin, dans l'obscurité de ma chambre, j'y vois encore. La lumière du couloir a été stratégiquement mise hors service. Je suis debout derrière ma porte, deux heures avant le moment convenu, parce que je suis infatigable.

Et parce que je n'arrive pas à dormir.

La peur est un excitant qui parcourt mon corps dépourvu de veines, sautant d'une neuropuce à l'autre, tout autour de mes dix pour cent, de ce papillon pas plus grand qu'un véritable insecte, la plus importante de mes possessions. Ce qui fait la différence entre partir et rester.

Je suis infatigable, mais je dois régulièrement prendre une profonde inspiration. *Trahison. Loyauté. Survie. Sacrifice.* Des notions qui luttent en moi.

Cinq heures du matin.

Encore cinquante minutes. Est-il trop tard pour changer d'avis ? L'ancienne Jenna aurait-elle mis son futur en danger pour l'amour de quelqu'un d'autre ? Je me penche en avant, prise en sandwich entre la porte ouverte et le mur. Je touche mes doigts de pied. Dans le noir, ils ne me verront pas. Je révise le plan d'action pour la centième fois.

Soudain, j'entends un craquement du plancher dans le couloir, et mon cœur inexistant fait un bond dans ma poitrine. Des pas. Quelqu'un qui prend position.

Je n'ai pas besoin de regarder mon réveil. Mes neuropuces savent à la seconde près combien de temps a passé. C'est l'heure. J'ai du mal à respirer, et je bénis et maudis en même temps mes neurones qui se rappellent et reproduisent trop bien les manifestations physiques d'autrefois.

Plus que vingt minutes avant l'aube. C'est le moment.

Trahison. Loyauté.

Survie. Sacrifice.

Choisis, Jenna.

Je hurle. Longtemps, fort. J'appelle.

J'écoute.

Une porte qui claque. Un juron. Un cri. Un bruit de course.

Je recommence. «Non… arrête… au secours!» Si fort que les murs vibrent.

Deux personnes montent les escaliers quatre à quatre. Sont maintenant à quelques pas de ma porte, de mon lit vide.

Un nouveau juron de Papa, à cause de la lumière du couloir qui ne fonctionne pas.

Quelques secondes.

Ils passent la porte. Se précipitent vers le lit. Le lit vide.

Je me glisse à l'extérieur.

La porte claque derrière moi. Lily bondit du coin où elle s'était cachée et tourne la clef dans la serrure d'un mouvement rapide, efficace.

Le verrou qui devait servir à m'enfermer, au cas où, les retient désormais prisonniers, au cas où.

«Dépêche-toi», dit Lily en me tendant une autre clef. «Tu n'auras peut-être pas beaucoup de temps. Je vais essayer de leur expliquer, de les calmer, mais tu sais comment ils sont. Ton père est capable d'arracher la porte de ses gonds.»

Déjà, des cris, des coups frappés contre la porte. Je m'approche.

« Essayez de comprendre !

– Jenna ! Qu'est-ce que tu fais ? Laisse-nous sortir !

– Tout va bien ? Qu'est-ce qui se passe ? Jenna ! »

La porte tremble sous les coups d'épaule de Papa.

« Vas-y, insiste Lily. Vite. »

Je descends les marches deux par deux ; mes pieds maladroits trébuchent, et je m'accroche à la rampe pour ne pas chuter. Je tombe pourtant en bas des escaliers, me retrouve à quatre pattes, me relève précipitamment. Je cours dans le couloir en attrapant au passage la barre à mine que Lily a laissée, comme promis, devant sa chambre, et me précipite dans celle de Maman et Papa. Le battant de la porte claque contre le mur. Mes mains tremblent tandis que je tente d'introduire la clef dans la serrure du placard. *Ça ne rentre pas ! Est-ce la mauvaise clef ?* Les coups frappés par mes parents secouent la maison. J'entends Maman aussi clairement que si j'étais debout à côté d'elle. Ses ordres, ses supplications, son angoisse me pénètrent. J'ai du mal à tenir debout sur mes jambes. *Dépêche-toi, Jenna !* J'agite la clef dans tous les sens. Elle finit par rentrer dans la serrure. Je la tourne avec un sanglot. La porte s'ouvre.

« Je suis là. Je suis là. »

Je me sens dangereusement proche de l'hystérie. *Réfléchis. Calme-toi.*

Je soulève la barre de métal. Par lequel dois-je commencer ?

Je glisse le levier sous le premier ordinateur. Celui de Kara. Rien ne se passe. *S'il vous plaît.* Je presse de tout mon poids. Les boulons sautent et tombent à terre.

Le deuxième. Locke. Trois tentatives. La troisième est la bonne.

Enfin, le troisième. Jenna. Je pose ma main sur la machine, et une onde de choc me traverse. *Dépêche-toi, Jenna ! Maintenant !* Je mets la barre en position et appuie dessus de toutes mes forces, en un seul mouvement. La fixation cède immédiatement.

Je me rappelle dans les moindres détails ce que Papa m'a dit au sujet des sauvegardes. Une fois débranchées, elles ne seront autonomes que pendant trente minutes. Puis elles cesseront de tourner.

Cesseront de penser.

Et ensuite ?

Puis-je faire cela ? Et si…

Mes mains tremblent. Je les force à se poser sur la sauvegarde de Kara.

S'il te plaît, Jenna.

Mes doigts entourent le cube de quinze centimètres de côté. Petit, et à la fois aussi infini que le trou noir d'une galaxie. La terreur et la solitude de ce monde vide me reviennent, et je retire mes mains.

Jamais, a dit Papa. *Il n'est rien resté de leur humanité. Ils ne vivront jamais en dehors de ce cube.*

J'entends les cris désolés d'un animal.

Mes propres cris.

Je pose à nouveau mes mains sur les sauvegardes de Kara et Locke. Je pleure.

« Je suis désolée. Tellement désolée. »

Je les débranche.

« Ce ne sera plus très long, maintenant. »

Je regarde la dernière machine. La mienne. *De quoi as-tu besoin, Jenna ? De quoi ? De quoi ?*

J'ai besoin d'avoir enfin le contrôle de ma propre vie.

Je la débranche à son tour. Je viens de franchir une borne invisible entre immortalité et mortalité.

«C'est le début», je chuchote. Le vrai début.

Je prends les trois ordinateurs dans mes bras. Attendre ici pendant trente minutes est bien trop risqué. Maman et Papa sont pleins de ressources quand il s'agit de moi. Une simple porte ne les retiendra pas longtemps. Le moment est venu d'aller jusqu'au bout du plan. Je dois les mettre en sécurité, dans un endroit où on ne pourra pas les récupérer avant au moins une demi-heure.

J'entends alors un craquement sourd.

«Jenna!» crie Lily.

Elle n'avait pas besoin de m'avertir. Papa est déterminé.

Je cours dans le couloir. En passant devant l'escalier, je crie:

«Dis-leur de regarder par la fenêtre!»

Je traverse en trombe la cuisine, la véranda, descends l'allée jusqu'à l'étang. L'aurore pointe en haut des arbres et des toits. Je grimpe sur le rocher qui surplombe l'étang et me retourne. Maman et Papa viennent d'ouvrir ma fenêtre.

«Jenna, non!

– Je t'en supplie! Arrête!»

Je prends la sauvegarde de Kara dans ma main droite.

«Tu es libre.»

Je la jette dans les airs, tel un oiseau décollant dans un ciel violet. Elle retombe juste au milieu de l'eau. Des éclaboussures atteignent l'herbe immobile. L'ordinateur de Locke suit et plonge non loin de celui de Kara. Les ondes qu'ils ont formées à la surface de l'eau se rencontrent, se mêlent, puis s'apaisent graduellement, et s'effacent. Ils sont partis.

J'attrape le troisième ordinateur. Il n'y a plus de cris en provenance de la fenêtre derrière moi. Résignation? Douleur inconsolable? C'est fini. Ils le savent. Moi aussi. Arrive enfin la chute de Jenna Fox. Une fille comme une autre.

Le cube s'envole et semble rester suspendu un instant dans le ciel avant de retomber. Puis il disparaît, quitte ce monde pour un autre.

Je retiens ma respiration. J'attends.

Il n'y a aucune fanfare. Le soleil ne s'arrête pas dans sa course. Les poules d'eau n'ont été que brièvement dérangées par le bruit, et disparaissent dans les roseaux pour prendre leur petit déjeuner. Un minuscule événement au sein d'une famille n'a aucune importance pour ce monde qui tourne depuis un milliard d'années. Mais cet infime changement peut faire tourner le monde de milliards de manières différentes pour cette famille.

Et pour moi. La *seule* Jenna Angeline Fox.

Je m'assois sur le rocher et regarde les rides à la surface de l'eau disparaître peu à peu. Où est donc passée l'énergie qui en est à l'origine ? L'étang redevient bientôt lisse comme un miroir. Vu de l'extérieur, il paraît le même qu'avant, mais ce qu'il contient le modifie irrémédiablement.

Un bruit de pas dans mon dos. Lent, tranquille. Lily. Elle s'arrête derrière moi.

« Je les ai libérés, dit-elle.

– Je devrais aller les voir.

– Ils ne me pardonneront jamais. »

Je me relève, frotte mes mains contre mon pantalon pour en ôter la terre.

« Le monde change. C'est toi qui me l'as dit. Le pardon vient comme le changement, petit à petit. »

Elle me tend les bras. Je m'enfonce dans son étreinte. Elle me serre contre elle et me caresse la tête. Que mes neurones soient humains ou artificiels, je me sens défaillir sous sa caresse, son odeur.

Elle recule, les deux mains posées sur mes épaules.

« Vas-y. Il faut en finir. Je vous rejoins très vite. »

La maison est silencieuse, comme assommée. Le soleil vient d'apparaître à l'horizon et emplit la cuisine de sa lumière douce et rose. La table du petit déjeuner, normalement au centre de nos activités du matin, est vide. Je vais dans le vestibule. Un petit triangle de lumière illumine un mur, mais le reste est plongé dans l'obscurité. Je m'approche de l'escalier et sursaute en découvrant Claire dans la pénombre, assise sur le palier de l'étage, effondrée contre la rampe. Je monte. Elle regarde dans le vide, comme si je n'étais pas là.

«Maman…

– Ils auraient pu te sauver, tu sais?» Sa voix n'est qu'un murmure. «Si la justice…

– Oui, ils auraient pu me sauver des poursuites judiciaires. Mais pas d'autres choses, pas des choses avec lesquelles je ne pouvais pas vivre. J'ai fait pour eux ce qu'ils auraient fait pour moi.

– Jenna…

– Si c'est une erreur, c'est *mon* erreur. Il faut que tu acceptes ça.»

Elle se balance doucement, comme pour endormir sa peine.

Papa arrive, s'immobilise, me regarde fixement. Ses cheveux sont ébouriffés, son visage blafard. Il grimpe quelques marches et s'assoit juste en dessous de nous.

Il secoue la tête sans rien dire. Longtemps, bien trop longtemps. Je sens ma gorge se nouer.

«Tu ne connais pas les risques, Jenna. Tu ne sais pas à quoi tu t'exposes.»

Je pose ma main sur son épaule.

«Peut-être que je connais d'autres risques que toi.»

Il ne répond pas.

« Je suis là, aujourd'hui, vivante, tout comme vous. Ça ne suffit pas ? »

Il continue à se taire. Du moins a-t-il cessé de secouer la tête. Enfin, il pose sa main sur la mienne. Puis Maman me regarde, pour de bon cette fois. Ses yeux expriment quelque chose pour lequel je suis certaine qu'il n'y a ni mot ni définition. Quelque chose que l'ancienne Jenna n'a jamais vu et que la nouvelle Jenna est seulement en train de comprendre. Elle inspire profondément, puis passe un bras autour de chacun de nous. Nous restons ainsi, corps et larmes mêlés, dans la grotte sombre qu'est l'escalier. Nous prenons le temps de nous ajuster à la nouvelle réalité, comme une étoile de mer dont un bras arraché aurait repoussé et qui tâcherait de réapprendre à s'en servir.

Lily apparaît alors au bas des escaliers. Elle dévisage Maman avec espoir, et avec cette expression qui se trouvait dans les yeux de Claire un instant plus tôt. Maman lui rend son regard. Un long échange dans une langue qu'elles sont seules à comprendre.

Finalement, Claire soupire et demande :

« Je mets du café en route ? »

La terre tourne depuis un milliard d'années. Elle ne s'arrêtera pas aujourd'hui. Pas même pour nous.

Lily hoche la tête : « Je vais t'aider. »

Nous relâchons notre étreinte et atteignons le bas des marches lorsque quelqu'un frappe à la porte.

« Qui peut venir si tôt ? s'étonne Claire.

– Peut-être Ted », répond Papa.

Ou peut-être quelqu'un d'autre. Quelqu'un à qui Allys aurait parlé. Quelqu'un qui est ici pour moi.

« Il va falloir que je lui dise que nous n'avons plus besoin de mettre les sauvegardes en lieu sûr », déclare Papa en traversant le vestibule.

Devrais-je les avertir?

Déjà, la porte s'ouvre. La surprise de Papa se lit sur son visage. Il ne connaît pas nos visiteurs. Maman va le rejoindre.

«Puis-je quelque chose pour vous?

– Êtes-vous les parents de Jenna Fox?»

Maman et Papa échangent un regard. Je vois Maman se raidir. Elle est prête à se transformer en mur de béton si cela s'avérait nécessaire.

Je m'approche à mon tour.

«Oui, ce sont bien eux.

– Nous sommes les parents d'Allys, une camarade de classe de votre fille.

– Oui?

– Nous savons, au sujet de Jenna, poursuit le père d'Allys. Notre fille…»

Sa voix se brise.

«Notre fille va mourir», poursuit sa mère. Son visage est rigide, effrayant. Je la vois avaler sa salive. Ses poings sont serrés. «S'il vous plaît, pouvez-vous nous aider?»

Son masque se disloque. Les larmes surgissent. Ses sanglots résonnent dans le vestibule.

«Entrez.» Maman entoure ses épaules de son bras. Elle soutient cette femme désespérée d'une manière qui me surprend. Comme si elle la connaissait depuis des années. Comme si elle savait tout ce qu'il y a à savoir à son sujet.

«Allons dans mon bureau, propose Papa. Nous serons plus à l'aise pour discuter.

– Ça va prendre un moment, dit Maman à Lily par-dessus son épaule. Tu peux nous apporter du café quand il sera prêt?»

Ils font doucement entrer les parents d'Allys dans le bureau et referment derrière eux.

Lily et moi demeurons hébétées, les yeux fixés sur la porte fermée.

«Et rebelote», dit-elle enfin.

Je secoue la tête.

«Allys ne serait pas d'accord.»

Lily pousse un long soupir.

«Qu'est-ce que tu disais à propos du changement? Qu'il vient petit à petit? Si le monde change, les esprits aussi. Parfois, il faut juste du temps, un autre point de vue.»

Mon point de vue a-t-il changé? Oui. Mais celui d'Allys? Et celui du monde?

«Je ne suis pas convaincue. Mais en ce qui concerne le point de vue, tu as raison. Il y a quelques semaines, je pensais que tu étais une couillonne.»

Elle sourit, comme si nous étions encore toutes deux attablées dans sa cuisine, chez elle, et non à des années et des milliers de kilomètres de là. Elle passe son bras autour de moi.

«Viens m'aider à préparer le café. Si tu ne le dis pas à tes parents, je te laisserai en prendre une tasse.»

BAPTÊME

Nous entrons dans l'église comme si c'était un jour comme un autre. Lily plonge sa main dans l'eau bénite, plie le genou et fait un signe devant sa poitrine. Elle est venue ici pour discuter de graines et de plantes tandis que je travaille avec Ethan.

Mais ce n'est pas un jour comme les autres. Quelque chose a changé. Quelque chose d'infime, d'ordinaire, comme un chuchotement, et à la fois de monumental, d'exceptionnel. Je m'immobilise à la croisée du transept et lève le visage vers la coupole. Je ferme les yeux, respire l'odeur de moisi exhalée par le bois, par les murs, l'odeur de l'Histoire ; j'écoute les échos de nos gestes et de ma mémoire. Je respire la différence entre se trouver sur cette terre aujourd'hui et ne plus y être demain, ce précipice nouveau pour moi mais aussi vieux que le temps.

J'entends les pas de Lily. Je la regarde. Elle est debout devant moi. Ses doigts sont mouillés d'eau bénite. Elle les lève vers mon visage. Je ferme à nouveau les yeux tandis qu'elle chuchote une prière ; sa main touche successivement mon front, ma poitrine, mes deux épaules.

« Comment sais-tu ? je demande.

– Il y a des choses qu'on ne peut pas savoir. On ne peut qu'y croire. »

Une goutte sur mon front. À peine assez pour que je le sente. Mais assez pour Lily. Et peut-être assez pour moi. Assez pour laver le passé, croire au présent.

Le monde a changé. Moi aussi.

DEUX CENT SOIXANTE ANS PLUS TARD

Je suis assise dans le jardin de Mr Bender. Il est mort depuis si longtemps que j'en ai perdu le compte. J'habite ici, désormais. J'ai emménagé il y a quarante ans, quand la maison de Papa et Maman a brûlé. Ils ont disparu depuis encore plus longtemps que lui.

Papa s'est trompé en me donnant une espérance de vie comprise entre deux et deux cents ans, mais je ne lui en veux pas. J'ai compris que la foi et la science sont les deux revers de la même médaille, séparés par une épaisseur infime, mais suffisante pour qu'elles ne puissent pas se voir l'une l'autre. On pourrait aussi dire que Papa et Lily étaient les deux revers de la même médaille. Peut-être étais-je la tranche qui les reliait.

«Jenna?» fait la voix de la seule personne sur cette terre qui puisse se définir comme mon égale. «Ah, tu es là!»

Allys. Elle ne boite pas. Sa voix n'est pas dure. Elle est bien plus heureuse que l'Allys que j'ai rencontrée il y a si longtemps. La nouvelle Allys. Vingt-deux pour cent. Les pourcentages n'ont plus tellement d'importance, cela dit. Il y a d'autres personnes comme nous, maintenant. Le monde est plus tolérant. Nous avons œuvré pendant bien des années pour qu'il en soit ainsi. Mais je reste le standard. On l'appelle parfois le standard de Jenna. Dix pour cent restent le minimum nécessaire. Mais les gens changent, et le monde change. C'est l'une des rares choses dont je suis certaine.

Allys et moi vivons désormais ensemble. Deux très vieilles femmes dans la peau d'adolescentes. Papa et ses collègues n'avaient pas pensé que les neuropuces apprendraient, changeraient, évolueraient en fonction de ce message caché dans un coin de mes dix pour cent : *survivre*. Les neuropuces ont fait en sorte que ce soit le cas. Pour combien de temps encore? Personne ne le sait. Depuis, le Bio Gel a été modifié pour que personne ne vive au-delà d'une *durée adaptée et acceptable*. Allys et moi rions souvent d'être inadaptées. Nous rions facilement, dans notre vieil âge.

«Kayla est rentrée», déclare Allys.

«Envoie-la-moi.»

J'ai passé soixante-dix années avec Ethan. Ce n'est que longtemps après sa mort que j'ai eu le courage de mettre Kayla en route. Elle a hérité de lui son teint, son esprit vif, son amour de la littérature, son caractère sur certains points. Mais elle a mes yeux. Elle est toute ma vie. Pourtant, je sais qu'un jour, quand elle sera âgée, j'irai passer un hiver à

Boston. Je ferai de longues promenades et je sentirai à nouveau la douceur d'un flocon de neige sur ma peau. Parce que personne ne devrait survivre à ses enfants.

Elle arrive en sautillant.

« Maman !

– Chut ! »

Je porte un doigt à mes lèvres. Elle devient silencieuse, pleine d'espoir, yeux écarquillés, sachant déjà ce que je veux faire. Quand je la regarde – *à chaque fois* que je la regarde –, je repense à Maman, à Lily, à ce quelque-chose que je n'ai compris qu'après avoir eu Kayla.

« Viens ici, mon ange », je chuchote.

Elle avance sur la pointe des pieds et s'assoit à côté de moi sur le banc. Je fouille dans ma poche. Une escouade de moineaux voltige déjà autour de nous. Je partage ma poignée de graines avec Kayla et nous tendons la main. Immédiatement, une dizaine d'oiseaux, peut-être davantage, se perchent sur nos bras. Ils sont si légers. Quelques grammes, tout au plus. Chacun d'entre eux n'occupe qu'un minuscule espace, et pourtant, leur présence me comble. Juste quelques grammes de miracle. Et comme à chaque fois qu'ils se sont posés sur ma main au cours des deux derniers siècles, je m'étonne du poids imperceptible d'un moineau.

REMERCIEMENTS

Tous mes remerciements à Lisa Firke, Amy Butler Greenfield, Lisa Harkrader, Cynthia Lord, Amy McAuley, Marlene Perez, Laura Weiss et Melissa Wyatt pour leurs innombrables suggestions et leur soutien.

Je suis très reconnaissante à Catherine Atkins, Shirley Harazin, Amanda Jenkins, Jill Rubalcaba et Nancy Werlin pour leurs multiples relectures, leurs critiques, et leur patience.

Ce livre n'aurait pas pu être achevé sans les encouragements et l'insistance de Karen et Ben Beiswenger. Même aux pires moments, vous avez toujours regardé vers l'avant et m'avez poussée à en faire autant. Je vous trouve tous les deux formidables.

Merci à Jessica Pearson pour ses conseils minute et ses opinions données jusque sur le pas de la porte. Jess, une dernière chose…

Je suis l'obligée de mon exceptionnelle agente, Rosemary Stimola, pour son enthousiasme et son énergie inépuisable. C'est la meilleure de toutes.

Je n'aurais pas pu avoir une éditrice plus patiente, motivante et intelligente que Kate Farrell. Elle sait exactement comment tirer le meilleur parti d'un écrivain, et je lui dois beaucoup.

Jessica et Karen, vous avez inspiré ce roman du début à la fin. Comme Mamie le disait toujours, « Vous m'avez donné bien plus que je ne pourrai jamais vous donner ».

Et pour finir, je dois tout à mon mari, mon âme sœur, mon complice, Dennis Pearson. C'est par lui que tout arrive.

Baby, États-Unis.

Le papier de cet ouvrage est composé de fibres naturelles, renouvelables, recyclables et fabriqué à partir de bois provenant de forêts plantées et cultivées expressément pour la fabrication de pâte à papier.

Composé par IGS-CP à L'Isle-d'Espagnac (16)

Achevé d'imprimer en novembre 2011
sur les presses de L.E.G.O. S.p.A à Lavis (TN)
Imprimé en Italie